# UN APPARTEMENT À PARIS

## DU MÊME AUTEUR
*CHEZ POCKET*

# GUILLAUME MUSSO

# UN APPARTEMENT À PARIS

ROMAN

Pocket, une marque d'Univers Poche,
est un éditeur qui s'engage pour la préservation
de son environnement et qui utilise du papier fabriqué
à partir de bois provenant de forêts gérées
de manière responsable.

© XO Éditions, 2017.
ISBN : 978-2-266-28502-5
Dépôt légal : mars 2018

*À Ingrid,*
*à Nathan.*

*Au milieu de l'hiver, j'apprenais enfin
qu'il y avait en moi un été invincible.*
Albert CAMUS

Le petit garçon

*Londres, un samedi en fin de matinée.*

Tu ne le sais pas encore, mais dans moins de trois minutes tu vas affronter l'une des épreuves les plus pénibles de ton existence. Une épreuve que tu n'as pas vue venir, mais qui va te marquer aussi douloureusement qu'une brûlure au fer rouge sur une peau tendre.

Pour l'instant tu déambules, sereine, dans la galerie commerçante aux allures d'atrium antique. Après dix jours de pluie, le ciel a retrouvé une belle teinte bleu turquin. Les rayons de soleil qui font chatoyer la verrière du grand magasin t'ont mise de bonne humeur. Pour célébrer le début du printemps, tu t'es même offert cette petite robe rouge à pois blancs qui te faisait de l'œil depuis quinze jours. Tu te sens légère,

presque guillerette. Ta journée s'annonce plai-
sante : d'abord, un déjeuner avec Jul', ta meilleure amie, une séance de manucure entre filles,
sans doute une expo à Chelsea, puis ce soir le
concert de PJ Harvey à Brixton.

Une navigation tranquille dans les méandres
douillets de ta vie.

Sauf que soudain, tu l'aperçois.

*

C'est un petit garçon blond vêtu d'une salopette
en jean et d'un duffle-coat bleu marine. Deux ans
peut-être, ou un peu plus. De grands yeux clairs
et rieurs qui brillent derrière des lunettes colorées. Des traits fins qui émergent d'une bouille
ronde de poupon encadrée de courtes bouclettes
lumineuses comme une meule de foin sous le
soleil d'été. Ça fait déjà un moment que tu le
regardes, de loin, mais plus tu te rapproches, plus
tu es fascinée par son visage. Un territoire vierge,
radieux, que ni le mal ni la peur n'ont encore
eu le temps d'infecter. Sur cette frimousse, tu
ne vois qu'un éventail de possibilités. De la joie
de vivre, du bonheur à l'état brut.

À présent, lui aussi te regarde. Un sourire
complice et candide éclaire son visage. Avec

14

fierté, il te montre le petit avion métallique qu'il fait voler au-dessus de sa tête entre ses doigts potelés.

— Vreuuummm…

Alors que tu lui rends son sourire, une drôle d'émotion commence à t'étreindre. Le poison lent d'un sentiment indéchiffrable contamine tout ton être d'une tristesse inconnue.

Le bambin a écarté les bras et s'est mis à trotiner autour de la fontaine en pierre qui projette ses volutes d'eau sous la coupole de la galerie. Pendant un bref instant, tu crois qu'il court vers toi et qu'il va sauter dans tes bras, mais…

— Papa, papa ! T'as vu, je fais l'avion !

Tu lèves les yeux et ton regard rencontre celui de l'homme qui attrape l'enfant à la volée. Une lame glacée te transperce et ton cœur se bloque.

Cet homme, tu le connais. Il y a cinq ans, vous avez vécu une histoire d'amour qui a duré plus d'une année. Pour lui tu as quitté Paris pour Manhattan et changé de boulot. Pendant six mois, vous avez même essayé d'avoir un bébé qui n'est jamais venu. Puis l'homme est retourné vivre auprès de son ex-femme avec qui il avait déjà un enfant. Tu as fait tout ce que tu pouvais pour le retenir, mais cela n'a pas été suffisant. Tu as vécu douloureusement cette période et, alors que tu pensais être parvenue à tourner la page, tu le rencontres aujourd'hui et ça te brise le cœur.

À présent, tu comprends mieux ton trouble. Tu te dis que cet enfant aurait pu être le vôtre. Que cet enfant aurait *dû* être le vôtre.

L'homme t'a reconnue tout de suite et n'évite pas ton regard. À son expression désolée, tu le devines aussi surpris que toi, mal à l'aise, vaguement honteux. Tu penses qu'il va venir te parler, mais, comme un cerf aux abois, il a un geste protecteur pour sa progéniture et s'empresse de tourner les talons.

— Allez viens, Joseph, on s'en va.

Alors que le père et le fils s'éloignent, tu n'en crois pas tes oreilles. « Joseph » est l'un des prénoms que vous aviez évoqués ensemble pour votre futur enfant. Tes yeux se brouillent. Tu te sens dépossédée. Une fatigue lourde vient de fondre sur toi qui te fige sur place pendant plusieurs minutes, te laissant interdite, pétrifiée, une boule dans la gorge.

*

Avec beaucoup d'efforts, tu rejoins la sortie du magasin. Tes oreilles bourdonnent, tes gestes sont mécaniques, tes membres pèsent des tonnes.

Sur Saint James Park, tu parviens à lever le bras pour appeler un taxi, mais tu trembles pendant tout le trajet, combattant les pensées qui t'assaillent en te demandant ce qui est en train de t'arriver.

La porte de ton appartement refermée, tu files directement te faire couler un bain. Dans ta chambre, tu n'allumes pas les lumières. Encore tout habillée, tu t'abats sur ton lit. Inerte. Dans ta tête défilent des images de l'enfant à l'avion et, bientôt, tout le désespoir que tu as ressenti devant ton ancien amant se transforme en une atroce sensation de vide. Un manque qui te comprime la poitrine. Tu pleures, bien sûr, mais tu te dis que les larmes sont cathartiques et que la crise va s'éteindre d'elle-même. Sauf que la douleur s'approfondit, gonfle et déferle sur toi comme une lame de fond qui t'emporte et fait sauter toutes tes digues, libérant des années d'insatisfaction, de rancœur, d'espoir déçu. Ravivant des blessures dont tu croyais avoir guéri.

Bientôt, c'est l'hydre froide de la panique qui serpente entre tes membres. Tu te lèves d'un bond. Ton cœur se déchaîne. Tu as déjà vécu un épisode identique il y a quelques années et les choses ne se sont pas bien terminées. Mais cette pensée a beau te traverser, tu ne parviens pas à bloquer la roue de l'inexorable. Prise de tremblements incontrôlables, tu chancelles jusqu'à la salle de bains.

La boîte à pharmacie. Les tubes de médocs. Tu t'allonges dans la baignoire – en train de déborder – alors que tu n'es qu'à moitié déshabillée. L'eau est trop chaude ou trop froide, tu ne sais même plus et tu t'en fous. Sur ta poitrine, un étau. Dans ton ventre, un gouffre. Devant tes yeux, un horizon charbonneux, à jamais barré par le chagrin.

Toi-même, tu n'avais pas conscience d'en être déjà là. Ces dernières années, tu t'es un peu perdue, c'est vrai, et depuis longtemps tu sais que la vie est fragile. Mais tu ne t'attendais pas à perdre pied aujourd'hui et à basculer si vite. Surtout, tu ne savais pas que ce torrent de boue coulait en toi. Cette noirceur, ce poison, cette misère. Ce sentiment de solitude perpétuelle qui s'est brusquement réveillé et qui te terrorise.

*

Les tubes de médicaments flottent à la surface comme des bateaux encalminés. Tu les ouvres et tu avales des gélules par poignées. Mais ça ne suffit pas. Tu dois faire les choses jusqu'au bout.

Alors tu retires la lame du rasoir posé sur le rebord de la baignoire et tu la fais courir au creux de tes avant-bras.

Tu t'es toujours battue âprement, mais aujourd'hui tu ne t'en sens plus capable, car ton ennemi ne te laisse pas de prise et te connaît plus que toi-même. En approchant le tranchant de tes veines, tu repenses avec ironie à la joie surfaite que tu as éprouvée ce matin en voyant le soleil par ta fenêtre.

Puis il y a ce moment étrange et apaisant où tu sais que les dés sont jetés et que ton aller sans retour a déjà débuté. Hypnotisée, tu contemples ton sang qui en se diluant dessine dans l'eau des arabesques à la beauté sans nom. En te sentant partir, tu te dis qu'au moins la douleur va s'arrêter, et à cet instant précis cela n'a pas de prix.

Alors que le diable t'emporte dans ses vapeurs brûlantes, l'image du petit garçon traverse à nouveau ton esprit. Tu le vois sur une plage, devant la mer. Un endroit qui pourrait être la Grèce ou le sud de l'Italie. Tu es tout près de lui. Si près que tu peux même sentir son odeur de sable, de blé, rassurante comme le vent léger des soirs d'été.

Lorsqu'il lève la tête vers toi, tu retrouves avec émotion son beau visage, son nez retroussé et ses dents du bonheur qui rendent son sourire irrésistible. Le voilà qui écarte les bras et se met à courir autour de toi.

— Maman, regarde, je fais l'avion !

# AU MILIEU DE L'HIVER

*Mardi 20 décembre*

# 1

## Le syndrome de Paris

*Paris is always a good idea.*

Audrey HEPBURN

**1.**

Roissy-Charles-de-Gaulle, zone des arrivées.

Une certaine définition de l'enfer sur terre.

Dans la salle de contrôle des passeports, des centaines de voyageurs s'agglutinaient en une file d'attente congestionnée qui s'étirait et serpentait comme un boa obèse. Gaspard Coutances leva la tête en direction des cabines en Plexiglas alignées vingt mètres devant lui. Derrière l'enfilade de guichets, il n'y avait que deux malheureux policiers pour contrôler le flux débordant des passagers. Gaspard eut un soupir d'exaspération. Chaque fois qu'il mettait les pieds dans cet aéroport, il se demandait comment les responsables publics pouvaient ignorer les effets dévastateurs d'une vitrine aussi détestable de la France.

Il avala sa salive. Pour ne rien arranger, il faisait une chaleur à crever. L'air était moite, pesant, saturé d'une épouvantable odeur de transpiration. Gaspard prit place entre un adolescent au look de motard et un groupe d'Asiatiques. La tension était palpable : en plein décalage horaire après un vol de dix ou quinze heures, des passagers au visage de zombie découvraient avec colère qu'ils n'étaient pas au bout de leur chemin de croix.

Le calvaire avait commencé juste après l'atterrissage. Son vol en provenance de Seattle était pourtant arrivé à l'heure – l'avion s'était posé un peu avant 9 heures du matin –, mais il avait fallu attendre plus de vingt minutes que l'on déploie la passerelle avant de pouvoir quitter l'appareil. S'était ensuivie une marche sans fin dans des couloirs vieillots. Un jeu de piste horripilant à débusquer des panneaux de signalisation compliqués, à se casser les jambes sur des escalators en panne, à lutter pour ne pas se laisser broyer les os dans une navette bondée, pour enfin être parqués comme des bestiaux dans cette salle sinistre. Bienvenue en France !

Son sac de voyage sur l'épaule, Gaspard transpirait à grosses gouttes. Il avait l'impression d'avoir déjà parcouru trois kilomètres depuis qu'il avait quitté l'avion. Abattu, il se demanda ce qu'il foutait là. Pourquoi s'infligeait-il chaque année un mois d'enfermement à Paris pour écrire sa nouvelle pièce de théâtre ? Il eut un rire nerveux. La réponse était simple et claquait comme un slogan : *technique d'écriture en milieu hostile.* Tous les ans, à la même date, Karen, son agent, lui louait une maison ou un appartement dans lequel il pouvait travailler au calme. Gaspard détestait tellement Paris – et à la période de Noël en particulier – qu'il n'avait aucun mal à rester cloîtré vingt-quatre heures sur vingt-quatre. Résultat : la pièce s'écrivait toute seule, ou presque. En tout cas, à la fin janvier, son texte était toujours terminé.

La file se résorbait avec une lenteur désespérante. L'attente devenait épreuve. Des gamins surexcités faisaient la course entre les barrières en hurlant, un couple de personnes âgées se tenaient l'une à l'autre pour ne pas s'effondrer, un bébé vomissait son biberon dans le cou de sa mère.

*Putain de vacances de Noël…,* se lamenta Gaspard en prenant une grande goulée d'air vicié. En remarquant le mécontentement sur le visage de ses compagnons d'infortune, il se rappela un article qu'il avait lu dans un magazine à propos du « syndrome de Paris ». Chaque année, plusieurs dizaines de touristes japonais et chinois étaient hospitalisés et souvent rapatriés à cause des troubles psychiatriques lourds qui les frappaient lors de leur première visite dans la capitale. À peine débarqués en France, ces vacanciers se mettaient à souffrir de drôles de symptômes – délire, dépression, hallucinations, paranoïa. Avec le temps, les psychiatres avaient fini par trouver une explication : le malaise des touristes venait du décalage entre leur vision sublimée de la Ville lumière et ce qu'elle était vraiment. Ils croyaient découvrir le monde merveilleux d'Amélie Poulain, celui vanté dans les films et les publicités, et ils découvraient à la place une ville dure et hostile. Leur Paris fantasmé – celui des cafés romantiques, des bouquinistes des bords de Seine, de la butte Montmartre et de Saint-Germain-des-Prés – venait se fracasser contre la réalité : la saleté, les pickpockets, l'insécurité, la pollution omniprésente, la laideur des grands ensembles urbains, la vétusté des transports publics.

Pour penser à autre chose, Gaspard sortit de sa poche plusieurs feuilles pliées en quatre. Le descriptif et les photos de la prison dorée que son agent lui avait louée dans le 6$^e$ arrondissement. L'ancien atelier du peintre Sean Lorenz. Les clichés étaient séduisants et laissaient espérer un espace ouvert, clair, reposant, parfait pour le marathon d'écriture qui l'attendait. D'ordinaire, il se méfiait des photos, mais Karen avait visité les lieux et elle lui avait assuré qu'ils lui plairaient. *Et même davantage*, avait-elle ajouté, mystérieuse.

Vivement qu'il y soit en tout cas.

Il patienta encore un bon quart d'heure avant qu'un des flics de la police aux frontières consente à jeter un œil à son passeport. Aimable comme une porte de prison, le type ne lui adressa ni *bonjour* ni *merci* et ne répondit pas à son *bonne journée* en lui rendant ses papiers d'identité.

Nouvelle perplexité devant les panneaux. Gaspard prit la mauvaise direction avant de revenir sur ses pas. Cascade d'escaliers mécaniques. Succession de portes automatiques qui s'ouvraient toujours à retardement. Il se hâta de dépasser les tapis roulants. Dieu merci, il n'avait pas été assez inconscient pour enregistrer des bagages.

À présent, il n'était plus très loin de la sortie de l'enfer. Il batailla pour s'extraire de la cohue inhabituelle qui bloquait le hall des arrivées, fendit la foule, bousculant un couple qui s'embrassait, enjambant des passagers endormis à même le sol. Dans son viseur, la porte à tambour surmontée du panneau « Sortie – Taxis » matérialisait la fin de son supplice. Voilà, plus que quelques mètres et il serait libéré de ce cauchemar. Il prendrait un taxi, coifferait son casque et s'échapperait mentalement en écoutant le piano de Brad Mehldau et la basse de Larry Grenadier. Puis, dès cet après-midi, il commencerait à écrire et il...

La pluie doucha son enthousiasme. Des trombes d'eau s'abattaient sur le bitume. Un ciel charbonneux. Une tristesse et une électricité dans l'air. Aucun taxi à l'horizon. À la place, des cars de CRS et des passagers désorientés.

— Qu'est-ce qui se passe ? demanda-t-il à un bagagiste qui fumait sa clope, stoïque, près d'un cendrier sur pied.

— Z'êtes pas au courant ? C'est la grève, monsieur.


**2.**

Au même moment, gare du Nord, Madeline Greene descendait de l'Eurostar de 9 h 47 en provenance de Londres.

Ses premiers pas sur le sol français furent hésitants, la jeune femme avait du mal à trouver ses marques. Ses jambes étaient lourdes, flageolantes. À la fatigue s'ajoutaient des vertiges, une nausée lancinante et des remontées acides qui lui brûlaient l'œsophage. Le médecin avait eu beau la prévenir des effets secondaires de son traitement, elle n'avait pas imaginé passer Noël en si petite forme.

La valise qu'elle traînait derrière elle semblait peser une tonne. Déformé, amplifié, le bruit des roulettes sur le sol bétonné résonnait dans sa tête et venait érailler son crâne, intensifiant la migraine qui la tourmentait depuis son réveil.

Madeline s'arrêta soudain pour remonter entièrement la fermeture Éclair de son blouson de cuir doublé de peau de mouton. Elle était en nage, mais elle frissonnait. Le souffle court, elle crut un moment qu'elle allait défaillir, mais elle retrouva un peu de forces en arrivant en bout de quai, comme si l'effervescence qui régnait dans le terminal la stimulait et la reconnectait presque instantanément à la vie.

Malgré la réputation peu flatteuse de la gare du Nord, Madeline avait toujours été fascinée par cet endroit. Là où d'autres voyaient du désordre et de la peur, elle percevait un concentré d'énergie brute et contagieuse. Plutôt qu'une cour des miracles, une ruche en perpétuel mouvement. Des milliers de vies, de destins qui se croisaient, tissant une toile d'araignée gigantesque. Un flux tendu, enivrant, une déferlante qu'il fallait savoir dompter pour ne pas se noyer.

La gare lui apparaissait surtout comme une scène de théâtre investie par des milliers d'acteurs : touristes, banlieusards, hommes d'affaires, zonards, flics en patrouille, vendeurs à la sauvette, dealers, employés des cafés et des commerces alentour… En observant ce monde miniature chapeauté par la grande verrière, Madeline songea à l'une de ces boules à neige que lui rapportait sa grand-mère chaque fois qu'elle revenait de voyage. Une boule gigantesque, bourdonnante, dépourvue de ses paillettes en plastique et qui se fissurait sous le poids du nombre.

Elle débarqua sur le parvis pour être accueillie par une rafale. Côté météo, c'était encore plus pourri que Londres : une pluie drue, un ciel sale, un air humide et tiédasse. Comme le lui avait annoncé Takumi, plusieurs dizaines de taxis bloquaient l'accès à la gare. Ni les bus ni les voitures ne pouvaient charger de voyageurs, renvoyant les passagers à leur galère. Devant une caméra de télévision, les esprits s'échauffaient : grévistes et usagers rejouaient la sempiternelle séquence qu'affectionnaient les journaux et les chaînes d'infos.

Madeline s'empressa de contourner le groupe. *Pourquoi n'ai-je pas pensé à prendre un parapluie ?* se maudit-elle en traversant en direction du boulevard de Magenta. Marchant trop près du bord du trottoir, elle fut éclaboussée quand une voiture roula dans une flaque d'eau. Trempée et furieuse, elle descendit la rue Saint-Vincent-de-Paul jusqu'à l'entrée de la paroisse. Là, au volant d'une fourgonnette garée en double file, Takumi était à l'heure au rendez-vous. Son Estafette bariolée était ornée d'une inscription joyeuse qui contrastait avec la grisaille alentour : « Le Jardin extraordinaire – Fleuriste – 3 bis, rue Delambre – 75014 Paris ». En l'apercevant, Madeline lui fit un grand signe avant de se précipiter à l'intérieur de l'habitacle.

— Hello, Madeline, bienvenue à Paris ! l'accueillit le fleuriste en lui tendant une serviette.

— Salut, mon vieux, ça me fait plaisir de te voir !

Elle se sécha les cheveux en détaillant le jeune Asiatique. Takumi portait les cheveux courts, une veste de velours côtelé et un foulard de soie. Une casquette à carreaux en flanelle coiffait le haut de sa tête ronde et laissait échapper deux petites oreilles décollées qui le faisaient ressembler à un souriceau. Son visage était barré d'une moustache clairsemée plus proche de celle d'un ado à peine pubère que de celle de Thomas Magnum. Il n'avait pas du tout vieilli depuis qu'elle avait quitté Paris en lui cédant la jolie boutique de fleurs où elle l'avait embauché quelques années auparavant.

— C'est chouette d'être venu me chercher, merci, dit Madeline en bouclant sa ceinture.

— De rien, tu aurais galéré aujourd'hui dans les transports.

Le jeune fleuriste enclencha une vitesse et s'engagea rue d'Abbeville.

— Comme tu le vois, rien n'a changé dans ce pays depuis que tu es partie, affirma-t-il en désignant le groupe de manifestants. Chaque jour, ça devient même un peu plus morose...

Les essuie-glaces de la vieille Renault peinaient à évacuer les rigoles de pluie qui se déversaient sur le pare-brise.

Malgré la nausée qui l'assaillait de nouveau, Madeline s'efforça de lancer la conversation :

— Alors, comment va la vie ? Tu ne prends pas de vacances pour Noël ?

— Pas avant la fin de la semaine prochaine. On partira fêter le Nouvel An dans la famille de Marjolaine. Ses parents possèdent une distillerie dans le Calvados.

— Si tu tiens toujours aussi mal l'alcool, ça promet !

Le visage du fleuriste vira au pourpre. *Toujours susceptible, le Takumi*, s'amusa Madeline en regardant par la fenêtre le paysage qui se liquéfiait. La camionnette arriva boulevard Haussmann et continua sur cinq cents mètres avant de tourner rue Tronchet. Malgré les trombes d'eau, malgré les effets du mauvais climat social, Madeline était contente d'être ici.

Elle avait aimé vivre à Manhattan, mais elle n'avait pas été capable d'y capter cette prétendue énergie tant vantée par certaines de ses amies. En fait, New York l'avait épuisée. Sa ville fétiche resterait toujours Paris, car c'était là où elle revenait pour panser ses blessures. Elle avait vécu ici pendant quatre ans. Pas forcément ses plus belles années, mais en tout cas les plus importantes : des années de résilience, de reconstruction, de renaissance.

Jusqu'en 2009, elle avait travaillé en Angleterre, à la brigade criminelle de Manchester. Là, une enquête épouvantable dont elle avait la responsabilité – l'affaire Alice Dixon[1] – l'avait brisée et forcée à quitter la police. Cet échec lui avait fait tout perdre : son métier, le respect de ses collègues, sa confiance en elle. À Paris, elle avait repris un petit commerce de fleurs et refait sa vie dans le quartier de Montparnasse, loin des enquêtes de meurtres ou de disparitions d'enfants. Cette vie plus calme avait de nouveau pris un tournant

1. Voir *L'Appel de l'ange*, Éditions XO, 2011 ; Pocket, 2012.

radical lorsqu'une rencontre l'avait orientée sur une piste inattendue et lui avait permis de reprendre l'enquête qui avait saccagé sa vie. Finalement, l'affaire Alice Dixon avait connu un épilogue heureux à New York. Les circonstances de ce succès lui avaient donné l'occasion d'entrer dans les services administratifs du WITSEC, le programme fédéral de protection des témoins. Elle avait laissé sa boutique de fleurs à Takumi et s'était envolée pour New York. Un an plus tard, le NYPD – la police new-yorkaise – lui avait proposé un contrat de consultante dans son service dédié aux affaires classées. Madeline avait pour mission de porter un regard neuf sur certaines vieilles enquêtes non résolues. Le genre de job qui aurait été excitant dans une série télé ou dans un polar de Harlan Coben, mais qui dans la réalité s'était révélé n'être qu'un travail de bureau d'un ennui abyssal. En quatre ans, Madeline n'avait pas mis une seule fois le pied sur le terrain. Elle n'avait pas non plus réussi à faire rouvrir la moindre enquête. Le service dont elle dépendait manquait de moyens et se heurtait à une bureaucratie qui aurait fait rougir l'administration française. Toute demande d'analyse ADN nécessitait de remplir des liasses de formulaires, la moindre autorisation pour interroger un vieux témoin ou avoir accès à certaines pièces de procédure requérait une paperasse démente et se heurtait la plupart du temps à une fin de non-recevoir de la part du FBI qui avait la haute main sur les enquêtes criminelles les plus intéressantes.

Sans regret, elle avait fini par quitter ce job pour revenir vivre en Angleterre. Elle s'en voulait même d'avoir joué les prolongations si longtemps. Car depuis que Jonathan Lempereur – l'homme qu'elle avait aimé et suivi à Manhattan – était retourné vivre avec sa femme, plus rien ne la retenait vraiment aux États-Unis.

— Marjolaine et moi attendons un bébé pour le printemps, confia soudain le fleuriste.

Cette révélation tira Madeline de ses pensées.

— Je... je suis très heureuse pour toi, articula-t-elle en essayant de mettre de la joie dans sa voix.

Mais sa réaction sonnait faux. À tel point que Takumi enchaîna sur autre chose :

— Tu ne m'as toujours pas dit ce qui t'amenait à Paris, Madeline ?

— Des choses et d'autres, répondit-elle d'un ton évasif.

— Si tu veux passer le réveillon de Noël avec nous, à la maison, tu es la bienvenue.

— C'est très gentil, mais je ne préfère pas. Ne m'en veux pas, mais j'ai vraiment besoin d'être seule.

— Comme tu voudras.

Un nouveau silence. Pesant. Madeline ne relança pas la conversation. Le nez à la fenêtre, elle essayait de retrouver ses marques, s'efforçant de rattacher chaque lieu à un souvenir de sa vie parisienne. La place de la Madeleine lui fit penser à une exposition à la pinacothèque consacrée à Dufy ; la rue Royale lui rappelait un bistrot qui faisait une blanquette de veau à tomber ; le pont Alexandre-III restait associé à un accident qu'elle avait eu un jour de pluie lorsqu'elle conduisait sa moto…

— Tu as des projets professionnels ? insista Takumi.

— Bien sûr, mentit-elle.

— Et tu as revu Jonathan récemment ?

*Occupe-toi de ton cul !*

— Bon, c'est fini ton interrogatoire ? C'est moi la flic, je te signale.

— Justement, tu n'es plus flic si j'ai bien tout suivi…

Elle soupira. Le jeune maladroit commençait vraiment à lui taper sur les nerfs.

— OK, je vais être franche, dit-elle ; je veux que tu arrêtes avec tes questions. Tu étais mon apprenti et je t'ai revendu mon business, ça ne te donne pas le droit de m'interroger sur ma vie !

38

Tandis que sa fourgonnette traversait l'esplanade des Invalides, Takumi regarda Madeline de biais. Elle était restée telle qu'il l'avait connue avec son caractère frontal, son gros blouson de cuir, ses mèches blondes et sa coupe au carré un peu *old school*.

Encore en colère, Madeline baissa la vitre et alluma une cigarette.

— Sérieusement, tu fumes toujours ? la sermonna le fleuriste. Tu n'es pas raisonnable.

— Ta gueule, répondit-elle en recrachant une volute de fumée dans sa direction pour le provoquer.

— Non ! Pas dans ma voiture ! Je n'ai pas envie que ma camionnette empeste le tabac !

Madeline profita que l'Estafette venait de s'arrêter à un feu pour attraper sa valise et ouvrir sa portière.

— Mais… Madeline, qu'est-ce que tu fais ?

— J'ai passé l'âge de me taper des leçons de morale à trois balles. Je continue à pied.

— Non, attends, tu…

Elle claqua la portière et partit à grandes enjambées, seule, sur le trottoir de la rue de Grenelle.

La pluie tombait toujours aussi fort.

**3.**

— La grève ? aboya Gaspard. Quelle grève ?

Fataliste, le bagagiste haussa les épaules et eut un geste vague.

— Bah, comme d'habitude, vous savez bien...

Pour se protéger des rafales de pluie, Gaspard mit sa main en visière. Bien entendu, il n'avait pas pensé à prendre un parapluie.

— Donc il n'y a pas de taxis ?

— Nada. Vous pouvez essayer le RER B, mais il n'y a qu'un train sur trois.

*C'est ça, plutôt mourir.*

— Et les bus ?

— J'en sais rien, grimaça l'employé en tirant une dernière bouffée de sa cigarette.

Furieux, Gaspard retourna à l'intérieur du terminal. Dans un espace Relay, il feuilleta *Le Parisien* du jour. Le titre était éloquent : « Le grand blocage ». Chauffeurs de taxi, cheminots, employés de la RATP, contrôleurs aériens, hôtesses et stewards, routiers, dockers, postiers, éboueurs : tous s'étaient donné le mot et promettaient au gouvernement de paralyser le pays s'il ne retirait pas un texte de loi controversé. L'article précisait qu'on pouvait s'attendre à d'autres grèves et qu'à la suite du blocage des raffineries il n'était pas impossible que le pays manque d'essence d'ici à quelques jours. Pour ne rien arranger, après un pic de pollution interminable au début du mois, c'était au tour de la Seine de connaître une crue historique. Il y avait des inondations partout autour de Paris, ce qui compliquait encore la circulation.

Gaspard se frotta les paupières. *Toujours la même rengaine chaque fois que je mets les pieds dans ce pays...* Le cauchemar continuait, mais peu à peu la lassitude prenait le pas sur la colère.

Que faire ? S'il avait eu un portable, il aurait pu appeler Karen pour qu'elle trouve une solution. Sauf que Gaspard n'avait jamais voulu avoir de téléphone cellulaire. Tout comme il n'avait pas d'ordinateur, pas de tablette tactile, pas d'adresse de courrier électronique et qu'il n'allait jamais sur Internet.

Un peu naïvement, il se mit en quête d'une cabine téléphonique dans le hall de l'aérogare, mais elles semblaient toutes avoir disparu.

Les bus restaient son dernier espoir. Il sortit et chercha en vain un agent pour se renseigner, mit un bon quart d'heure à comprendre les sub-tilités des différentes lignes des cars Air France, et assista, dépité, au départ de deux bus bondés qui ne pouvaient pas prendre plus de passagers.

Après une nouvelle demi-heure d'attente, et alors que l'averse redoublait, il put enfin grimper dans l'un des véhicules. Pas une place assise, non – il ne fallait pas rêver –, mais, au moins, il était sur la bonne ligne : celle qui desservait la gare Montparnasse.

Serrés comme des sardines, dégoulinants de pluie, les passagers s'étaient résignés à boire le calice jusqu'à la lie. Pressant son sac contre lui, Gaspard songea à la définition de l'homme par Dostoïevski : « un être qui s'habitue à tout ». À se faire écraser les pieds, à être bousculé, à ce qu'on lui éternue au visage, à transpirer avec des inconnus dans un étouffoir, à partager une barre métallique pleine de microbes…

De nouveau, il eut la tentation de renoncer et de quitter la France, mais il se réconforta en se disant que son calvaire ne durerait pas plus d'un mois. S'il arrivait à boucler l'écriture de sa pièce dans les temps, dans moins de cinq semaines il repartirait passer la fin de l'hiver et le début du printemps en Grèce où il possédait un voilier amarré sur l'île de Sifnos. S'ensuivraient alors six mois de navigation dans les Cyclades, à vivre en osmose avec les éléments dans une explosion de sensations et de couleurs : le blanc aveuglant du soleil sur la chaux, le bleu cobalt du ciel, la profondeur turquoise de la mer Égée. En Grèce, Gaspard faisait corps avec le paysage, les végétaux et les parfums dans une sorte de fusion panthéiste. Après s'être enivré de l'air marin, il se fondait dans la garrigue, longeait les murs de pierres sèches, se délectait des odeurs de thym, de sauge, d'huile d'olive et de poulpe grillé. Un bonheur qui durait jusqu'à la mi-juin. Quand les touristes commençaient à gangrener les îles, il s'enfuyait sur le territoire américain, dans son chalet du Montana.

Là, c'était un autre mode de vie : un retour à la nature dans ce qu'elle avait de plus sauvage et de plus rude. Ses journées étaient rythmées par des parties de pêche à la truite, des vagabondages sans fin dans les forêts de bouleaux, autour des lacs, le long des rivières et des ruisseaux. Une existence solitaire mais intense, loin du cancer des villes et de leurs habitants anémiques.

Mètre après mètre, le bus se traînait sur l'autoroute A3. À travers ses vitres embuées, Gaspard apercevait parfois des fragments de panneaux égrenant les villes de la banlieue nord-est : Aulnay-sous-Bois, Drancy, Livry-Gargan, Bobigny, Bondy...

Il avait besoin de ces longues immersions, seul dans la nature, pour se purifier, pour se laver du chancre de la civilisation. Car depuis longtemps, Gaspard Coutances était en guerre contre l'agitation et le chaos d'un monde qui courait à sa perte. Un monde qui craquait de tous les côtés et qu'il ne comprenait plus. En bon misanthrope, il se sentait plus proche des ours, des rapaces et des serpents que de ses soi-disant frères humains. Et il était fier d'avoir fait sécession avec un monde qu'il détestait. Fier de pouvoir vivre la plupart du temps en dehors de la société et de ses règles. Ainsi, il n'avait plus allumé un écran de télévision depuis vingt-cinq ans, ignorait presque tout d'Internet et roulait dans un Dodge de la fin des années 1970.

Sa vie d'ermite procédait d'un ascétisme décidé, mais pas radical. Il s'autorisait parfois une incartade lorsque l'occasion se présentait. Il lui arrivait de quitter ses montagnes ou son repaire de Grèce et de prendre un avion pour assister à un concert de Keith Jarrett à Juan-les-Pins, à une rétrospective de Bruegel à Rotterdam ou une représentation de la *Tosca* dans les arènes de Vérone. Et puis il y avait ce fameux mois d'écriture à Paris. Après avoir mûri sa pièce de théâtre dans sa tête pendant un an, il se mettait à son bureau, seize heures par jour. Chaque fois il pensait être à court d'idées, d'inspiration, d'envie, mais chaque fois un processus mystérieux se mettait en branle. Les mots, les situations, les dialogues, les répliques jaillissaient sous sa plume et s'articulaient en un tout cohérent, au fil d'une écriture sèche et sans pathos.

Ses pièces étaient aujourd'hui traduites dans près de vingt langues et jouées dans le monde entier. Rien que l'année dernière, près d'une quinzaine de productions s'étaient montées en Europe et aux États-Unis. L'une de ses dernières pièces, *Ghost Town*, avait été créée à la Schaubühne, le mythique théâtre de Berlin, et elle avait été nommée aux Tony Awards. Ses histoires plaisaient surtout à la presse intello qui surinterprétait et surestimait quelque peu son travail.

Gaspard n'assistait jamais à la représentation de ses pièces ni ne donnait d'interviews. Au début, Karen s'était inquiétée de ce choix de ne pas apparaître dans les médias, mais elle avait su tirer parti de cette réserve pour créer un « mystère Gaspard Coutances ». Finalement, moins il mouillait la chemise, plus la presse le couvrait d'éloges. On le comparait à Kundera, à Pinter, à Schopenhauer, à Kierkegaard. Gaspard n'était pas flatté par ces compliments tant il avait toujours pensé que ce succès procédait d'un malentendu.

Après Bagnolet, le bus s'éternisa sur le périph avant de prendre les quais de Bercy jusqu'à la gare de Lyon. Là, le car marqua un arrêt interminable, le temps de débarquer la moitié de ses passagers avant de mettre le cap vers l'ouest.

Les pièces de théâtre de Gaspard baignaient toutes dans le même terreau : celui de l'absurdité et du tragique de la vie, celui de la solitude consubstantielle à la condition humaine. Elles distillaient la détestation de Gaspard pour la folie de son époque et étaient vierges d'illusions, d'optimisme, de bons sentiments et de tout *happy end*. Mais, toutes désespérées et cruelles qu'elles étaient, ses pièces étaient drôles. Certes, ce n'était pas *Pouic-Pouic, La Cage aux folles* ou *Au théâtre ce soir*, mais c'étaient des pièces vives et dynamiques. Comme disait Karen, elles donnaient aux spectateurs l'impression qu'ils pouvaient être libres, et aux critiques celle qu'ils étaient intelligents. C'était peut-être ce qui expliquait l'engouement du public et des comédiens les plus en vue qui se battaient pour interpréter ses textes grinçants.

On venait de traverser la Seine. Boulevard Arago, des décorations de Noël tristes et déplumées rappelèrent à Gaspard combien il détestait cette période et ce que cette fête était devenue : un simple dégueulis commercial et vulgaire. Puis le car s'immobilisa place Denfert-Rochereau juste devant l'entrée des catacombes. Autour du Lion de Belfort, un petit groupe de manifestants agitaient des drapeaux aux couleurs de la CGT, de FO et de la FSU. Le chauffeur baissa sa vitre pour parler à un flic en train de réguler la circulation. En tendant l'oreille, Gaspard comprit que l'avenue du Maine était bloquée, ainsi que tous les accès à la tour Montparnasse.

Les portes du car s'ouvrirent dans un bruit de ventouses.

— Terminus, tout le monde descend ! annonça le chauffeur d'un ton amusé alors qu'il abandonnait pourtant ses passagers à un triste sort.

Dehors, l'orage redoublait.


**4.**

En raison de la grève et du blocage des sites de traitement des déchets, Paris croulait sous les ordures. Des montagnes d'immondices s'accumulaient devant les restaurants, les entrées d'immeuble et les devantures de magasin. Dépités, partagés entre le dégoût et la colère, certains touristes faisaient même des selfies ironiques devant les conteneurs débordants de détritus.

Sous la pluie battante, Madeline remontait la rue de Grenelle, tirant sa valise à roulettes qui semblait peser un kilo supplémentaire tous les cent mètres. Le cœur vaillant, elle avait décidé de ne pas se laisser abattre. Pour se donner du courage, elle élaborait dans sa tête son programme des prochains jours. Des balades sur l'île Saint-Louis, une comédie musicale au Châtelet, une pièce de théâtre à Édouard-VII, l'expo Hergé au Grand Palais, *Manchester by the Sea* au cinéma et quelques petits restaus en solo... Elle avait besoin que ce séjour se passe bien. Elle était venue ici en espérant se reposer et se retrouver. Elle prêtait à la ville ce type de vertu magique.

Elle continua son chemin en s'efforçant de ne pas penser à l'intervention médicale qu'elle devait subir dans les prochains jours. Alors qu'elle venait de dépasser la rue de Bourgogne, la pluie cessa brusquement. Quand elle arriva rue du Cherche-Midi, un rayon de soleil timide fit même son apparition et lui rendit le sourire. Elle fouilla dans son smartphone pour ouvrir le mail de la plate-forme de location sur laquelle elle avait choisi la maison.

« Un appartement à Paris » : un mois plus tôt, c'est cette requête qu'elle avait entrée dans un moteur de recherche lorsqu'elle avait entrepris ses démarches pour trouver un logement. Après quelques dizaines de clics et une demi-heure de navigation, elle avait atterri sur le site d'une agence immobilière spécialisée dans la location de biens atypiques. La maison dépassait de très loin son budget, mais elle lui avait tapé dans l'œil au point qu'elle n'envisage pas d'habiter ailleurs. De peur qu'elle lui passe sous le nez, Madeline avait sorti immédiatement sa carte de crédit pour valider sa réservation.

Dans le message de confirmation figuraient à la fois l'adresse précise du logement et la batterie de codes pour y accéder. D'après les indications, la bâtisse s'élevait dans l'allée Jeanne-Hébuterne, un cul-de-sac barré par un portillon de fer situé juste en face du restaurant Chez Dumonet. Madeline repéra le portail à la peinture écaillée et, l'œil rivé à l'écran de son téléphone, composa les quatre chiffres qui permettaient de le déverrouiller.

Dès qu'elle eut refermé derrière elle, Madeline fut projetée dans un sanctuaire hors du temps. Elle fut d'abord sensible à la verdure – chèvrefeuille, bambous, massifs de jasmin, magnolias – et aux arbustes – orangers du Mexique, andromèdes du Japon, buddleia de David – qui faisaient de l'endroit un écrin bucolique et champêtre à mille lieues de la rugosité de la ville. Puis, en avançant sur les pavés, elle découvrit un groupe de quatre maisonnettes. Des pavillons à un étage entourés d'un potager, dont les façades disparaissaient sous le lierre et la passiflore.

La dernière maison de l'impasse était celle qu'elle avait louée. Elle n'avait rien à voir avec les autres. De l'extérieur, c'était un cube en béton armé souligné d'un damier de briques rouges et noires. Madeline composa un nouveau code pour ouvrir la grande porte pleine en acier surmontée d'une inscription déliée en fer forgé : « *Cursum Perficio*[1] ».

Dès qu'elle pénétra dans l'entrée, quelque chose se produisit : une sorte d'émerveillement pas très loin du coup de foudre. Un éblouissement qui la toucha en plein cœur. D'où venait ce sentiment d'être chez soi ? Cette impression d'harmonie indéfinissable ? De l'agencement des volumes ? des reflets ocre de la lumière naturelle ? du contraste avec le chaos qui régnait dehors ?

Madeline avait toujours été sensible aux intérieurs. Pendant longtemps, c'était même une composante de son métier : faire parler les lieux. Mais les lieux auxquels elle avait affaire alors avaient la particularité d'être des scènes de crime…

Elle posa sa valise dans un coin du hall et prit le temps de parcourir toutes les pièces. *Cursum*

1. « Ici s'achève mon chemin. »

*Perficio* était une maison-atelier des années 1920, parfaitement restaurée, qui se déployait sur trois niveaux autour d'un patio végétalisé.

Au rez-de-chaussée, une cuisine ouvrait sur une salle à manger et un grand salon dépouillé. En descendant un escalier en bois brut, on atterrissait sur un plateau en rez-de-jardin, partagé en deux chambres qui donnaient sur une fontaine entourée de plantes grimpantes. Quant au premier étage, il était entièrement occupé par un immense atelier, une chambre et sa salle de bains.

Sous le charme, Madeline demeura plusieurs minutes dans l'atelier, impressionnée par les hautes baies menuisées de plus de quatre mètres qui ouvraient sur le ciel et la cime des arbres. Dans le descriptif fourni par le site de location, elle avait lu que la maison avait appartenu au peintre Sean Lorenz. De fait, l'atelier semblait tel que l'artiste l'avait laissé avec son sol constellé de taches vives, ses chevalets et des châssis de toutes les tailles, ses toiles vierges rangées dans des casiers. Et partout, des pots de couleurs, des brosses, des pinceaux, des bombes de peinture.

Elle eut du mal à quitter l'atelier. C'était grisant et troublant d'évoluer dans l'intimité du peintre. De retour dans le salon, elle ouvrit la porte vitrée qui donnait accès à la terrasse. Là, elle fut saisie par les parfums enivrants des fleurs qui montaient du patio et, le sourire aux lèvres, contempla deux rouges-gorges qui pirouettaient près d'une mangeoire fixée au mur. On était plus à la campagne qu'à Paris ! Voilà ce qu'elle allait faire : prendre un bain puis s'installer sur la terrasse avec une tasse de thé et un bon livre !

Cette maison lui avait fait retrouver le sourire. Elle avait eu raison de suivre son instinct et de venir ici. Paris était vraiment la ville dans laquelle tout pouvait arriver.

### 5.

Maudissant l'averse, Gaspard sautait d'un trottoir à l'autre, sa veste tendue au-dessus de sa tête, son sac lui cisaillant l'épaule. Parti de Denfert, il cavala jusqu'à la station de métro Edgar-Quinet sans marquer d'arrêt. En s'engageant dans la rue Delambre, il se retrouva en terrain connu. Deux ans auparavant, Karen lui avait loué un grand appartement à l'angle du square Delambre. Il se souvenait bien de la rue : la petite école, l'hôtel Lenox, Le Jardin extraordinaire avec sa devanture fleurie ainsi que les restaurants où il lui arrivait de prendre ses repas : le Sushi Gozen et le Bistrot du Dôme.

La pluie cessa enfin lorsqu'il arriva boulevard du Montparnasse. Gaspard en profita pour remettre sa veste et essuyer ses lunettes. Une clameur rauque et confuse montait de la rue. Pétards, cornes de brume, sifflets, sirènes, slogans hostiles au gouvernement. L'artère débordait de manifestants. Un cortège fourni qui attendait de s'élancer rue de Rennes. Gaspard reconnut les gilets jaune fluo et les chasubles rouges de la CGT, massés autour d'un ballon-montgolfière et d'une sono qui chauffait une foule pressée de battre le pavé.

Le dramaturge plongea dans la vague de drapeaux et de banderoles pour rejoindre en apnée le boulevard Raspail. Soulagé de retrouver un peu de calme, il reprit son souffle, appuyé contre un lampadaire. Là, en sueur, il sortit de sa poche la feuille que lui avait envoyée Karen et relut l'adresse de la maison et les instructions pour y accéder. Il reprit sa route alors que de timides rayons de soleil faisaient miroiter le trottoir.

À l'angle de la rue du Cherche-Midi, la devanture d'un caviste égaya son humeur. Le Rouge et le Noir. Il vérifia que le magasin était vide avant d'y entrer. Sachant exactement ce qu'il voulait, il abrégea la conversation avec le propriétaire et repartit dix minutes plus tard, chargé d'une caisse de grands crus : gevrey-chambertin, chambolle-musigny, saint-estèphe, margaux, saint-julien...

L'alcool...

En croisant son reflet dans les vitrines, il songea brièvement à la scène terrible au début du film *Leaving Las Vegas*, lorsque le personnage joué par Nicolas Cage s'arrête dans un *liquor store* pour remplir un Caddie de dizaines de bouteilles d'alcool. Une halte, prélude à une descente aux enfers suicidaire.

Certes, Gaspard n'en était pas encore là, mais l'alcool faisait partie intégrante de son quotidien. S'il buvait seul la plupart du temps, il lui arrivait aussi de prendre des cuites mémorables dans des assommoirs de Columbia Falls, de Whitefish ou de Sifnos. Des bitures violentes avec des gars frustes qui se foutaient pas mal de Brueghel, de Schopenhauer, de Milan Kundera ou de Harold Pinter.

C'était l'adjuvant le plus commode pour colmater ses lignes de faille et rendre sa vie moins tragique. Le complice qui l'aidait à voler quelques fragments d'insouciance à l'existence. Tantôt ami, tantôt ennemi, l'alcool était le bouclier qui tenait les émotions à distance, la cotte de mailles qui le protégeait des angoisses, le meilleur des somnifères. Il se rappela la phrase d'Hemingway : « Un homme intelligent est parfois forcé de boire pour pouvoir passer du temps parmi les imbéciles. » Voilà, c'était ça. L'alcool ne résolvait fondamentalement aucun problème, mais il offrait un moyen transitoire de supporter la grande alliance de la médiocrité qui, d'après lui, avait contaminé l'humanité.

Gaspard était lucide, il savait qu'il n'était pas impossible que l'alcool gagne à la fin. Il avait même une idée assez précise de la façon dont ça pourrait se passer : viendrait un jour où la vie lui semblerait à ce point intolérable qu'il ne pourrait plus l'affronter à jeun. L'image de son propre cadavre en train de s'enfoncer dans des abysses alcoolisés lui traversa l'esprit. Il s'empressa de chasser ce cauchemar et s'aperçut qu'il était arrivé devant un portail recouvert d'une couche de peinture bleu de Prusse.

Calant la caisse de vin sous un bras, Gaspard composa les quatre chiffres du digicode qui protégeait l'entrée de l'allée Jeanne-Hébuterne. Dès qu'il s'engagea dans la petite impasse, quelque chose se détendit en lui. Pendant un long moment, il resta incrédule en découvrant la végétation et l'allure provinciale, quasi surannée, du passage arboré. Ici, le temps donnait l'impression de s'égrener plus lentement qu'ailleurs, comme si le lieu était traversé par un fuseau horaire parallèle. Deux chats débonnaires se doraient au soleil. Des oiseaux piaillaient dans les branches des cerisiers. Le chaos du dehors paraissait tout à coup très loin et on avait du mal à croire qu'on n'était qu'à quelques centaines de mètres de l'affreuse tour Montparnasse.

Gaspard fit quelques pas sur les pavés irréguliers. Un peu en retrait, presque dissimulées par les arbustes, on devinait de petites maisons en pierre meulière et leurs murs crépis. Derrière des portails rouillés, leurs façades ocre étaient mangées par le lierre et la vigne vierge. Enfin, au bout de l'allée s'élevait une construction audacieuse aux formes géométriques. Un parallélépipède en béton armé ceint d'une large bande vitrée opalescente qui courait le long d'une façade en briques noires et rouges disposées en damier. Au-dessus de la porte, une inscription en fer forgé : « *Cursum Perficio* », le nom de la dernière maison de Marilyn Monroe. Un digicode invitait à saisir de nouveaux chiffres. Gaspard suivit les instructions de Karen et la porte en acier se déverrouilla dans un léger clic.

Curieux de découvrir l'intérieur, Gaspard dépassa le hall d'entrée pour déboucher directement dans le salon. Ce n'était pas aussi bien que sur les photos. C'était mieux. La maison s'organisait de façon ingénieuse autour d'un patio rectangulaire agrémenté d'une terrasse en forme de L.

*Merde alors…*, souffla-t-il entre ses dents, bluffé par l'élégance du lieu. Toute la tension qu'il avait accumulée ces dernières heures se dissipa. On était ici dans une autre dimension, un espace à la fois familier et réconfortant. Fonctionnel, accueillant et épuré. Il essaya un moment d'analyser l'origine de ce sentiment, mais ni l'architecture ni l'harmonie des proportions n'étaient une grammaire dont il connaissait les règles.

D'ordinaire, il n'était pas sensible aux intérieurs. Il était sensible aux paysages : aux reflets des montagnes enneigées sur la surface des lacs, à la blancheur bleutée des glaciers, à l'immensité enivrante des forêts de sapins. Il ne croyait pas à ce baratin autour du feng shui et à l'influence de l'ameublement sur la circulation de l'énergie dans une pièce. Mais force était de constater qu'il ressentait ici sinon de « bonnes ondes », du moins la certitude qu'il y serait bien et qu'il allait y travailler avec plaisir.

Il ouvrit la baie vitrée, sortit sur la terrasse et s'appuya contre la balustrade, profitant pleinement du chant des oiseaux et de cette atmosphère champêtre qui le réjouissait. Le vent s'était levé, mais il faisait bon et le soleil éclaboussait son visage. Pour la première fois depuis longtemps, Gaspard sourit. Pour fêter son arrivée, il allait ouvrir une bouteille de gevrey-chambertin et se servir un verre qu'il dégusterait tranquillement en…

Un bruit le tira de sa béatitude. Il y avait quelqu'un dans la maison. Peut-être une femme de ménage ou un homme d'entretien. Il retourna à l'intérieur pour s'en assurer.

C'est là qu'il aperçut une femme qui lui faisait face. Entièrement nue à l'exception d'une serviette de bain qui entourait sa poitrine et descendait jusqu'à ses cuisses.

— Qui êtes-vous ? Et que faites-vous chez moi ? demanda-t-il.

Elle le regardait avec colère.

— C'est exactement la question que j'allais vous poser, répondit-elle.

## 2

## La théorie des 21 grammes

*Une partie de ce qui nous attire chez les artistes est leur altérité, leur refus du conformisme, leur majeur brandi au visage de la société.*

Jesse KELLERMAN

**1.**

— Pour être honnête, je ne suis pas certain de bien comprendre ce que vous me reprochez, mademoiselle Greene.

Crinière argentée et buste bombé, Bernard Benedick donnait l'impression de monter la garde devant une grande toile monochrome exposée au fond de sa galerie de la rue du Faubourg-Saint-Honoré. Comme s'il avait perdu récemment du poids, il flottait dans sa chemise à col Mao et sa veste forestière vert absinthe. De grosses lunettes

Le Corbusier lui mangeaient le haut du visage, mais faisaient ressortir ses yeux ronds, son regard vif et pétillant.

— L'annonce du site était mensongère, répéta Madeline en haussant le ton. Jamais il n'était mentionné qu'il s'agissait d'une colocation.

Le galeriste secoua la tête.

— La maison de Sean Lorenz n'est pas proposée en colocation, assura-t-il.

— Regardez par vous-même, s'exaspéra Madeline en lui tendant deux feuilles imprimées : son propre contrat de location ainsi que celui, identique, que lui avait montré ce Gaspard Coutances avec qui elle s'était retrouvée nez à nez en sortant de son bain une heure plus tôt.

Le galeriste prit les papiers et les parcourut avec l'air de ne rien y comprendre.

— En effet, il a l'air d'y avoir une erreur, finit-il par admettre en triturant ses lunettes. Il s'agit sûrement d'un bug informatique, mais, pour être franc, je ne connais pas grand-chose à tout cela. C'est Nadia, l'une de nos stagiaires, qui s'est occupée de faire passer l'annonce sur le site. Je pourrais essayer de la joindre, mais elle est partie ce matin même à Chicago pour les vacances et…

— J'ai déjà envoyé un mail sur l'interface du site et ça ne résoudra pas mon problème, l'interrompit Madeline. L'homme qui se trouve actuellement dans la maison vient des États-Unis et il n'a pas l'intention de repartir.

Le visage du galeriste s'assombrit.

— Je n'aurais jamais dû louer cette maison ! Même depuis sa tombe, Lorenz continue à me pourrir la vie ! maugréa-t-il, en colère contre lui-même.

Il soupira, agacé.

— Vous savez quoi ? trancha-t-il. Je vais vous rembourser.

— Je ne veux pas d'argent. Je veux ce qui était convenu : habiter dans la maison, *toute seule*.

Madeline appuya sur ces mots en sentant vibrer en elle cette conviction irrationnelle qu'elle *devait* habiter cet endroit.

— Dans ce cas, je vais rembourser ce M. Coutances. Vous voulez que je l'appelle ?

— Vous n'allez pas me croire, mais il n'a pas le téléphone.

— Eh bien, transmettez-lui ma proposition.

— Je ne l'ai croisé que cinq minutes. Il n'a pas l'air commode.

— Vous non plus, vous n'avez pas l'air commode, rétorqua Benedick en lui tendant une carte de visite. Appelez-moi quand vous lui aurez parlé. Et si vous voulez faire un tour dans la galerie, ça me laissera le temps de lui rédiger un petit mot pour m'excuser et lui proposer de le dédommager.

Madeline glissa le rectangle de carton dans la poche de son jean et tourna les talons sans remercier son interlocuteur, doutant de l'effet que ferait le mot du galeriste à ce Coutances, manifestement une sorte d'ours agressif et buté.

C'était l'heure du déjeuner. Comme il n'y avait pas foule, Madeline prit le temps de jeter un coup d'œil aux tableaux. La galerie était spécialisée dans l'art urbain et contemporain. Dans la première salle n'étaient exposées que des toiles de très grand format, toutes intitulées *Sans titre*. Des surfaces monochromes, des à-plats de couleurs tristes, lardés de coups de cutter et troués de clous rouillés. La deuxième pièce, par contraste, débordait de couleurs vives et d'énergie. Les œuvres exposées étaient à la frontière entre le graffiti et la calligraphie asiatique. Madeline les observa avec intérêt, mais sans affect.

Ce genre de tableaux la laissait souvent à distance. À dire vrai, elle n'avait jamais été sensible à l'art contemporain. Comme tout le monde, elle avait lu des articles et vu des reportages sur le succès d'artistes stars – le crâne en diamants de Damien Hirst et ses animaux figés dans le formol, les homards de Jeff Koons qui avaient créé la polémique au château de Versailles, les coups d'éclat provocateurs de Banksy, le sapin en forme de sex-toy de Paul McCarthy qui avait été vandalisé place Vendôme –, mais elle n'avait pas encore trouvé la clé qui lui permettrait d'accéder à cet univers. Dubitative, elle pénétra néanmoins dans la dernière salle où étaient présentées des œuvres hétéroclites. Ça, c'est du grand n'importe quoi, jugea-t-elle en s'attardant, un peu malgré elle, devant une série de sculptures gonflables aux couleurs acidulées et en forme de phallus, puis sur des personnages de manga version porno moulés dans de la résine rose. L'exposition se poursuivait avec deux grands squelettes figés dans une position extrême du Kamasutra, des sculptures monumentales en briques de Lego et une statue de chimère en marbre blanc dans laquelle la tête et le buste de Kate Moss étaient affublés d'un corps de lion. Plus loin, au fond de la pièce, on avait exposé une collection d'armes – fusils, tromblons, arquebuses – réalisées avec des matériaux de récupération : boîtes de sardines, ampoules usagées, ustensiles de cuisine en ferraille ou en bois assemblés à l'aide de fil de fer, de chatterton et de bouts de ficelle.

— Vous aimez ?

Madeline sursauta en se retournant. Absorbée dans la contemplation des œuvres, elle n'avait pas entendu Bernard Benedick arriver.

— Je n'y connais rien, mais *a priori* ce n'est pas ma came.

— Et c'est quoi votre « came » au juste ? demanda le galeriste, amusé, en lui tendant une enveloppe qu'elle enfouit dans la poche de son jean.

— Matisse, Brancusi, Nicolas de Staël, Giacometti...

— Je vous accorde bien volontiers qu'on n'est pas ici au même niveau de génie, sourit-il en désignant notamment la forêt multicolore de sexes en érection. Vous allez rire, mais c'est ce que je vends le mieux en ce moment.

Madeline eut une moue dubitative.

— Vous avez des œuvres de Sean Lorenz ici ?

Jusqu'alors jovial, le visage de Benedick se ferma.

— Non, malheureusement. Lorenz était un artiste qui peignait peu. Ses œuvres sont presque introuvables aujourd'hui et valent des fortunes.

— Quand est-il mort exactement ?

— Il y a un an. Il avait à peine quarante-neuf ans.

— C'est jeune pour mourir.

Benedick acquiesça :

— Sean a toujours eu une santé fragile. Il souffrait de problèmes cardiaques depuis longtemps et avait déjà subi plusieurs pontages.

— Vous étiez son galeriste exclusif ?

L'homme grimaça tristement :

— J'ai été son premier galeriste, mais j'étais surtout son ami, même si on se fâchait souvent.

— Les toiles de Lorenz ressemblent à quoi ?

— À rien de connu justement ! s'exclama-t-il. Lorenz, c'est Lorenz !

— Mais encore ? insista Madeline.

Benedick s'anima :

— Sean était un peintre inclassable. Il n'appartenait à aucune école et n'était prisonnier d'aucune chapelle. Si vous cherchez une analogie avec le cinéma, disons qu'on peut le rapprocher de Stanley Kubrick : un artiste capable de créer des chefs-d'œuvre dans des genres très différents.

Madeline hocha la tête. Elle aurait dû partir, aller régler cette histoire avec son colocataire indésirable. Mais quelque chose la retenait ici ; elle avait vécu la découverte de la maison du peintre comme une telle rencontre qu'elle voulait en savoir davantage.

— C'est à vous qu'appartient l'atelier de Lorenz aujourd'hui ?

— Disons que j'essaie de le préserver des créanciers de Sean. Je suis son héritier et son exécuteur testamentaire.

— Ses créanciers ? Vous disiez que les œuvres de Lorenz étaient hors de prix.

— C'est le cas, mais son divorce lui avait coûté cher. Et il ne peignait plus depuis plusieurs années.

— Pourquoi ?

— À cause de sa maladie et de problèmes personnels.

— Quels problèmes ?

Benedick s'agaça :

— Vous êtes de la police ?

— Oui, justement, sourit Madeline.

— C'est-à-dire ? s'étonna-t-il.

— J'ai été flic pendant plusieurs années, expliqua la jeune femme. À la brigade criminelle de Manchester puis à New York.

— Vous enquêtiez sur quoi ?

Elle haussa les épaules.

— Les homicides, les enlèvements…

Benedick plissa les yeux, comme si une idée venait de lui traverser l'esprit. Il regarda sa montre puis désigna, à travers la vitre, le restaurant italien de l'autre côté de la rue dont la devanture noire et les lambrequins dorés rappelaient la voilure d'un bateau pirate.

— Vous aimez le *saltimbocca* ? demanda-t-il. J'ai un rendez-vous dans une heure, mais, si vous voulez en savoir plus sur Sean, je vous invite à déjeuner.

## 2.

Une brise tiède faisait frémir et onduler les branches d'un vieux tilleul planté au milieu de la cour intérieure. Assis sur la table de la terrasse, Gaspard Coutances savoura une gorgée de vin. Le gevrey-chambertin était délicieux : équilibré, intense, ample et souple en bouche avec des arômes fruités de cerise noire et de cassis.

Pourtant, le plaisir de la dégustation était gâché par l'incertitude qui pesait sur la location de la maison. *Bon sang*, ragea-t-il, *il est impossible que je me laisse déloger par cette fille !* Il voulait écrire sa pièce de théâtre ici. Ce n'était même plus une question de principe, mais de nécessité. Pour une fois qu'il avait un coup de foudre, il se refusait à rendre les armes alors qu'il était dans son bon droit. Mais cette Madeline Greene avait l'air coriace. Elle avait insisté pour lui prêter son téléphone afin qu'il puisse appeler son agent. Bien qu'elle ne fût pas directement responsable de la situation, Karen s'était confondue en excuses et l'avait rappelé dix minutes plus tard, l'informant qu'elle lui avait réservé une suite au Bristol en attendant que les choses s'arrangent. Mais Gaspard avait refusé tout net et posé un ultimatum : c'était *cette maison* ou rien. Soit Karen trouvait une solution, soit elle pouvait dire adieu à leur collaboration. Généralement, ce type de menaces avait le pouvoir de transformer Karen en guerrière. Mais, cette fois, il craignait que ce ne soit pas suffisant.

Nouvelle gorgée de bourgogne. Chant des oiseaux. Douceur de l'air. Soleil d'hiver qui réchauffe le cœur. Gaspard ne put s'empêcher de sourire tant il y avait quelque chose de comique dans cette situation. Un homme et une femme qui, à cause d'une erreur informatique, se retrouvaient à louer la même maison pour Noël. Ça ressemblait à un début de pièce de théâtre. Pas aux trucs intellos et cyniques qu'il écrivait lui-même, mais à quelque chose de plus joyeux. Une de ces pièces des années 1960 et 1970 écrites par Barillet et Gredy qu'affectionnait son père et qui avaient fait les grandes heures du Théâtre Antoine ou des Bouffes-Parisiens.

Son père...

Ça ne manquait jamais. Chaque fois que Gaspard venait à Paris, les souvenirs de son enfance, des braises qu'il croyait éteintes, se ravivaient. Pour ne pas se brûler, Gaspard chassa cette image de son esprit avant qu'elle ne devienne trop douloureuse. Avec le temps, il avait appris qu'il valait mieux garder ce genre de souvenirs à distance. Question de survie.

Il se resservit du vin et, son verre à la main, quitta la terrasse pour déambuler dans le salon. Il fut d'abord attiré par la collection de 33 tours : des centaines de disques de jazz, soigneusement rangés et classés sur des étagères en chêne naturel. Il posa sur la platine un vinyle de Paul Bley dont il n'avait jamais entendu parler et, pendant un moment, se laissa porter par le son cristallin du piano en détaillant les cadres accrochés aux murs.

Il n'y avait ni dessins ni peintures, seulement des photos de famille en noir et blanc. Un homme, une femme, un petit garçon. L'homme, c'était Sean Lorenz. Gaspard le reconnut parce qu'il se souvenait d'avoir vu son portrait – pris par l'artiste anglaise Jane Bown – dans la nécrologie parue dans *Le Monde* en décembre dernier. L'original grand format de la photographie se trouvait devant lui : une haute silhouette, une stature imposante, un visage émacié en lame de couteau, un regard énigmatique qui semblait tour à tour inquiet et déterminé. La femme de Lorenz n'était présente que sur deux clichés. Ses poses ressemblaient à celles que prenaient Stephanie Seymour ou Christy Turlington sur les couvertures des magazines de mode il y a vingt-cinq ans. Une beauté des années 1990 : élancée, sensuelle, rayonnante. Mince sans être squelettique. Radieuse sans paraître inaccessible. Mais les photos les plus nombreuses étaient celles de Lorenz avec son fils. Le peintre était peut-être un homme austère, mais, quand il était avec son enfant – un blondinet à la bouille craquante et au regard pétillant –, sa morphologie se métamorphosait, comme si la joie de vivre du gamin déteignait sur le père. Derniers clichés de cette exposition familiale, deux tirages plutôt joyeux montraient Lorenz en train de peindre avec des enfants de cinq ou six ans, parmi lesquels on reconnaissait son fils, dans ce qui devait être une école ou un cours de peinture à destination des plus jeunes.

Dans la bibliothèque, au milieu des Pléiade et des éditions limitées publiées chez Taschen ou Assouline, Gaspard mit la main sur une monographie consacrée à l'œuvre de Lorenz. Une somme de près de cinq cents pages, luxueusement reliée et dont le poids dépassait à coup sûr les trois kilos. Gaspard posa son verre sur la table basse et s'installa dans le canapé pour parcourir le livre. L'honnêteté l'obligeait à reconnaître qu'il ne connaissait pas les œuvres de Lorenz. En peinture, ses goûts le portaient davantage vers l'école flamande et l'âge d'or néerlandais : Van Eyck, Bosch, Rubens, Vermeer, Rembrandt... Il feuilleta la préface, signée par un certain Bernard Benedick, qui promettait une analyse approfondie du travail de Lorenz et l'accès à des archives inédites. Dès les premiers mots, Gaspard apprécia le ton libre et direct que prenait Benedick pour planter les grandes lignes de la biographie du peintre.

Sean Lorenz était né à New York au milieu des années 1960. C'était le fils d'une gouvernante, Elena Lorenz, et d'un médecin de l'Upper West Side qui ne l'avait jamais reconnu. Fils unique, le futur peintre avait passé son enfance et son adolescence avec sa mère dans les Polo Grounds Towers, une cité HLM au nord de Harlem. Bien qu'elle tirât le diable par la queue, sa mère s'était saignée aux quatre veines pour envoyer son fils dans un établissement privé protestant. Mais le jeune Sean ne s'était pas montré digne de ce sacrifice : après avoir été plusieurs fois renvoyé de son école, il avait glissé peu à peu dans la petite délinquance. C'est à la fin de l'adolescence, entre deux larcins, qu'il avait commencé à peindre ou plutôt à taguer les murs et les métros de Manhattan au sein d'un collectif de graffeurs qui se faisait appeler *Les Artificiers*.

Gaspard observa les photos d'époque reproduites dans l'ouvrage. On y voyait Sean à vingt ou vingt-cinq ans – allure juvénile, mais visage déjà tourmenté – vêtu d'un manteau noir trop grand pour lui, d'un tee-shirt barbouillé de peinture, d'une casquette de rappeur et d'une paire de Converse fatiguée. Armé de ses bombes aérosols, il était, sur la plupart des clichés, accompagné de deux « complices » : un Hispanique fluet aux traits fins et une fille très forte et un peu masculine toujours coiffée d'un bandeau d'Indienne. Les fameux *Artificiers* qui recouvraient de graphes rageurs les wagons, les palissades et les murs éventrés. Des clichés un peu flous, au grain sale, pris dans les entrepôts, les terrains vagues et les souterrains du métro. Des clichés qui ravivaient le New York sauvage, crade, violent et stimulant que Gaspard avait connu lorsqu'il était étudiant.

### 3.

— Les années 1980, c'était la grande époque du graffiti à New York, expliqua Bernard Benedick en entortillant ses spaghettis autour de sa fourchette. Pour se réapproprier la ville, des gamins comme Sean barbouillaient de peinture tout ce qui leur tombait sous la main : les rideaux de fer des magasins, les boîtes aux lettres, les bennes à ordures et, bien sûr, les wagons de métro.

Assise en face du galeriste, Madeline l'écoutait attentivement en grignotant sa salade de poulpe.

Après avoir posé ses couverts sur la table, Benedick attrapa dans sa poche un smartphone grande taille et fouilla dans l'application de photos pour sélectionner un répertoire d'images consacré à Sean Lorenz.

— Regardez ça, dit-il en tendant l'appareil à Madeline.

La jeune femme balaya l'écran de l'iPhone pour faire défiler des clichés numérisés datant de cette époque.

— *Lorz74*, ça veut dire quoi ? demanda-t-elle en pointant le sigle bombé qui revenait sur beaucoup de réalisations.

— C'était le pseudonyme de Sean. C'est courant chez les graffeurs d'associer leur nom et le numéro de leur rue.

— Les deux autres personnes à côté de Lorenz, c'est qui ?

— Des jeunes de son quartier avec qui il traînait alors. Leur groupe se faisait appeler *Les Artificiers*. Le petit minet latino signait ses graffitis avec le pseudonyme *NightShift*, mais il a rapidement disparu des radars. La fille qui ressemble à un bulldozer, c'est autre chose : une artiste très douée connue sous le nom de *LadyBird*. L'une des rares femmes dans le monde du graffiti.

Madeline continua à visionner les dizaines de photos stockées par Benedick. Le New York des années 1980 et 1990 avait peu de ressemblance avec la ville qu'elle avait connue. On devinait une ville-jungle âpre, des quartiers sous la coupe des gangs, des existences ravagées par le crack. En contrepoint de cette misère, les couleurs vives des graffitis éclataient comme des feux d'artifice. La plupart des peintures de Lorenz consistaient en des lettres énormes et colorées, rondes comme des ballons gonflés à l'hélium, qui se chevauchaient et s'entrelaçaient dans la pure tradition *wildstyle*. Madeline songea aux murs de la cité de Manchester dans laquelle elle avait passé son adolescence. Cet alphabet labyrinthique, enchevêtrement chaotique de flèches et de points d'exclamation, provoquait chez elle des sentiments contraires. Si elle en détestait le côté anarchique et transgressif, elle était forcée de reconnaître que ces fresques vitaminées avaient au moins le mérite de combattre la tristesse et la grisaille du béton.

— Si je résume, reprit le galeriste, au tout début des années 1990, Sean Lorenz est un petit délinquant qui traîne avec sa bande en se cramant le cerveau à l'héroïne. C'est aussi un graffeur plutôt doué, assez technique, et qui est capable de faire des choses intéressantes...

— ... mais rien de transcendant, devina Madeline.

— Sauf que tout va changer à partir de l'été 1992.

— Que s'est-il passé ?

— Cet été-là, Sean Lorenz croise à Grand Central une jeune Française de dix-huit ans et en tombe raide amoureux. Elle s'appelle Pénélope Kurkowski. Sa mère est corse, son père, polonais. Elle travaille à New York comme jeune fille au pair, mais, en parallèle, elle court les castings pour essayer de devenir mannequin.

Le galeriste marqua une pause, le temps de se servir un verre d'eau pétillante.

— Pour attirer l'attention de Pénélope, Sean va se mettre à la peindre sur tout ce que New York compte de rames de métro. Pendant deux mois, il réalisera un nombre impressionnant de fresques mettant en scène sa dulcinée.

Il récupéra son téléphone pour y chercher d'autres photos tout en expliquant :

— Lorenz n'est pas le premier graffeur à déclarer son amour à une femme à travers ses peintures – Cornbread et Jonone l'avaient fait avant lui –, mais c'est le seul à l'avoir traduit de cette façon.

Ayant trouvé ce qu'il cherchait, il posa l'iPhone sur la table et le fit glisser en direction de Madeline.

La jeune femme approcha son visage de l'écran. Ce qu'elle y découvrit la laissa bouche bée. Les peintures étaient une ode à la beauté féminine, à la volupté et à la sensualité. Si les premières fresques étaient sages, presque romantiques, les suivantes devenaient beaucoup plus impudiques. Pénélope y apparaissait comme une femme liane, multiple, à la fois aérienne et aquatique, qui se déployait de wagon en wagon. Paré de feuillages, de roses et de fleurs de lis, son visage était encadré de cheveux fous qui flottaient, ondulaient, s'entrelaçaient pour former des arabesques aussi élégantes que menaçantes.

**4.**

Le livre ouvert sur ses genoux, Gaspard Coutances ne parvenait pas à détacher son regard des photos des wagons de métro peints par Sean Lorenz en ces mois de juillet et août 1992. Ces fresques étaient éblouissantes. Il n'avait jamais rien vu de pareil. Ou plutôt si : elles lui rappelaient *La Femme-fleur* de Picasso ainsi que certaines affiches d'Alfons Mucha, mais version *underground* et classées X. Qui était cette fille dont le corps flamboyait comme s'il avait été recouvert de feuilles dorées ? L'épouse de Lorenz, bien sûr, lui indiqua la légende. Cette Pénélope qu'il avait déjà aperçue sur les portraits de famille en noir et blanc. Une femme ambivalente, tantôt accueillante, tantôt vénéneuse. Une créature aux jambes interminables, à la peau d'albâtre et aux cheveux couleur de rouille.

Fasciné, Gaspard tourna les pages de la monographie pour découvrir d'autres fresques d'un érotisme troublant. Sur certains clichés, les cheveux de Pénélope ressemblaient à des dizaines de serpents qui ondulaient le long de ses épaules, s'entortillaient autour de ses seins, lui léchant les flancs, caressant ses parties intimes. Son visage, coiffé d'un halo psychédélique ou inondé d'une pluie d'or, était déformé par le plaisir. Son corps se dupliquait, se contorsionnait, tournoyait, s'embrasait…

### 5.

— Avec ce coup d'éclat, Lorenz fait exploser les codes, expliqua Benedick. Il s'émancipe des règles rigides du graffiti pour passer dans une autre dimension et inscrire son travail dans la continuité de peintres comme Klimt ou Modigliani.

Fascinée, Madeline fit défiler une nouvelle fois les parois chatoyantes des wagons.

— Toutes ces œuvres ont disparu aujourd'hui ?

Le galeriste eut un sourire mi-amusé, mi-fataliste.

— Oui, elles n'ont existé que le temps d'un été. L'éphémère, c'est l'essence même de l'art urbain. C'est aussi ce qui fait sa beauté.

— Qui a pris toutes ces photos ?

— La fameuse *LadyBird*. C'est elle qui s'occupait des archives des *Artificiers*.

— Pour Lorenz, c'était dangereux de se lancer dans une entreprise pareille, non ?

Benedick approuva :

— Au début des années 1990, à New York, on entrait dans l'ère de la tolérance zéro. Les forces de l'ordre disposaient d'un arsenal législatif très dissuasif et la MTA, la régie des transports publics de la ville, avait engagé une véritable chasse à l'homme contre les graffeurs. Les tribunaux prononçaient des peines très lourdes. Mais le risque encouru témoignait aussi de l'amour que Sean portait à Pénélope.

— Concrètement, il s'y prenait comment ?

— Sean était malin. Il m'a raconté qu'il possédait des uniformes pour s'infiltrer au sein des brigades de surveillance du métro et pouvoir accéder aux dépôts où stationnaient les trains.

Madeline avait toujours les yeux scotchés sur l'écran du smartphone. Elle pensait à cette femme, Pénélope. Qu'avait-elle ressenti en voyant son image radieuse et impudique inonder ainsi Manhattan ? Avait-elle été flattée, mortifiée, humiliée ?

— Lorenz est-il arrivé à ses fins ? demanda-t-elle.

— Vous voulez savoir si Pénélope a atterri dans son lit ?

— Je n'aurais pas formulé ça comme ça, mais... oui.

D'un signe de la main, Benedick réclama deux cafés avant d'expliquer :

— Au début, Pénélope a ignoré Sean, mais il est difficile d'ignorer longtemps un type qui vous idolâtre de cette façon. Au bout de quelques jours, elle a fini par tomber sous son charme. Ils se sont aimés follement cet été-là. Puis en octobre, Pénélope est rentrée en France.

— Une simple amourette de vacances, donc ?

Le galeriste secoua la tête.

— Détrompez-vous. Sean avait cette fille dans la peau. À tel point qu'en décembre de la même année il a rejoint Pénélope en France et s'est installé avec elle à Paris dans un petit deux-pièces de la rue des Martyrs. Là, Sean a continué à peindre. Non plus sur des rames de métro, mais sur les murs et les palissades des terrains vagues de Stalingrad et de la Seine-Saint-Denis.

De nouveau, Madeline jeta un coup d'œil aux photos des fresques de cette période. Elles avaient toujours les mêmes couleurs éclatantes et explosives. Une vitalité qui rappelait les *murals* d'Amérique du Sud.

— C'est à cette époque, en 1993, que j'ai rencontré Sean pour la première fois, confia Benedick, les yeux dans le vague. Il peignait dans un petit atelier de l'Hôpital éphémère.

— L'Hôpital éphémère ?

— Un squat dans le 18ᵉ, sur le site de l'ancien hôpital Bretonneau. Au début des années 1990, beaucoup d'artistes pouvaient y travailler. Des peintres et des sculpteurs bien sûr, mais aussi des groupes de rock et des musiciens.

Le visage du galeriste s'anima soudain au rappel de ce souvenir.

— Je ne suis pas un artiste et je n'ai pas de talent particulier, mais j'ai du flair. Je *sens* les gens. Et lorsque j'ai rencontré Sean, j'ai vu au premier coup d'œil qu'il valait cent fois plus que les autres graffeurs. Je lui ai proposé de l'exposer dans ma galerie. Et je lui ai dit les mots qu'il avait besoin d'entendre à l'époque.

— À savoir ?

— Je lui ai conseillé de laisser tomber les graffitis et ses bombes aérosols pour peindre directement à l'huile et sur toile. Je lui ai dit qu'il possédait le génie des formes, de la couleur, de la composition, du mouvement. Qu'il avait en lui les ressources pour inscrire son travail dans la lignée de Pollock ou de De Kooning.

En évoquant son ancien protégé, Benedick avait la voix presque chevrotante et les yeux humides. Madeline pensa à une de ses anciennes copines qui, des années après une rupture, parlait encore avec des sanglots dans la voix du mec qui l'avait sèchement larguée.

Elle avala son *ristretto* d'un trait avant de demander :

— Lorenz s'est plu tout de suite en France ?

— Sean était un type à part. C'était un solitaire, très différent des autres graffeurs. Il détestait la culture hip-hop, lisait beaucoup et n'écoutait que du jazz et de la musique contemporaine et répétitive. New York lui manquait, bien sûr, mais il était très amoureux de Pénélope. Même si leur relation a toujours été tumultueuse, elle ne cessait de l'inspirer. Entre 1993 et 2010, Sean a fait vingt et un portraits de sa femme. Cette série de tableaux est le chef-d'œuvre de Sean Lorenz. Les « 21 Pénélopes » resteront dans l'histoire de l'art comme l'une des plus magistrales déclarations d'amour faites à une femme.

— Pourquoi 21 ? demanda Madeline.

— À cause de la théorie des 21 grammes, vous savez : le poids supposé de l'âme…

— Lorenz a eu du succès tout de suite ?

— Pas du tout ! Pendant dix ans, il n'a pratiquement pas vendu une toile ! Il peignait pourtant du matin au soir et il lui arrivait fréquemment de jeter l'intégralité de son travail parce qu'il n'en était pas satisfait. C'était mon boulot de faire connaître et d'expliquer la peinture de Sean aux collectionneurs. Au début, c'était compliqué parce que son travail ne ressemblait à rien de connu. Il m'a fallu une décennie pour y arriver, mais mon entêtement s'est avéré payant. Au début des années 2000, à chaque exposition de Sean, toutes les toiles étaient vendues dès le soir du vernissage. Et en 2007...

**6.**

En 2007, *Alphabet City*, un tableau de Sean Lorenz datant de 1998, est adjugé 25 000 euros dans une vente aux enchères organisée par Artcurial. C'est cette vente qui, en France, marque véritablement l'explosion du street art et son début de reconnaissance institutionnelle. Du jour au lendemain, Sean Lorenz devient une star des salles de vente. Ses tableaux colorés, typiques des années 1990, s'arrachent et battent record sur record.

Mais d'un point de vue artistique, le peintre est déjà passé à autre chose. L'adrénaline et l'urgence du graffiti ont laissé la place à des toiles plus réfléchies, composées au long cours pendant plusieurs mois, voire plusieurs années avec une exigence de plus en plus forte envers lui-même. Lorsqu'il n'était pas satisfait d'un tableau, Lorenz le brûlait immédiatement. Entre 1999 et 2013, il peindra ainsi plus de deux mille toiles qu'il détruira presque toutes. Seule une quarantaine de toiles échappent à son jugement féroce. Parmi elles, *Sep1em1er*, une toile monumentale évoquant la tragédie du World Trade Center, achetée plus de 7 millions de dollars par un collectionneur qui en fera don au musée new-yorkais du 11-Septembre.

Gaspard leva les yeux du texte et tourna les pages pour regarder les reproductions des tableaux de cette période. Lorenz avait su se renouveler. Les tags et les lettrages avaient disparu de sa peinture, qui s'organisait à présent autour de blocs de couleurs, de champs monochromes au relief marqué, appliqués au couteau ou à la truelle, oscillant sans cesse entre l'abstraction et le figuratif. Sa palette était peut-être devenue moins vive – davantage pastel ou automnale : sable, ocre, marron, rose poudré –, mais elle était aussi plus subtile. Gaspard fut conquis par les toiles de cette période. Minérales, nacrées, elles lui rappelaient tour à tour les roches, la terre, le sable, le verre, les traces de sang brun sur un suaire.

Les tableaux de Lorenz semblaient animés. Ils se vivaient physiquement, vous prenaient aux tripes, au cœur, vous faisaient perdre pied, vous hypnotisaient et vous renvoyaient à des sentiments contraires : la nostalgie, la joie, l'apaisement, la colère.

Les dernières peintures reproduites dans l'ouvrage étaient des monochromes datant de 2010. Désormais, c'est la matière qui primait. Des couches denses, du relief pour jouer avec la lumière. Mais toujours des œuvres somptueuses.

En refermant le livre, Gaspard se demanda comment il avait pu passer aussi longtemps à côté d'un tel artiste.

### 7.

— Quel était le rapport de Lorenz à l'argent ? interrogea Madeline.

Benedick trempa un carré de sucre dans son café comme s'il s'agissait d'une eau-de-vie.

— Sean considérait l'argent comme un thermomètre de la liberté, affirma-t-il en engloutissant son canard. Pénélope, c'était autre chose : elle n'en avait jamais assez. À la fin des années 2000, lorsque la cote de Sean était à son plus haut, elle n'a cessé d'intriguer pour convaincre son mari de donner certaines toiles à Fabian Zakarian, un galeriste new-yorkais. Puis elle lui a conseillé de vendre directement aux enchères une vingtaine de ses nouveaux tableaux sans passer par ma galerie. Ça a rapporté des millions à Sean, mais ça a abîmé notre relation.

— Comment une toile se retrouve-t-elle un beau matin à valoir plusieurs millions de dollars ? demanda Madeline.

Benedick soupira.

— Vous posez une bonne question à laquelle il est très difficile de répondre, car le marché de l'art n'obéit pas à la rationalité. Le prix d'une œuvre résulte de la stratégie complexe de différents intervenants : les artistes et les galeristes bien sûr, mais également les collectionneurs, les critiques, les conservateurs de musée...

— J'imagine que la trahison de Sean a dû vous affecter.

Le galeriste grimaça, mais se voulut fataliste :

— C'est la vie. Les artistes, c'est comme les enfants : c'est souvent ingrat.

Il demeura silencieux quelques secondes avant de préciser :

— L'univers des galeries d'art est un monde de requins, vous savez. Surtout lorsque, comme moi, vous n'êtes pas né dans le sérail.

— Vous êtes quand même restés en contact ?

— Bien sûr. Sean et moi, c'est une vieille histoire. Vingt ans qu'on se fâche et qu'on se réconcilie. Nous n'avons jamais cessé de nous parler, ni après l'épisode Zakarian ni après le drame qui l'a frappé.

— Quel drame ?

Benedick souffla bruyamment.

— Sean et Pénélope ont toujours voulu un enfant, mais ils ont beaucoup galéré. Pendant dix ans, elle a enchaîné les fausses couches. Je pensais même qu'ils avaient renoncé lorsque le miracle s'est produit : en octobre 2011, Pénélope a mis au monde un fils, le petit Julian. Et c'est là que les ennuis ont commencé.

— Les ennuis ?

— À la naissance de son gamin, Sean était le plus heureux des hommes. Il n'arrêtait pas de répéter qu'il s'enrichissait au contact de son fils. Que, grâce à Julian, il voyait le monde avec un regard neuf. Qu'il avait redécouvert certaines valeurs et renoué avec des choses simples. Enfin, vous saisissez le topo, quoi : le discours un peu couillon de certains hommes devenus pères sur le tard.

Madeline ne releva pas. Benedick continua :

— Le problème, c'est qu'artistiquement il traversait un véritable passage à vide. Il prétendait ne plus avoir de jus créatif et être fatigué de l'hypocrisie du monde de l'art. Pendant trois ans, il n'a rien fait d'autre que de s'occuper de son fils. Vous imaginez ça ! Sean Lorenz en train de donner des biberons, de promener une poussette ou de faire des animations dans des écoles maternelles. L'essentiel de son travail artistique s'est réduit à arpenter Paris avec le petit Julian pour poser des mosaïques sauvages parce que ça l'amusait ! Tout ça n'avait aucun sens !

— S'il n'avait plus d'inspiration…, objecta Madeline.

— L'inspiration, c'est des conneries ! s'énervat-il. Bon sang, vous avez vu les photos de son travail. Sean était un génie. Et un génie n'a pas besoin d'inspiration pour travailler. On n'arrête pas de peindre quand on est Sean Lorenz. Tout simplement parce qu'on n'en a pas le droit !

— Il faut croire que si, remarqua Madeline.

Benedick lui lança un regard noir, mais elle enchaîna :

— Donc, Lorenz n'a plus repris les pinceaux jusqu'à sa mort ?

Bernard Benedick secoua la tête et retira ses grosses lunettes pour se frotter les yeux. Sa respiration s'était accélérée comme s'il venait de monter quatre étages à pied.

— Il y a deux ans, en décembre 2014, Julian est mort dans des circonstances tragiques. À partir de là, non seulement Sean n'a plus travaillé, mais il a littéralement sombré.

— Quelles circonstances tragiques ?

Quelques secondes, le regard du galeriste se détourna, cherchant la lumière du dehors avant de se perdre dans le vague.

— Sean a toujours été un concentré de forces et de failles, précisa-t-il sans répondre à la question. Avec la mort de Julian, il est retombé dans ses vieux démons : la drogue, l'alcool, les médocs. Je l'ai aidé comme j'ai pu, mais je pense qu'il n'avait aucune envie d'être sauvé.

— Et Pénélope ?

— Leur couple battait de l'aile depuis long-temps. Elle a profité du drame pour demander le divorce et n'a pas été longue à refaire sa vie. Et ce que Sean a fait par la suite n'a pas arrangé leur relation.

Le galeriste marqua une pause comme pour ménager un suspense un peu forcé. Madeline eut soudain la sensation désagréable d'être manipu-lée, mais sa curiosité fut plus forte.

— Qu'a fait Lorenz ?

— En février 2015, j'avais enfin réussi à monter un projet sur lequel je travaillais depuis très longtemps : une exposition de prestige autour du travail de Sean centré sur les « 21 Pénélopes ». Pour la première fois au monde, les vingt et un portraits allaient être visibles dans un même lieu. Des collectionneurs réputés nous avaient prêté leurs toiles. C'était vraiment un événement sans précédent. Mais, la veille de l'ouverture de l'expo, Sean a pénétré de nuit par effraction dans la galerie et a consciencieusement détruit chacun des tableaux avec un chalumeau.

Le visage de Benedick s'était décomposé comme s'il revivait la scène.

— Pourquoi a-t-il fait ça ?

— Une sorte de catharsis, j'imagine. La volonté de tuer symboliquement Pénélope parce qu'il l'accusait d'être responsable de la mort de Julian. Mais quelles que soient ses raisons, je ne lui pardonnerai jamais cet acte. Sean n'avait pas le droit de détruire ces toiles. D'abord parce qu'elles faisaient partie du patrimoine de la peinture. Et puis parce que, avec ce geste, il m'a ruiné et a mis ma galerie au bord du gouffre. Depuis deux ans, j'ai plusieurs compagnies d'assurances sur le dos. Une enquête criminelle a été ouverte. J'ai essayé de protéger ma réputation, mais, dans le milieu de l'art, personne n'est dupe et ma crédibilité en a pris un…

— Je n'ai pas très bien compris, l'arrêta Madeline. Qui était propriétaire des « 21 Pénélopes » ?

— La plus grande partie appartenait à Sean, à Pénélope et à moi. Mais trois d'entre elles étaient la propriété de grands collectionneurs, un Russe, un Chinois et un Américain. Pour les dissuader de porter plainte, Sean leur avait promis de leur donner de nouvelles toiles : des pièces d'exception, prétendait-il. Sauf que, bien sûr, elles tardaient à arriver.

— Forcément, s'il ne peignait plus.

— Oui, j'avais fait une croix sur ces toiles, moi aussi, d'autant que les derniers mois de sa vie, je pense que Sean n'était même plus en état physique de peindre.

Un instant son regard s'embua.

— Sa dernière année a été un véritable chemin de croix. Il a subi deux opérations à cœur ouvert qui ont chaque fois failli le laisser sur le carreau. Mais je l'ai eu au téléphone la veille de sa mort. Il était parti quelques jours à New York pour consulter un cardiologue. C'est là qu'il m'a déclaré qu'il avait recommencé à peindre et qu'il avait déjà achevé trois toiles. Qu'elles se trouvaient à Paris et que je les verrais bientôt.

— Peut-être ne disait-il pas la vérité.

— Sean Lorenz avait tous les défauts du monde, mais ce n'était pas un menteur. À sa mort, j'ai cherché les toiles partout. Dans tous les recoins de la maison, dans le grenier, dans la cave. Mais je n'ai trouvé aucune trace de ces tableaux.

— Vous m'avez dit que vous étiez son exécuteur testamentaire et son héritier.

— C'est exact, mais l'héritage de Sean était squelettique tant Pénélope l'avait essoré. À part la maison du Cherche-Midi que vous connaissez et qui est hypothéquée, il ne lui restait plus rien.

— Il vous a légué quelque chose ?

Benedick partit dans un éclat de rire.

— Si on veut, lâcha-t-il en sortant un petit objet de sa poche.

C'était une boîte d'allumettes publicitaire qu'il tendit à Madeline.

— Le Grand Café, c'est quoi ?

— Une brasserie de Montparnasse dans laquelle Sean avait ses habitudes.

Madeline retourna la boîte pour découvrir une inscription au stylo à bille. Une célèbre citation d'Apollinaire : « Il est grand temps de rallumer les étoiles. »

— C'est sans conteste l'écriture de Sean, assura le galeriste.

— Et vous ne savez pas à quoi il fait allusion ?

— Pas du tout. J'ai bien pensé qu'il pouvait s'agir d'un message, mais j'ai eu beau y réfléchir, je n'y comprends absolument rien.

— Et cette boîte vous était vraiment destinée ?

— En tout cas, c'est la seule chose qu'il avait laissée dans le coffre-fort de la maison.

Après avoir posé deux billets pour payer l'addition, Bernard Benedick se leva, enfila sa veste et noua son écharpe.

Madeline était restée assise. Elle observait toujours la boîte d'allumettes en silence, donnant l'impression de digérer l'histoire que venait de lui relater le galeriste. Après un instant de réflexion, elle se leva à son tour et demanda :

— Pourquoi m'avez-vous raconté tout ça au juste ?

Benedick boutonna sa veste et répondit comme une évidence :

— Pour que vous m'aidiez à retrouver les toiles disparues, bien sûr.

— Mais pourquoi moi ?

— Vous êtes flic, non ? Et puis, je vous l'ai dit : je fais toujours confiance à mon instinct. Et quelque chose me dit que si ces toiles existent – et j'ai la certitude que c'est le cas –, vous êtes la personne la plus capable de les retrouver.

# 3

## La beauté des cordes

> *Si vous pouviez le dire avec des
> mots, il n'y aurait aucune raison
> de le peindre.*
>
> Edward HOPPER

**1.**

À la sortie du rond-point, Madeline accéléra et manqua de griller un feu au croisement de l'allée de Longchamp.

Après son déjeuner avec le galeriste, elle avait loué un scooter chez un concessionnaire de l'avenue Franklin-Roosevelt. Pas question de perdre son après-midi à se disputer l'atelier de Lorenz avec un Américain bourru. Elle s'était donc garée près des Champs-Élysées, puis avait parcouru les stands du marché de Noël. Sa promenade n'avait pas dépassé un quart d'heure tant les chalets de bois alignés des deux côtés de la prétendue « plus belle avenue du monde » lui avaient donné le cafard. Baraques à frites, revendeurs de gadgets *made in China*, odeurs écœurantes de saucisses et de *churros* : on était plus proche ici d'une ambiance de fête foraine que des Noëls blancs des contes de son enfance.

Déçue, elle avait battu en retraite, d'abord en direction des vitrines du BHV, puis sous les arcades et dans le jardin de la place des Vosges. Mais pas plus que sur les Champs elle ne trouva ce qu'elle cherchait : une once de magie, un soupçon de féerie, un peu de l'esprit de Noël des vieux *Christmas Carols*. Pour la première fois, elle ne se sentait pas bien à Paris. Pas à sa place.

Elle reprit sa Vespa, abandonnant les groupes de touristes, leurs jacassements fatigants et leurs perches à selfies qui à tout instant menaçaient de vous éborgner, pour rouler sans destination précise. Dans sa tête, les couleurs et les arabesques de Lorenz continuaient à danser et à se déployer. Elle prit alors conscience que sa seule véritable envie était de poursuivre son voyage avec le peintre. De se laisser emporter par ses vagues de lumière, de se perdre dans les nuances de sa palette, d'être éblouie par ses éclats radieux. Mais Bernard Benedick l'avait prévenue : « Il n'y a qu'un seul endroit à Paris où vous pouvez espérer apercevoir une toile de Sean Lorenz. » Bien décidée à tenter sa chance, Madeline mit le cap sur le bois de Boulogne.

Comme elle n'était pas familière du lieu, elle gara son deux-roues dès qu'elle en eut la possibilité, près des grilles du Jardin d'acclimatation, et continua son trajet à pied, longeant l'avenue du Mahatma-Gandhi. Le soleil affirmait à présent sa victoire totale sur la grisaille. Il faisait bon. Des poussières d'or poudroyaient çà et là dans l'air humide. Autour du parc, pas l'ombre d'un syndicaliste ou d'un manifestant en colère. Les poussettes, les nounous, les cris des enfants et les marchands de marrons chauds investissaient l'espace dans une ambiance bon enfant.

Soudain, un immense vaisseau de verre surgit entre les branches des arbres déplumés. Drapée dans ses voiles cristallines, la Fondation Vuitton se découpait sur un ciel céruléen. Selon l'imagination de chacun, le bâtiment évoquait un gigantesque coquillage de cristal, un iceberg à la dérive ou un voilier *high-tech* battant pavillon de nacre.

Madeline acheta un billet et pénétra dans l'édifice. Le hall était vaste, clair et aéré, avec une ouverture sur la verdure. Elle se sentit tout de suite à l'aise dans ce gigantesque cocon de verre et déambula quelques minutes dans l'atrium, se laissant gagner par l'harmonie des courbes, la grâce aérienne de la construction. Les drôles d'ombres mouvantes et aquatiques que dessinaient les dalles de la verrière en se reflétant sur le sol la régénéraient comme un *shoot* de douceur et de chaleur.

La jeune femme emprunta l'escalier et parcourut un labyrinthe opalescent, ponctué de puits de lumière, qui desservait une dizaine de galeries. L'accrochage mélangeait une exposition temporaire à des pièces de la collection permanente. Sur les deux premiers niveaux, on pouvait admirer les chefs-d'œuvre de la collection Chtchoukine : des toiles fabuleuses de Cézanne, Matisse, Gauguin... que le collectionneur russe, faisant fi des critiques de son temps, avait courageusement rassemblées pendant près de vingt ans.

Traversé par des poutres d'acier et des madriers en mélèze, le dernier étage se prolongeait par deux terrasses qui offraient des vues inattendues sur La Défense, le bois de Boulogne et la tour Eiffel. C'est là qu'étaient exposés les deux tableaux de Lorenz, dans une salle où on trouvait aussi un bronze de Giacometti, trois toiles abstraites de Gerhard Richter et deux monochromes d'Ellsworth Kelly.

## 2.

Allongé sur une *lounge chair* en cuir craquelé, les pieds posés sur une ottomane, les yeux clos, Gaspard écoutait une conférence de Sean Lorenz enregistrée sur une antique cassette audio dénichée au milieu des vinyles de la bibliothèque.

Menée par Jacques Chancel, cette longue interview avait été réalisée sept ans plus tôt lors d'une rétrospective de l'œuvre de Lorenz à la Fondation Maeght de Saint-Paul-de-Vence. L'entretien était passionnant et inédit tant il était rare que Lorenz, artiste secret et peu loquace, accepte de commenter son œuvre. Après avoir récusé à peu près toutes les interprétations qui avaient été faites de l'évolution de son travail, Lorenz avait prévenu : « Ma peinture est immédiate, elle n'est porteuse d'aucun message. Elle ne vise qu'à saisir quelque chose d'à la fois fugace et permanent. » À travers certaines de ses réponses, on percevait aussi sa fatigue, ses doutes, l'impression, avouait-il sans se cacher, « d'être peut-être arrivé au terme d'un cycle créatif ».

Gaspard buvait ses paroles. Même s'il refusait de livrer la clé de sa peinture, Lorenz avait au moins le mérite de la franchise. Sa voix, tantôt enveloppante et envoûtante, tantôt inquiétante, faisait écho à la dualité et à l'ambiguïté de son art.

Tout à coup, un bruit lourd et agressif déchira la quiétude de cette fin d'après-midi. Gaspard sursauta et se leva d'un bond avant de sortir sur la terrasse. La « musique », provenant apparemment d'une des habitations voisines, envahissait la ruelle. Le son était brut, sale, saturé, engloutissant les hurlements violents qui tenaient lieu de chant. *Comment peut-on prendre plaisir à écouter une telle soupe ?* pesta-t-il en sentant une grande lassitude s'abattre sur lui. Impossible de profiter d'un moment de tranquillité. C'était un combat perdu d'avance. Le monde était rempli de casse-couilles, d'emmerdeurs de tout poil, de chieurs en tout genre. Les fâcheux, les gêneurs, les enquiquineurs faisaient la loi. Ils étaient trop nombreux, se reproduisaient trop vite. Leur victoire était totale et définitive.

Emporté par sa colère, Gaspard se rua hors de la maison et, une fois dans l'impasse pavée, ne fut pas long à remonter la piste de l'importun. Le raffut provenait de l'habitation la plus proche : une bicoque bucolique croulant sous la vigne vierge. Pour se signaler, Gaspard tira la cloche rouillée fixée dans un pilier en pierre de taille. Comme personne ne se manifestait, il escalada le portail, traversa le jardinet et grimpa la volée de marches qui menait à la maisonnette avant de tambouriner à la porte.

Lorsqu'elle s'ouvrit, Gaspard marqua un étonnement. Il s'était attendu à voir surgir un adolescent boutonneux, pétard aux lèvres et tee-shirt d'Iron Maiden sur le dos. À la place, il découvrit une jeune femme aux traits délicats, vêtue d'un chemisier sombre à col Claudine, d'un short en tweed et chaussée de richelieus en cuir bourgogne.

— Ça ne va pas la tête ! vociféra-t-il en martelant son crâne avec son index.

Surprise, elle recula d'un pas et le regarda avec perplexité.

— Votre musique ! hurla-t-il. Vous vous croyez seule sur terre ?

— Oui, ce n'est pas le cas ?

Au moment où Gaspard comprit qu'elle se fichait de lui, elle appuya sur un bouton d'une petite télécommande qu'elle tenait au creux de la main.

Enfin, le silence se fit.

— Je m'accordais une pause dans les corrections de ma thèse. Comme je pensais que tout le monde était parti en vacances, je me suis un peu lâchée sur le volume, admit-elle en guise d'excuses.

— Une pause en écoutant du hard rock ?

— Techniquement, ce n'est pas du hard rock, objecta-t-elle, mais du black metal.

— C'est quoi la différence ?

— Eh bien, c'est très simple, le…

— Vous savez quoi ? Je m'en fous, l'interrompit Gaspard en s'éloignant. Continuez à vous bousiller les tympans si ça vous chante, mais achetez un casque pour ne pas torturer les autres.

La jeune femme partit dans un fou rire.

— Vous êtes tellement impoli que c'en est même drôle !

Gaspard se retourna. Une seconde, il se sentit décontenancé par la remarque. Il observa la fille des pieds à la tête : un chignon sage, une tenue d'étudiante BCBG, mais aussi un piercing dans la narine et un tatouage sublime qui prenait naissance derrière son oreille pour disparaître sous son chemisier.

*Elle n'a pas tort…*

— D'accord, admit-il, j'y suis peut-être allé un peu fort, mais franchement, cette musique…

De nouveau, elle eut un sourire et lui tendit la main.

— Pauline Delatour, se présenta-t-elle.

— Gaspard Coutances.

— Vous habitez dans l'ancienne maison de Sean Lorenz ?

— Je l'ai louée pour un mois.

Une bourrasque fit claquer un volet. Les jambes nues, Pauline passait d'un pied sur l'autre en frissonnant.

— Cher voisin, je commence à avoir froid, mais je serais ravie de vous offrir un café, proposa-t-elle en se frictionnant les avant-bras.

Gaspard accepta d'un mouvement de tête et suivit la jeune femme à l'intérieur.


**3.**

Immobile, Madeline regardait les deux tableaux, comme envoûtée par un sortilège. Datant de 1997 et intitulée *CityOnFire*, la première toile était une grande fresque typique de la période *street art* de Lorenz : un brasier ardent, une peinture qui dévorait la toile, une déflagration de couleurs allant du jaune au rouge carmin. *Motherhood*, la deuxième toile, était beaucoup plus récente. Intime, dépouillée, elle représentait une surface bleu pâle, presque blanche, traversée par une ligne courbe qui figurait le ventre rond d'une femme enceinte. L'évocation la plus épurée de la maternité. Un cartel au mur précisait qu'il s'agissait du dernier tableau connu de Lorenz, réalisé peu avant la naissance de son fils. Contrairement à la toile précédente, ce n'était pas la couleur, mais la lumière qui faisait jaillir l'émotion.

Répondant à une voix qu'elle était seule à entendre, Madeline se rapprocha. La lumière l'appelait. La matière, la texture, la densité, les mille nuances de la toile l'hypnotisaient. Le tableau était vivant. En quelques secondes, une même surface passait du blanc au bleu puis au rose. L'émotion était là, mais elle était insaisissable. Tantôt la peinture de Lorenz vous apaisait, tantôt elle vous inquiétait.

Cette hésitation fascinait Madeline. Comment une toile pouvait-elle faire cet effet-là ? Elle essaya de reculer, mais ses jambes n'obéirent pas à son cerveau. Prisonnière consentante, elle ne souhaitait pas se soustraire à la lumière qui l'irradiait. Elle voulait encore trembler de ce vertige apaisant. Demeurer dans cet espace amniotique et régressif qui vous transperçait et révélait de vous des choses que vous ne soupçonniez pas.

Certaines étaient belles. D'autres nettement moins.

**4.**

L'entrée de la maison de Pauline Delatour se faisait par la cuisine. Au premier abord, l'intérieur était accueillant, décoré dans le style « demeure de campagne » : un plan de travail en bois massif, du carrelage en grès, des rideaux en tissu vichy. Sur les étagères, des plaques émaillées, un moulin à café déglingué, de gros bols en céramique et de vieilles casseroles en cuivre.

— C'est sympa chez vous, mais assez déroutant. Dans l'esprit, on est plus proche de Jean Ferrat que de votre black metal, la taquina-t-il.

Souriante, Pauline s'empara d'une cafetière italienne posée sur une gazinière et servit deux tasses.

— À vrai dire, cette maison n'est pas à moi. Elle appartient à un homme d'affaires italien, un collectionneur d'art, qui l'a héritée de sa famille et que m'a présenté Sean Lorenz. Il n'y vient jamais. Comme il ne souhaite pas la vendre, il a besoin de quelqu'un pour la surveiller et l'entretenir. Ça ne durera pas éternellement, mais en attendant, il serait stupide de ne pas profiter de l'occasion.

Gaspard prit la tasse qu'elle lui tendait.

— Si je comprends bien, vous habitez ici grâce à Lorenz.

Adossée contre le mur, la jeune femme souffla avec délicatesse sur son breuvage.

— Oui, c'est lui qui a convaincu l'Italien de me faire confiance.

— Vous l'avez rencontré comment ?

— Sean ? Trois ou quatre ans avant sa mort. Pendant mes premières années de fac, pour arrondir mes fins de mois, je posais comme modèle pour les élèves des Beaux-Arts. Un jour, Sean y a donné une *master class*. C'est là que je l'ai croisé et qu'on est devenus amis.

Par curiosité, Gaspard examina les bouteilles de vin rangées dans un casier en fer forgé.

— Il ne faut pas boire cette piquette ! prévint-il en faisant une moue de dégoût. La prochaine fois, je vous apporterai une bouteille de *vrai* vin.

— Avec plaisir. J'ai besoin de carburant pour terminer ma thèse, sourit-elle en désignant sur le plan de travail un ordinateur portable argenté entouré de piles de livres.

— Vous travaillez sur quoi ?

— *La Pratique du kinbaku au Japon pendant la période Edo : usage militaire et pratique érotique*, récita-t-elle.

— Le *kinbaku* ? Qu'est-ce que c'est ?

Pauline posa sa tasse dans l'évier, puis regarda son nouveau voisin avec un air mystérieux.

— Suivez-moi, je vais vous montrer.

### 5.

À travers la verrière, les chênes rouges prenaient feu ; les érables s'illuminaient ; les pins encraient leurs silhouettes pour les transformer en ombres chinoises.

Les yeux dans le vague, Madeline regardait sans le voir le soleil qui s'éclipsait derrière le kiosque à musique dressé sur la pelouse du Jardin d'acclimatation. Il était presque 17 heures. Après sa visite, elle s'était assise à une table du Franck, le restaurant de la Fondation qui avait pris ses quartiers derrière une cloison ajourée de l'atrium. Elle but à petites gorgées le thé noir qu'elle avait commandé. Depuis quelques minutes, Madeline n'avait qu'une seule idée en tête. Une seule question : et si ce que lui avait dit Bernard Benedick était vrai ? Et si les trois dernières toiles peintes par Sean Lorenz avaient vraiment disparu ? Des toiles inédites sur lesquelles personne n'avait jamais posé les yeux. Un frisson la parcourut. Elle n'avait pas l'intention de se laisser instrumentaliser par le galeriste, mais, si ces tableaux existaient, elle adorerait être celle qui les retrouverait.

Elle sentit l'adrénaline qui pulsait dans ses veines. Le signal du début de la chasse. Une sensation autrefois familière qu'elle avait plaisir à retrouver. Une sensation sans doute pas très différente de l'urgence qui devait étreindre Sean Lorenz lorsqu'il peignait ses graffitis dans le métro au début des années 1990. Le goût du danger, l'ivresse de la peur, la volonté d'y retourner coûte que coûte.

Elle lança le navigateur Internet de son smartphone. La notice Wikipédia de Lorenz commençait de façon classique :

**Sean Paul Lorenz**, aussi connu au début de sa carrière sous le nom de **Lorz74**, est un graffeur et artiste peintre, né à New York le 8 novembre 1966 et mort dans la même ville le 23 décembre 2015. Il a vécu et travaillé à Paris les vingt dernières années de sa vie. [...]

Elle se poursuivait sur plusieurs dizaines de lignes. Un résumé synthétique intéressant, mais qui ne lui apprit rien de plus que ce que lui avait raconté Benedick. Ce n'est que dans les dernières lignes que Madeline trouva l'information qu'elle cherchait :

# L'affaire Julian Lorenz

### Le crime

Le 12 décembre 2014, alors que Sean Lorenz se trouve à New York pour assister à une rétrospective de son œuvre au MoMA, sa femme Pénélope et son fils Julian sont enlevés dans une rue de l'Upper West Side. Quelques heures plus tard, une demande de rançon de plusieurs millions de dollars est adressée au peintre, accompagnée d'un doigt coupé de l'enfant. Malgré le versement de la somme, seule Pénélope sera libérée tandis que le petit garçon est assassiné sous les yeux de sa mère.

### Le coupable

L'enquête ne fut pas longue à établir l'identité du ravisseur puisque [...]

## 6.

Traversé sur toute sa longueur d'une poutre en bois d'olivier, le salon de Pauline Delatour n'avait plus rien d'une maison de famille, évoquant plutôt un loft moderne à la décoration épurée. Une pièce spacieuse dont les murs étaient tapissés de photos de femmes nues ligotées dans des positions extrêmes. Des corps entravés, harnachés, suspendus dans les airs. Des chairs ceinturées, enserrées, prisonnières d'une multitude de nœuds sophistiqués. Des visages parcourus de frissons dont on ne savait trop s'ils étaient plaisir ou souffrance.

— À la base, le *kinbaku* est un art militaire japonais ancestral, expliqua doctement Pauline. Une technique élaborée pour ligoter les prisonniers de guerre de haut rang. Au fil des siècles, c'est devenu une pratique érotique raffinée.

Gaspard regarda les clichés, d'abord avec réticence. Les rapports de soumission et de domination l'avaient toujours mis mal à l'aise.

— Vous savez ce que disait le grand photographe Araki ? demanda la jeune femme. « Les cordes doivent être comme des caresses sur le corps de la femme. »

De fait, peu à peu, l'appréhension de Gaspard se dissipa. Malgré lui, il trouva même les photos d'une beauté stupéfiante. C'était difficile à expliquer, mais les images n'avaient rien de vulgaire ni de violent.

— Le *kinbaku* est un art très exigeant, renchérit Pauline. Une performance qui n'a rien à voir avec le BDSM. Je donne des cours dans une salle du 20ᵉ arrondissement. Vous devriez venir, un de ces jours. Je vous ferai une démonstration. Pour apprendre des choses sur soi, c'est même plus efficace qu'une séance de psychanalyse.

— Sean Lorenz, ça le branchait ces trucs-là ?

Pauline eut un rire triste.

— Sean a vécu dans la jungle qu'était New York dans les années 1980 et 1990, alors ce n'étaient pas ces petits jeux qui allaient l'effrayer.

— Vous étiez proche de lui ?

— On était amis, je vous l'ai dit. Il disait qu'il avait confiance en moi. Suffisamment en tout cas pour me confier très souvent la garde de son fils.

Pauline s'assit sur les marches d'un grand escabeau de bois posé contre le mur.

— Je n'aime pas trop les mômes, avoua-t-elle. Mais le petit Julian, c'était autre chose : un gamin vraiment extra. Attachant, vif, intelligent.

Gaspard remarqua que le teint laiteux de son visage avait encore blanchi.

— Vous en parlez au passé ?

— Julian a été assassiné. Vous ne le saviez pas ?

À son tour, Gaspard accusa le coup. Il tira à lui un tabouret en bois brut et s'assit, penché vers Pauline.

— Le... le gosse que l'on voit partout en photo dans la maison, il est mort ?

Ne les quittant plus du regard, Pauline essayait de résister à la tentation de ronger ses ongles peinturlurés de vernis grenat.

— C'est une sale histoire. Julian a été enlevé à New York et poignardé sous les yeux de sa mère.

— Mais… par qui ?

Pauline soupira.

— Une ancienne amie de Sean qui avait fait de la prison. Une peintre d'origine chilienne connue sous le nom de *LadyBird*. Elle voulait se venger.

— Se venger de quoi ?

— Honnêtement, je n'en sais trop rien, dit-elle en se levant. Ses motivations ont toujours été très floues.

Pauline revint dans la cuisine avec Gaspard dans son sillage.

— C'est un euphémisme de dire que Sean n'a plus jamais été le même homme après la mort de son fils, confia-t-elle. Non seulement il ne peignait plus, mais il s'est littéralement laissé mourir de chagrin. Je l'aidais comme je pouvais : j'allais lui faire des courses, je lui commandais à manger, j'appelais Diane Raphaël lorsqu'il lui fallait des médicaments.

— Qui est-ce ? Un médecin ?

Elle approuva de la tête.

— Une psychiatre qui le suivait depuis longtemps.

— Et sa femme ?

Pauline soupira de nouveau.

— Pénélope a quitté le navire dès qu'elle a pu, mais cela est encore une autre histoire.

Pour ne pas paraître trop intrusif, Gaspard se mordit la langue. Il devinait que le récit de Pauline était peuplé de zones d'ombre, mais il détestait trop les curieux pour rejoindre leurs rangs. Il s'autorisa néanmoins une question moins personnelle :

— Donc Lorenz n'a plus peint une seule toile jusqu'à sa mort ?

— Pas que je sache. D'abord parce qu'il a eu de gros problèmes de santé. Puis parce qu'il donnait l'impression de ne plus se sentir concerné par la peinture. Plus concerné par rien, en fait. Même pendant l'atelier d'art qu'il a continué à animer une fois ou deux à l'école de Julian, il ne touchait plus un pinceau.

Elle laissa passer quelques secondes puis ajouta, comme si un souvenir lui revenait en mémoire :

— Toutefois, dans les jours qui ont précédé sa mort, il s'est passé quelque chose d'étrange.

D'un geste du menton, elle désigna la maison du peintre à travers la fenêtre.

— Plusieurs nuits d'affilée, Sean a laissé la musique allumée chez lui jusqu'au petit matin.

— En quoi était-ce étrange ?

— Justement parce que Sean n'écoutait de la musique que lorsqu'il peignait. Et ce qui m'a surprise, ce n'est pas tant qu'il ait repris les pinceaux, mais plutôt qu'il le fasse la nuit. Sean était un fou de lumière. Je ne l'ai jamais vu peindre qu'en plein jour.

— Qu'est-ce qu'il écoutait comme musique ?

Pauline eut un sourire.

— Des trucs qui vous plairaient, je crois. En tout cas, pas du black metal : la *Cinquième* de Beethoven puis d'autres trucs que je ne connaissais pas et qu'il passait en boucle.

Elle sortit son téléphone de sa poche et agita l'appareil sous les yeux de Gaspard.

— Comme je suis curieuse, je les ai shazamés.

Il n'avait pas la moindre idée de ce que signifiait ce verbe, mais il n'en laissa rien paraître.

Pauline retrouva les références qu'elle cherchait.

— *Catalogue d'oiseaux* d'Olivier Messiaen et la *Symphonie n° 2* de Gustav Mahler.

— Qu'est-ce qui vous dit qu'il peignait vraiment ? Peut-être qu'il écoutait seulement de la musique.

114

— C'est ce que j'ai voulu savoir, justement. Je suis sortie au milieu de la nuit, j'ai remonté l'allée, j'ai contourné la maison et j'ai escaladé l'échelle de secours jusqu'à la vitre de l'atelier. Je sais, ça fait un peu *stalker*, mais j'assume ma curiosité : si Sean avait peint un nouveau tableau, je voulais être la première à le voir.

Un sourire imperceptible éclaira le visage de Gaspard tandis qu'il s'imaginait Pauline dans ses activités d'acrobate. La peinture de Lorenz était vraiment douée d'un pouvoir d'envoûtement hors normes.

— Arrivée en haut de l'échelle, j'ai collé mon nez à la vitre. Bien que toutes les lumières de l'atelier fussent éteintes, Sean était face à une toile.

— Il peignait dans le noir ?

— Je sais que ça n'a pas de sens, mais j'ai eu l'impression que la toile émettait sa propre lumière. Une lueur vive, pénétrante, qui éclairait son visage.

— Qu'est-ce que c'était ?

— Je n'en ai eu qu'une vision fugace. L'échelle a grincé, Sean s'est retourné. J'ai pris peur et j'ai dégringolé. Je suis rentrée chez moi en me sentant un peu péteuse.

Gaspard regarda cette drôle de fille, tout à la fois provocatrice, intellectuelle, sagace et *underground*. Une fille qui devait plaire à la plupart des hommes. Comme elle avait dû plaire à Lorenz. Tout à coup, une interrogation traversa son esprit, comme une évidence :

— Sean Lorenz ne vous a jamais employée comme modèle ?

Les yeux de Pauline se mirent à briller lorsqu'elle répondit :

— Il a fait mieux que ça.

Alors, elle déboutonna son chemisier et son tatouage apparut non pas dans sa totalité, mais dans toute sa splendeur. La peau de la jeune femme s'était transformée en toile humaine aux couleurs éclatantes : un chapelet d'arabesques florales et multicolores qui couraient depuis le haut de son cou jusqu'à la naissance de sa cuisse.

— On dit souvent que les toiles de Lorenz sont vivantes, mais c'est un abus de langage. La seule œuvre d'art vivante de Sean Lorenz, c'est moi.

## 4

# Deux inconnus dans la maison

*Je suis profondément optimiste sur rien du tout.*

Francis Bacon

**1.**

La nuit était tombée lorsque Madeline poussa la porte de la maison. Elle avait évité le plus possible la confrontation avec Gaspard Coutances, pourtant inéluctable. Elle avait même espéré secrètement que le dramaturge aurait finalement renoncé à ses droits sur l'atelier, mais, tandis qu'elle accrochait son blouson de cuir au portemanteau, elle aperçut la silhouette du grand escogriffe qui s'affairait dans la cuisine.

Alors qu'elle traversait le salon pour le rejoindre, elle s'attarda sur la dizaine de clichés affichés sur les murs dans des caisses américaines en bois clair. À présent qu'elle savait que le petit Julian était mort, les photographies qui l'avaient attendrie à son arrivée lui apparurent lugubres et sépulcrales. Par effet de contamination, la maison se révélait ce soir plus froide, oppressante, nimbée d'un voile de tristesse. Constatant que le charme s'était rompu, Madeline prit une décision radicale.

Lorsqu'elle débarqua dans la cuisine, Coutances la salua d'un grognement. Avec son jean usé, sa chemise de bûcheron, sa barbe de douze jours et ses Timberland fatiguées, elle lui trouva un côté « homme des bois » qui ne cadrait pas avec son statut d'auteur de théâtre intello. Debout derrière le comptoir, concentré sur sa tâche, il était en train d'émincer un oignon d'un geste assuré en écoutant de la musique de chambre sur un vieux poste de radio portatif. Posés devant lui, à côté d'un grand sac en papier kraft, plusieurs produits et ingrédients qu'il avait visiblement achetés dans l'après-midi : de l'huile d'olive, des coquilles Saint-Jacques, des cubes de bouillon de volaille, une petite truffe…

— Qu'est-ce que vous préparez ?

— Des *kritharâki* à la truffe. Ce sont de petites pâtes grecques que l'on cuisine comme un risotto. Vous dînez avec moi ?

— Non merci.

— Vous êtes végétalienne, je parie. Votre truc c'est le quinoa, les algues, les graines germées et tout le…

— Pas du tout, le coupa-t-elle sèchement. À propos de la maison, je voulais vous prévenir : je vous la laisse. Je vais aller habiter ailleurs. Le propriétaire m'a proposé de me dédommager et je vais accepter son offre.

Il la regarda, surpris.

— Sage décision.

— Mais je vous demande de me donner deux jours pour m'organiser. En attendant, je dormirai à l'étage. Nous nous partageons la cuisine et vous pouvez disposer du reste de la maison.

— Ça me convient, approuva Gaspard.

Avec la lame du couteau, il fit glisser dans une poêle l'oignon qu'il venait d'émincer.

— Qu'est-ce qui vous a fait changer d'avis ?

Elle hésita un instant, puis lui balança la vérité :

— Je n'ai pas le courage de passer quatre semaines dans un endroit encore hanté par un enfant décédé.

— Vous parlez du petit Julian ?

Madeline confirma d'un hochement de tête. Dans le quart d'heure qui suivit, au fil d'une discussion animée, chacun raconta à l'autre ce qu'il avait appris sur la vie et l'œuvre fascinante de Sean Lorenz, et sur ses derniers tableaux disparus.

Après avoir refusé un verre de vin, Madeline ouvrit le frigo pour y prendre la trousse en plastique qu'elle avait laissée là quelques heures plus tôt. Puis elle prétexta une grande fatigue et monta se coucher.

## 2.

L'escalier de bois qui menait à l'antre de Lorenz débouchait directement dans l'atelier et sa verrière. La plus belle pièce de la maison se prolongeait par une chambre de taille modeste, mais confortable et agrémentée d'une salle de bains. Madeline rangea quelques affaires, trouva des draps propres dans une armoire et fit son lit. Puis elle se lava les mains et s'assit à un petit bureau en bois cérusé qui tournait le dos à la fenêtre. D'abord, elle enleva son pull et son chemisier. Elle sortit ensuite de sa trousse une fiole ainsi qu'une seringue qu'elle retira de son emballage. Elle fixa l'aiguille, en retira le capuchon, joua avec le piston de la seringue comme elle commençait à en avoir l'habitude pour prélever le produit en faisant remonter les bulles d'air avant de les expulser. Avec un coton imbibé d'alcool, elle nettoya sur son ventre la zone où elle avait prévu de se piquer. Le chauffage avait beau être allumé, tout son corps tremblait. Ses os lui faisaient mal, sa peau était hérissée de chair de poule. Elle prit une grande inspiration puis pinça un morceau de peau, insérant l'aiguille dans le gras, ni trop près du muscle ni trop près des côtes. Elle essaya de ne pas trembler pendant qu'elle poussait le piston pour injecter le produit. Ce truc brûlait, un véritable supplice. Bordel ! Lorsqu'elle était flic, elle s'était retrouvée dans des situations de danger absolu : un flingue sur la tempe, des balles qui lui avaient frôlé la nuque, des face-à-face avec la pire racaille de Manchester. Alors que chaque fois elle était parvenue à dominer sa peur, là, elle faisait sa chochotte pour une petite aiguille !

Madeline ferma les yeux. Nouvelle respiration. Compresse. Retrait de l'aiguille. Coton pour stopper le saignement.

Elle s'allongea sur son lit en tremblant. Comme ce matin à la gare, elle avait l'impression d'être à l'article de la mort. Elle avait la nausée, des crampes d'estomac, elle manquait d'air et une migraine lui vrillait le crâne. En grelottant, elle remonta sur elle la couverture. Derrière ses yeux clos, elle vit à nouveau les images du petit Julian, les couleurs de sang, la ville en flammes. Puis, comme à rebours, le tableau plus serein de la maternité. Et, peu à peu, elle se sentit moins mal. Son corps dégonfla. Comme elle ne parvenait pas à trouver le sommeil, elle se leva, s'aspergea le visage d'eau froide. Elle avait même faim. Les effluves gourmands du risotto à la truffe montaient jusque dans l'atelier.

Alors, elle ravala sa fierté et redescendit l'escalier pour rejoindre Gaspard dans le salon.

— Dites, Coutances, votre invitation à dîner, ça tient toujours ? Vous allez voir si j'ai une tête de mangeuse de quinoa...

**3.**

Contre toute attente, le repas fut joyeux et agréable. Deux ans plus tôt, à Broadway, Madeline avait assisté à une représentation de *Ghost Town*, une des pièces de Gaspard qui s'était jouée pendant deux mois au Barrymore Theatre avec Jeff Daniels et Rachel Weisz. Elle en gardait un souvenir en demi-teinte : des dialogues brillants, mais une vision cynique du monde qui l'avait mise mal à l'aise.

Heureusement, Coutances n'était pas le personnage persifleur et sarcastique que laissaient présager ses écrits. À vrai dire, c'était un ovni : une sorte de gentleman misanthrope et pessimiste, mais qui, le temps d'un dîner, pouvait se révéler un agréable compagnon. Presque naturellement, l'essentiel de leur conversation porta sur Sean Lorenz. Ils partagèrent leur enthousiasme neuf pour sa peinture et revinrent plus longuement sur les informations et les anecdotes que chacun avait glanées dans l'après-midi. Avec appétit, ils mangèrent jusqu'à la dernière bouchée de risotto et terminèrent une bouteille de saint-julien.

Après le repas, la discussion continua au salon. Dans la discothèque, Gaspard avait choisi un vieux vinyle d'Oscar Peterson, allumé une flambée dans la cheminée et découvert un Pappy van Winkle de vingt ans d'âge. Madeline avait retiré ses bottines, étendu ses pieds sur le canapé, posé un plaid sur ses épaules et sorti de sa poche une cigarette roulée à la main qui ne contenait pas que du tabac. Le mélange herbe et whisky alanguit les corps et détendit encore l'atmosphère. Jusqu'à ce que la conversation prenne un tour plus personnel.

— Vous avez des enfants, Coutances ?

La réponse fusa :

— Dieu merci, non ! Et je n'en aurai jamais.

— Pourquoi ?

— Je refuse d'infliger à quiconque le fracas du monde dans lequel nous sommes obligés de vivre.

Madeline tira une bouffée sur sa cigarette.

— Vous n'en faites pas un peu trop là ?

— Je ne trouve pas.

— Certaines choses vont mal, j'en conviens, mais...

— Certaines choses vont mal ? Mais ouvrez les yeux, bon sang ! La planète est à la dérive et l'avenir sera épouvantable : encore plus violent, plus irrespirable, plus angoissant. Il faut être sacrément égoïste pour vouloir infliger ça à quelqu'un.

Madeline chercha à lui répondre, mais Gaspard était lancé. Pendant un quart d'heure, les yeux fous, l'haleine chargée d'alcool, il dévida un argumentaire d'un pessimisme profond quant à l'avenir de l'humanité, décrivant une société apocalyptique, asservie à la technologie, à la surconsommation, à la pensée médiocre. Une société prédatrice qui, en se livrant à l'extermination méthodique de la nature, avait pris un billet sans retour pour le néant.

Elle attendit d'être certaine qu'il en avait terminé avec sa diatribe avant de constater :

— En fait, ce n'est pas juste les cons que vous détestez, c'est l'espèce humaine dans son ensemble.

Gaspard ne chercha pas à le nier :

— Vous connaissez le mot de Shakespeare : « Même la bête la plus féroce connaît la pitié. » Mais l'homme ne connaît pas de pitié. L'homme est le pire des prédateurs. L'homme est une vermine qui, sous couvert d'un vernis de civilisation, ne prend son pied qu'en dominant et en humiliant. Une espèce mégalomaniaque et suicidaire qui hait ses semblables parce qu'elle se déteste elle-même.

— Et vous, Coutances, vous êtes différent, bien sûr ?

— Non, bien au contraire. Vous pouvez m'inclure dans le lot si ça vous fait plaisir, lança-t-il en terminant sa dernière gorgée de whisky.

Madeline écrasa sa cigarette dans une coupelle qui faisait office de cendrier.

— Vous devez être très malheureux pour penser ça.

Il chassa l'idée d'un revers de main tandis qu'elle allait chercher de l'eau dans le frigo.

— Je suis seulement lucide. Et les batteries d'études scientifiques sont encore plus pessimistes que moi. Les écosystèmes terrestres disparaissent inéluctablement. Nous avons déjà franchi le point de non-retour, nous...

Elle le provoqua :

— Mais pourquoi vous ne vous mettez pas une balle dans la tête, là, tout de suite ?

— Ce n'est pas la question, se défendit-il. Vous me demandiez pourquoi je ne voulais pas avoir d'enfants. Je vous ai répondu : parce que je ne veux pas les voir grandir dans le chaos et la fureur.

Il pointa sur elle un doigt accusateur, qui tremblait autant à cause de l'alcool que de la colère.

— Je n'imposerai jamais ce monde cruel à un enfant. Si vous avez l'intention de faire un autre choix, c'est votre problème, mais ne me demandez pas de le cautionner.

— Je me fous pas mal de votre caution, dit-elle en se rasseyant, mais je m'interroge quand même : pourquoi ne vous battez-vous pas pour changer tout ça ? Défendez les causes qui vous tiennent à cœur. Engagez-vous dans une association, militez dans un...

Il eut une moue de dégoût.

— La lutte collective ? Très peu pour moi. Je méprise les partis politiques, les syndicats, les groupes de pression. Je pense comme Brassens que « sitôt qu'on est plus de quatre, on est une bande de cons ». Et puis, la bataille est déjà perdue, même si les gens sont trop lâches pour le reconnaître.

— Vous savez ce qui vous manque ? C'est d'avoir à mener un vrai *combat*. Et avoir un enfant, c'est être obligé de mener le combat. Le combat pour l'avenir. Celui qui a toujours existé et qui existera toujours.

Il la regarda étrangement.

— Mais vous, Madeline, vous n'avez pas d'enfants ?

— J'en aurai peut-être un jour.

— Juste pour votre petit plaisir personnel, c'est ça ? ricana-t-il. Pour vous sentir « entière », « finie », « comblée » ? Pour faire comme vos copines ? Pour échapper aux questions culpabilisantes de papa et maman ?

Prise d'un coup de sang, Madeline se leva et lui balança une giclée d'eau glacée au visage pour le faire taire. Puis elle hésita un instant et finalement c'est la bouteille en plastique elle-même qu'elle lui jeta à la figure.

— Vous êtes vraiment trop con ! cria-t-elle en rejoignant l'escalier.

Elle monta les marches deux par deux et claqua la porte de sa chambre.

Resté seul, Gaspard poussa un profond soupir. Ce n'était certes pas la première fois que l'alcool lui faisait dire des énormités, mais c'était la première fois qu'il le regrettait si rapidement.

Vexé comme un enfant, il se resservit un verre de whisky et éteignit les lumières avant de s'allonger sur la *lounge chair* avec un grognement accablé.

Dans son esprit embrumé par l'alcool, il se repassa le film de la dispute. Ses arguments, ceux de Madeline. Il avait peut-être été maladroit sur la fin, mais il avait été sincère. Tout au plus regrettait-il la brutalité de ses propos, mais pas leur fond. À présent qu'il y repensait, il se rendit compte qu'il y avait pourtant une évidence qu'il n'avait pas mentionnée : les gens qui veulent des enfants se sentent forcément de taille à les protéger.

Or Gaspard, lui, ne le serait jamais.

Et cela le terrifiait.

# LE PEINTRE FOU

*Mercredi 21 décembre.*

# 5

## Le destin à la gorge

*La vie ne fait pas de cadeau.*

Jacques BREL

**1.**

La tête qui bourdonne. Le cœur qui palpite et se contracte. Le sommeil inquiet qui d'un coup se déchire.

Le claquement de la porte d'entrée fit tressaillir Gaspard et l'arracha à sa somnolence. Il lui fallut plusieurs secondes pour émerger. D'abord, il ne sut pas où il était, puis il se rendit à la triste réalité : il s'était endormi en chien de fusil dans le vieux fauteuil Eames de Sean Lorenz. Trempé de sueur, son tee-shirt était collé au cuir du siège et son visage écrasé contre l'accoudoir. Il se mit debout péniblement, se frottant les paupières, se frictionnant la nuque et les côtes. La gueule de bois dans toute son atrocité : mal de tête, goût de ciment dans la bouche, nausée, articulations rouillées. Scène rituelle après laquelle il se jurait chaque fois qu'il ne toucherait plus une goutte d'alcool. Mais il savait que cette résolution était fragile et que dès midi il aurait envie d'un verre.

Coup d'œil à sa montre : 8 heures du matin ; coup d'œil à travers la baie vitrée : ciel pâle, mais pas de pluie. Il devina que Madeline venait de partir et fut un peu honteux qu'elle l'ait vu dans cet état. Il se traîna jusqu'à la salle de bains, resta un quart d'heure sous la douche, buvant l'équivalent d'un demi-litre d'eau tiédasse directement au pommeau. Il attrapa une serviette qu'il enroula autour de sa taille et sortit de la cabine en se massant les tempes.

Sa migraine empirait, lui éraillant le crâne avec obstination. Il lui fallait d'urgence deux comprimés d'ibuprofène. Il fouilla dans son sac de voyage, mais ne trouva rien qui, de près ou de loin, ressemblât à un médicament. Après une brève hésitation, il monta à l'étage qu'avait investi Madeline, repéra sa trousse de toilette et mit la main sur ce qu'il cherchait. Heureusement que certains étaient organisés pour les autres.

Deux Advil plus tard, il était dans sa chambre, où il enfila ses vêtements de la veille avant de rejoindre la cuisine en quête d'un café noir. S'il y avait bien une cafetière, il n'y avait rien pour l'alimenter. Il eut beau ouvrir tous les placards, pas un paquet de café ne l'attendait, et il finit par se préparer, résigné, un bol de bouillon de poulet qu'il dégusta sur la terrasse. L'air frais lui fit d'abord du bien avant de le pousser à battre en retraite dans la chaleur du salon. Là, il explora la discothèque pour retrouver les disques dont lui avait parlé Pauline la veille. Ceux qu'écoutait en boucle Sean Lorenz dans les jours qui avaient précédé sa mort.

Le premier vinyle était un *must-have* de toute discothèque classique : la *Cinquième Symphonie* de Beethoven dirigée par Carlos Kleiber. Au revers de la pochette, un musicologue rappelait la volonté qui avait animé le compositeur toute sa vie de « saisir le destin à la gorge ». De fait, la *Cinquième* était tout entière tournée vers la confrontation de l'homme et de sa destinée. « Ainsi le destin frappe à la porte », disait Beethoven pour symboliser l'effet des quatre notes qui ouvraient sa symphonie.

Le deuxième enregistrement sentait bon les années 1980 : un coffret de deux vinyles Deutsch

Grammophon de la *Symphonie n° 2* de Gustav Mahler dirigée par Leonard Bernstein. Avec en *guest stars* Barbara Hendricks et Christa Ludwig. Dite « Résurrection », la deuxième symphonie du compositeur autrichien n'était pas familière à Gaspard. La lecture du livret lui apprit qu'il s'agissait d'une œuvre religieuse, Mahler s'étant récemment converti au christianisme. Elle exaltait les thèmes de la vie éternelle et de la résurrection des corps. Les notes du livret s'achevaient par les paroles de Leonard Bernstein : « La musique de Mahler évoque trop sincèrement nos incertitudes touchant la vie et la mort. Cette musique est trop vraie, elle dit des choses effrayantes à entendre. »

Des choses effrayantes à entendre...

Gaspard se gratta la tête. Pourquoi Lorenz, grand amateur de jazz et de musique minimaliste, s'était-il passionné à la fin de sa vie pour deux symphonies monumentales ?

Il vida dans l'évier le reste de bouillon tiède et s'installa à la table du salon avec son cahier à spirale et son stylo pour réfléchir à l'écriture de sa pièce. Il eut du mal à se concentrer. Il avait passé une nuit étrange, presque planante, flottant dans ses songes au milieu des paysages psychédéliques tatoués sur le corps ligoté de la jolie voisine. Une vision pas violente, mais perturbante.

Pendant une vingtaine de minutes, il réussit à se faire croire qu'il allait travailler, mais l'illusion ne dura pas. Il avait toujours l'impression que le grand portrait de Lorenz le regardait, l'appelait, le jugeait.

Au bout d'un moment, n'y tenant plus, Gaspard se leva et se planta à nouveau devant le mur de photos. Il comprit alors que ce n'était pas le cliché du peintre qui le dérangeait. C'étaient les photos du gamin.

Le gamin mort… et pourtant si plein de joie et de vitalité sur les tirages argentiques.

*Bordel !* C'était cette Madeline Greene qui, en lui faisant part de son malaise, l'avait contaminé !

Il se laissa tomber dans le canapé en soupirant. Dans la bouteille posée sur la table basse devant lui, le reflet ambré du whisky lui faisait déjà de l'œil, mais il résista à la tentation. Il fixa pendant plusieurs minutes un instantané sur lequel on voyait le petit Julian assis à califourchon, se tenant triomphalement à la barre d'un antique cheval de bois. Face au carrousel, on distinguait la silhouette bienveillante de Sean Lorenz, les yeux posés sur sa progéniture. Gaspard fouilla dans son jean pour en extraire son portefeuille. Dans la pochette d'un des rabats, il trouva une vieille photographie aux couleurs passées qu'il n'avait plus regardée depuis des années : lui à trois ans, avec son père, sur l'une des montures du manège Garnier au jardin du Luxembourg. La photo datait de 1977. Presque quarante années séparaient les deux clichés. Ce n'était pas la même époque, mais c'était le même manège, la même lumière qui brillait dans les yeux des gamins et la même fierté qui teintait le regard des pères.

## 2.

Madeline gara son scooter à l'angle du boulevard du Montparnasse et de la rue de Sèvres. Il n'était pas encore 9 heures et pourtant l'air était déjà saturé d'une sorte d'humidité poisseuse. En retirant ses gants et son écharpe, elle remarqua qu'elle transpirait.

*Dire qu'on est censé être en hiver...*

Mais ce matin quelque chose était encore plus préoccupant que le réchauffement climatique : le quartier était méconnaissable. La manifestation de la veille avait tout ravagé et dévasté, les Abribus, les vitrines des magasins, les panneaux de signalisation. Sur les trottoirs et la chaussée, d'innombrables éclats de verre, des pavés, des morceaux de bitume arraché. Un paysage de guerre, surréaliste, qu'elle n'aurait jamais pensé voir à Paris. Et, partout, des centaines de tags rageurs qui défiguraient tout : *Tout le monde déteste la police / Je pense donc je casse / En cendre, tout devient possible / Crève le capital / Victoire par chaos / On chie sur vos lois.*

L'attitude des passants la déconcerta. Certains, comme elle, étaient médusés, d'autres indifférents, d'autres encore, souriants et goguenards, s'arrêtaient pour prendre des selfies. Même le mur d'entrée de l'Institut national des jeunes aveugles était endommagé et salopé par les inscriptions haineuses. Cette vision de désolation lui donna envie de pleurer. Il se passait quelque chose dans ce pays qu'elle ne comprenait plus.

En arrivant devant le centre médical dans lequel elle avait rendez-vous, Madeline découvrit que ses vitres avaient elles aussi volé en éclats. Un ouvrier était en train de dégager une palette en bois qui avait servi de projectile pour saccager la devanture. Alors qu'elle hésitait à rebrousser chemin, l'homme comprit son trouble et lui désigna une pancarte de fortune qui précisait que l'établissement restait ouvert malgré les incidents.

Elle entra dans le hall et donna son nom à l'accueil. Comme elle était en avance pour sa prise de sang, elle évita même la salle d'attente et l'affaire fut pliée en trois minutes : l'aiguille, le tube à essai qui vire au rouge, un pansement au creux du bras. Puis on lui demanda de prendre l'ascenseur jusqu'au deuxième étage spécialisé dans la radiologie et dans l'imagerie.

Pendant qu'on lui faisait son échographie, elle repensa à la conversation animée qu'elle avait eue la veille au soir avec Coutances. Si le dramaturge avait raison sur le constat, il avait tort d'être résigné et nihiliste. Car il y aurait toujours des gens pour résister, pour se battre contre la violence sociale et pour ne pas se résoudre aux catastrophes annoncées. Et son enfant en ferait partie.

Enfin, c'était vite dit, car elle n'était pas encore enceinte.

Mais quatre mois plus tôt, alors qu'elle était en vacances en Espagne, elle avait franchi le pas et s'était rendue dans une clinique de fertilité à Madrid. Elle avait bientôt quarante ans et pas l'ombre d'une relation sérieuse à l'horizon. Même si les dégâts auraient pu être pires, il était indéniable que son corps vieillissait. Et surtout, son cœur n'avait plus la force d'aimer.

Si elle voulait un jour un enfant, elle n'avait plus qu'une seule carte à jouer. Elle avait donc rempli un dossier, rencontré un médecin, pratiqué des analyses pour se lancer dans une fécondation *in vitro*. Concrètement, ça signifiait qu'on allait extraire ses ovules et les féconder avec le sperme d'un donneur anonyme. Ce n'était pas forcément ce dont elle avait rêvé, mais elle s'était accrochée à ce projet avec toute la force et tout l'enthousiasme dont elle était capable. Pour avoir un enfant, elle endurait un calvaire quotidien. D'abord, un traitement hormonal contraignant : tous les soirs, elle s'injectait dans l'abdomen une dose d'hormones folliculo-stimulantes. Puis tous les deux jours, elle se soumettait à une prise de sang suivie d'une échographie pour vérifier l'évolution du nombre et la taille de ses follicules. Des résultats qu'elle devait communiquer elle-même par téléphone au personnel de la clinique espagnole.

Ce traitement l'épuisait. Son ventre gonflait, sa poitrine se tendait, ses jambes pesaient une tonne et la migraine et l'irritabilité ne lui laissaient pas souvent de répit.

La pièce était sombre. Alors que le médecin déplaçait la sonde d'échographie sur son bas-ventre, Madeline ferma les yeux. Elle se persuada qu'elle avait pris la bonne décision. Elle allait avoir un enfant pour s'ancrer à la vie. Pendant trop longtemps, dans son métier, elle avait enquêté sur des morts, mais les morts vous entraînent dans leurs ténèbres. Puis elle avait tout donné pour l'amour d'un homme. Mais l'amour des hommes est fluctuant, fragile et capricieux. Pour se donner du courage, elle se remémora les mots d'adieu de quelqu'un qui avait compté pour elle : Danny Doyle, son premier amour de lycée qui, en devenant l'un des parrains de la pègre de Manchester, avait suivi une trajectoire opposée à la sienne. Danny Doyle à qui elle s'était confrontée, une fois devenue flic, mais qui n'avait jamais cessé, de loin, de veiller sur elle.

*Je sais que tu es habitée par la peur. Je sais que tes nuits sont agitées, peuplées de fantômes, de cadavres et de démons. Je connais ta détermination, mais aussi cette part de noirceur et d'autodestruction que tu portes en toi. Tu l'avais déjà lorsqu'on s'est rencontrés au lycée et le cours des choses n'a fait que l'amplifier. Tu passes à côté de ta vie, Maddie. Il faut que tu sortes de cette spirale avant de basculer dans un*

*précipice d'où tu ne reviendras pas. Je ne veux*
*pas que tu aies cette existence. Je ne veux pas*
*que tu prennes le chemin où je me suis perdu :*
*celui qui s'enfonce dans les ténèbres, la violence,*
*la souffrance et la mort...*

*La vie ne repasse pas les plats. Les occasions*
*perdues le sont pour toujours. La vie ne fait pas*
*de cadeau. La vie est un rouleau compresseur,*
*un despote qui tient son royaume en y faisant*
*régner la terreur par son bras armé : le Temps.*
*Et le Temps gagne toujours à la fin. Le Temps est*
*le plus grand exterminateur de l'histoire. Celui*
*qu'aucun flic ne parviendra jamais à mettre sous*
*les verrous.*

### 3.

Gaspard se leva du canapé. Un téléphone
portable – sans doute oublié par Madeline –
venait de se mettre à vibrer sur le comptoir de
la cuisine. Ayant toujours refusé de posséder
l'un de ces appareils, il le regarda un instant
avec méfiance, mais il se décida tout de même
à prendre l'appel. C'était Madeline. Il commença
une phrase pour lui répondre, mais interrompit
par mégarde la conversation en effleurant l'écran
au mauvais endroit.

Il lâcha un juron et fourra l'appareil dans sa poche.

Il soupira. Sa migraine s'était calmée, mais son esprit était encore embrouillé. Plus la peine de tergiverser : il lui fallait du café ! Et pas seulement une tasse.

Il s'empara d'un des grands crus qu'il avait achetés la veille et sortit de la maison pour aller retrouver sa voisine préférée.

Cette fois, Pauline Delatour répondit dès le premier carillon. Comme si c'était le printemps, elle portait à nouveau une tenue légère : un short en jean effilé et une chemise militaire kaki ouverte sur un débardeur.

— Un pinot noir contre un double espresso ? proposa-t-il en agitant sa bouteille.

Elle sourit et d'un signe de la main l'invita à entrer.


**4.**

Après ses examens médicaux, Madeline avait trouvé refuge rue du Faubourg-Saint-Honoré dans le confort rassurant de la Caravella, l'italien que lui avait fait connaître Bernard Benedick. La prise de sang nécessitant d'être à jeun, elle n'avait rien avalé depuis la veille et la tête commençait à lui tourner. Elle commanda un café au lait et des *biscotti* et s'apprêtait à appeler la clinique de fertilité lorsqu'elle s'aperçut qu'elle avait oublié son téléphone rue du Cherche-Midi.

*Manquait plus que ça !* se désola-t-elle en frappant la table avec la paume de sa main.

— Un souci ? demanda le serveur en lui apportant son petit déjeuner.

Elle reconnut Grégory, le jeune patron que lui avait présenté la veille le galeriste.

— J'ai oublié mon portable et j'ai un appel important à passer.

— Je vous prête le mien ? proposa-t-il en sortant de sa poche un étui aux couleurs du Milan AC.

— Merci, c'est très gentil !

Elle appela Madrid et demanda à parler à Louisa. Au service de coordination de la clinique, elle avait sympathisé avec cette infirmière dont le frère était flic. Elle connaissait toujours ses horaires et, au besoin, l'appelait directement sur son portable pour éviter que la moitié de la Castille ne soit au courant de la taille de ses ovaires. Louisa nota les résultats qu'elle transmettrait à un médecin qui évaluerait la réponse ovarienne et, le cas échéant, modifierait la dose d'hormones à injecter. C'est sûr, on était loin du médecin de famille. On était dans une médecine 2.0, mondialisée, uberisée, un peu *low cost* et un peu triste. Mais s'il fallait passer par là pour avoir un enfant, elle était prête.

Madeline profita du téléphone de Grégory pour appeler son propre numéro. Heureusement, Coutances lui répondit :

— Gaspard, où êtes-vous ? Pouvez-vous me rapporter mon téléphone ?

Le dramaturge marmonna des propos incompréhensibles puis la communication se coupa. Comprenant qu'elle ne gagnerait rien à insister, Madeline composa plutôt un SMS : Pouvez-vous me rapporter mon téléphone ? Si ça vous convient, rendez-vous à midi au restaurant Le Grand Café de la rue Delambre. Je vous remercie. Maddie.

Comme son café était froid, elle en commanda un autre qu'elle avala d'un trait. Elle avait très mal dormi. Les toiles ensorcelantes de Lorenz avaient peuplé son sommeil. Toute la nuit, elle avait voyagé en songe dans des horizons aux couleurs intenses, des forêts sensuelles aux lianes vivantes, des falaises qui donnaient le vertige, des villes balayées par un vent brûlant. Au réveil, elle aurait été incapable de dire si cette longue divagation tenait du rêve ou du cauchemar. Mais elle commençait à comprendre que c'était justement dans cette ambivalence que résidait la clé de l'œuvre de Sean Lorenz.

Elle aperçut Bernard Benedick qui, de l'autre côté du trottoir, remontait son rideau de fer. Elle toqua contre la vitre du café pour lui signaler sa présence et, comme elle l'espérait, le galeriste ne fut pas long à venir la rejoindre.

— J'étais certain de vous revoir ! triompha-t-il en prenant place en face d'elle. On ne résiste pas à la peinture de Sean Lorenz, n'est-ce pas ?

Madeline lui répondit par un reproche :

— Vous ne m'aviez pas dit que le fils de Lorenz avait été assassiné.

— C'est vrai, admit-il d'une voix blanche, mais c'est parce que je déteste en parler. Julian était mon filleul. Ce drame nous a tous dévastés.

— Que s'est-il passé exactement ?

— Tout a été écrit dans les journaux, souffla-t-il.

— Justement. Ce qui est écrit dans les journaux est rarement la vérité.

Benedick considéra l'argument d'un hochement de tête.

— Pour bien comprendre les choses, soupira-t-il, il faut remonter longtemps en arrière. Très longtemps, même…

Il leva le bras pour commander à son tour un café et se donner du courage.

— Je vous l'ai déjà expliqué : dès ma rencontre avec Sean, j'ai mobilisé tout mon réseau pour faire connaître son travail et le mettre en lumière. Sean était ambitieux et avide de rencontres. Je l'ai mis en contact avec des personnes très différentes à Londres, Berlin, Hong Kong… Mais il y a un endroit dans lequel il ne voulait jamais mettre les pieds : New York.

— Je ne comprends pas.

— Chaque fois que je lui proposais de lui faire rencontrer des collectionneurs à Manhattan, il bottait en touche, expliqua Benedick. Si incroyable que ça puisse paraître, de 1992 à cette funeste année 2014, Sean Lorenz n'est jamais retourné dans sa ville natale.

— Il y avait encore de la famille ?

— Seulement sa mère, mais il l'a fait venir à Paris dès la fin des années 1990. Elle était déjà très malade à l'époque et elle est morte peu après.

Benedick trempa un *crostini* dans son café.

— Au bout d'un moment, à force d'insister, Sean n'a pas pu faire autrement que de me lâcher quelques bribes de vérité.

— Ça remontait aux circonstances de son départ ? demanda Madeline.

Le galeriste approuva de la tête.

— À l'automne 1992, après son « été de l'amour » avec Pénélope, Sean s'était retrouvé seul à New York. Il déprimait et n'avait d'autre objectif que de rejoindre la jeune femme à Paris. Le hic, c'est qu'il n'avait pas un sou en poche. Pour trouver de quoi s'acheter un billet d'avion, il s'est mis à commettre de petits larcins avec la complicité de *LadyBird*.

— L'élément féminin des *Artificiers*, se souvint Madeline.

— De son vrai nom Beatriz Muñoz. C'était la fille d'immigrés chiliens qui trimaient dans les usines du North Bronx. Une drôle de femme, renfermée, sauvage, presque autiste, emmurée dans un physique de catcheur. Il ne faisait aucun doute qu'elle était amoureuse de Sean et qu'elle se serait jetée par la fenêtre s'il le lui avait demandé.

— Vous pensez qu'il en a abusé ?

— Honnêtement, je ne sais pas trop. Sean était un génie, donc par définition un emmerdeur, un mec compliqué à vivre, mais en aucun cas un sale type. Il était impulsif, colérique, monomaniaque, mais je ne l'ai jamais vu méprisant envers les plus faibles. Je pense que, pendant des années, pour ne pas lui faire de peine, Sean n'a pas rejeté Beatriz.

— Mais Pénélope a tout bouleversé.

— C'est certain. Muñoz devait être désespérée lorsqu'elle a appris son projet de partir en France, mais elle l'a tout de même aidé à trouver de l'argent en braquant des épiceries.

Le flic en Madeline reprit le dessus.

— C'est ce que vous appelez des « petits larcins » ? Pour moi ce sont des vols à main armée.

— Arrêtez ! Leurs seules armes, c'étaient des pistolets à eau et des masques en caoutchouc de Mario et Luigi !

Madeline n'en démordit pas :

— Armes factices ou pas, un braquage reste un braquage et, d'expérience, je sais que ça se termine rarement bien.

— Dire que ça ne s'est pas très bien terminé est un euphémisme, admit Benedick. Un soir, à Chinatown, un épicier n'a pas voulu se laisser dépouiller. Il a sorti un flingue de derrière son comptoir et a ouvert le feu. Alors que Sean parvenait à s'enfuir avec l'argent, Beatriz s'est pris une balle dans le dos et s'est écroulée dans le magasin.

Madeline se rencogna dans le fond de sa chaise. Benedick continua d'une voix résignée :

— Lorsque les flics ont arrêté la Chilienne, ils avaient un dossier épais comme mon bras à son encontre.

— Les vidéos de surveillance des braquages précédents, devina l'ancienne enquêtrice.

— Oui. C'était le quatrième magasin qu'ils dévalisaient dans le mois. Leurs masques de plombiers moustachus étaient reconnaissables sur toutes les bandes. C'est ce qui les a trahis au lieu de protéger leur identité. Malheureusement pour elle, Beatriz Muñoz s'était déjà fait arrêter plusieurs fois à cause de ses tags. Elle avait un casier judiciaire fourni. Pour les flics et le procureur, c'était le jackpot, et ils s'en sont donné à cœur joie. C'est le système judiciaire américain : fort avec les faibles, faible avec les forts.

— Elle n'a pas balancé Sean pendant les interrogatoires ?

— Jamais. La malheureuse a écopé de huit ans de prison et elle en a purgé quatre supplémentaires pour tentative d'évasion et violences répétées envers ses codétenues.

— Sean ne s'est jamais dénoncé ?

Benedick eut un rire nerveux.

— Le lendemain de l'arrestation de Beatriz, il était dans un avion pour rejoindre Pénélope à Paris. Le point de vue de Sean était simple :

il ne se sentait pas redevable envers Beatriz, car il ne lui avait jamais rien demandé. Elle l'avait couvert, mais c'est un choix qu'elle avait fait elle-même.

— Donc, il a coupé tous les ponts avec ses amis d'enfance ?

— Complètement.

— Et vous pensez que c'est pour cette raison qu'il n'a jamais voulu revenir à New York ?

— Ça paraît évident, non ? Il sentait confusément que cette ville représentait un danger. Et il avait raison. Lorsqu'elle est sortie de taule en 2004, Beatriz Muñoz était un être brisé. Physiquement et psychiquement. Elle a enchaîné les petits jobs à droite à gauche et a essayé de recommencer à peindre, mais elle n'avait pas de réseau, pas de galeriste, pas de cote. Pour tout vous dire, sans en parler à Sean, j'ai acheté certaines de ses toiles par l'intermédiaire d'un centre social de Harlem. Si vous voulez, je vous montrerai ses tableaux. Sa peinture post-incarcération était zombiesque, dévitalisée, effrayante.

— Elle savait ce qu'était devenu Sean ?

Benedick haussa les épaules.

— Comment voulez-vous qu'il en soit autrement ? Aujourd'hui, il suffit de taper un nom dans un moteur de recherche pour découvrir une bonne partie de sa vie. Beatriz connaissait la version « papier glacé » de Lorenz : le peintre à succès millionnaire, marié à une mannequin et père d'un adorable petit garçon. Et cette image l'a rendue folle.

— Que s'est-il passé exactement ?

— En 2013, le MoMA a pris contact avec Sean. Ils voulaient organiser l'année suivante la première grande rétrospective américaine de sa carrière. Sean avait beau ne pas avoir envie de retourner à New York, le MoMA, ça ne se refuse pas. En décembre 2014, il s'est donc envolé vers New York avec sa femme et son fils pour inaugurer son exposition et donner quelques interviews. Il avait prévu de n'y rester qu'une semaine, mais c'est là que le drame s'est produit.

## 5.

Pauline Delatour était un spectacle à elle toute seule tant elle s'évertuait à mettre de la sensualité dans chacun de ses gestes : une mèche de cheveux replacée derrière son oreille, un croisement de jambes, un bref mouvement de langue pour lécher une goutte de café à la commissure de ses lèvres. Mais rien en elle n'était franchement provocant ou aguicheur. Garde-frontière du bon goût, elle avait une façon joyeuse d'éveiller le désir qui tenait d'une sorte de célébration de la vie et de sa jeunesse triomphante. Gaspard n'avait pas eu à se forcer pour répondre à son badinage, mais, après deux tasses de café, il avait réorienté la conversation sur la seule chose qui l'intéressait vraiment : Sean Lorenz. Et il avait d'autant plus de mal à refréner sa curiosité que Pauline venait de lui avouer qu'elle avait joué les baby-sitters pour le compte des Lorenz lors de leur séjour à New York pendant l'hiver 2014.

— J'ai vécu le drame de l'intérieur et deux ans après, j'en fais encore des cauchemars, déclara-t-elle. À l'époque, je m'occupais de Julian presque toute la journée. Sean était pris du matin au soir par sa rétrospective au MoMA. Pénélope, elle, se la coulait douce : shopping, manucure, sauna…

— Où étaient-ils descendus ?

— Dans une suite du Bridge Club, un hôtel chicos de TriBeCa.

Pauline ouvrit la fenêtre de la cuisine et s'assit sur le rebord avant d'allumer une cigarette.

— Le jour où tout ça est arrivé, Pénélope avait prévu d'aller faire des courses chez Dean et Deluca puis de déjeuner à l'ABC Kitchen, un restaurant près d'Union Square. Elle devait emmener son fils pour lui acheter des habits, mais, au dernier moment, elle m'a demandé si je pouvais garder Julian.

Pauline tira une bouffée sur sa cigarette. En quelques secondes, sa joie de vivre avait laissé place à une nervosité qu'elle ne cherchait pas à dissimuler.

— C'était ma journée de repos. Comme j'avais déjà des projets, j'ai décliné sa proposition. Elle m'a répondu que ce n'était pas grave et qu'elle sortirait avec Julian. Mais la vérité, c'est qu'elle n'est jamais allée à Greenwich Village ni à Union Square. Elle est allée rejoindre son amant à l'autre bout de la ville, au nord de l'Upper West Side, dans un hôtel d'Amsterdam Avenue.

— Cet amant, c'était qui ?

— Philippe Careya, un promoteur niçois qui faisait des affaires entre la Côte d'Azur et Miami. Un type un peu bourrin qui avait été le premier mec de Pénélope au lycée.

— Qu'est-ce qu'il foutait à New York ?

— Pénélope l'avait convaincu de la suivre. À cette époque, elle se sentait délaissée par Sean.

— Lorenz savait que sa femme le trompait ?

Pauline soupira.

— Honnêtement, je n'en ai aucune idée. Leur couple, c'était un peu *La Chanson des vieux amants*, vous voyez. Le genre de relation qui a besoin du conflit et de la brûlure pour s'épanouir. Je n'ai jamais vraiment compris la nature du lien qui les unissait. Qui portait la culotte, qui dominait qui, qui était prisonnier de qui...

— Avoir un enfant ne les avait pas apaisés ?

Elle haussa les épaules.

— Un enfant rabiboche rarement les couples.

— Et Sean, il trompait sa femme ?

— Je ne sais pas.

Gaspard précisa sa question :

— Sean trompait sa femme *avec vous* ?

Pauline le renvoya dans les cordes :

— Le type qui se tape la baby-sitter, c'est un scénario de mauvais porno, non ?

Un silence. Puis, contre toute attente, Pauline joua la carte de la franchise :

— Honnêtement, ce n'est pas faute d'avoir essayé, mais non.

Gaspard se leva et, avec la permission de son hôtesse, se resservit une tasse de café.

— Donc, que s'est-il passé à New York ce fameux jour ?

— En début de soirée, voyant que Pénélope n'était pas rentrée et qu'elle ne donnait aucune nouvelle, Sean a commencé à s'inquiéter, mais il n'a pas prévenu la police tout de suite. Sa femme n'était pas joignable pour la bonne raison qu'elle avait oublié son portable à l'hôtel. Les heures ont passé et l'angoisse est montée d'un cran. À 11 heures du soir, Sean s'est décidé à contacter le service de sécurité de l'hôtel qui a appelé directement le NYPD. Ils ont tout de suite pris l'affaire au sérieux à cause de la disparition de l'enfant et de la notoriété de Sean. Toute la nuit ils ont lancé des signalements aux différentes patrouilles et ont commencé à visionner les enregistrements des caméras de surveillance aux abords des endroits où Pénélope était censée être allée. Bien entendu ils n'ont rien trouvé.

Pauline écrasa sa cigarette dans la soucoupe de sa tasse à café. Son visage était livide.

— À 7 heures du matin, un coursier a livré à l'hôtel une boîte en carton dans laquelle il y avait un petit doigt d'enfant accompagné d'une demande de rançon tachée de sang. C'était monstrueux. Là, le FBI est entré dans la danse. Ils ont élargi le périmètre des recherches, lancé l'alerte enlèvement, mis en branle tout le bazar de la police scientifique... Finalement, une caméra de surveillance d'Amsterdam Avenue avait bien filmé l'enlèvement de Pénélope et de son fils.

Pauline se frotta les yeux en soupirant :

— À l'époque, j'ai pu apercevoir les images. Cette fois, on n'était plus dans un porno, plutôt dans un film d'horreur. On y voyait une espèce de monstre à la force de taureau en train de précipiter Pénélope et Julian à l'arrière d'un van déglingué.

— Comment ça, une espèce de monstre ?

— Une Apache bossue, aux épaules larges et aux bras puissants.

Gaspard eut une moue dubitative. Pauline poursuivit :

— Les empreintes relevées sur la boîte étaient fichées. Elles appartenaient à Beatriz Muñoz, une ancienne délinquante, aussi connue sous le nom de *LadyBird*, qui avait fréquenté Sean dans sa jeunesse.

À l'évocation du nom de la « femme-oiseau », Gaspard se rappela les photos qu'il avait vues la veille dans la monographie du peintre : celles des jeunes *Artificiers* en train de taguer les wagons du métro au début des années 1990 : Sean et son blouson trop grand, *NightShift*, le Latino arrogant aux oreilles décollées, et *LadyBird*, l'Indienne si peu aérienne malgré son surnom, dont les cheveux d'ébène étaient ceinturés d'un bandeau à la Geronimo.

— Dès que le FBI s'est saisi de l'affaire, les choses se sont accélérées. Avant midi, ils avaient localisé le squat dans lequel Beatriz Muñoz avait conduit ses victimes. Un hangar d'un ancien site industriel du Queens. Mais lorsqu'ils ont donné l'assaut, il était trop tard : Julian était déjà mort.

## 6.

— Cette rançon, ça signifiait quoi ? demanda Madeline.

Bernard Benedick plissa les yeux.

— Vous voulez dire son montant, 4 290 000 dollars ?

— Oui.

— C'est le prix de la souffrance : le nombre de jours que Beatriz Muñoz avait passés en prison, multiplié par mille. Onze ans et neuf mois d'enfer : 4 290 jours. Présentée comme ça, la somme en paraîtrait presque dérisoire.

— Lorenz a essayé de réunir l'argent, j'imagine.

— Bien sûr, mais Muñoz n'a jamais voulu d'argent.

— Qu'est-ce qu'elle voulait alors ? La vengeance ?

— Oui, cette « justice sauvage » dont parle Francis Bacon. Elle voulait briser la vie de Sean, lui infliger la même souffrance atroce que celle qu'elle avait elle-même ressentie.

— Elle a pourtant épargné la vie de la femme de Lorenz ?

— Il s'en est fallu de très peu. Le FBI a retrouvé Pénélope ligotée à une chaise avec du fil de fer barbelé. Elle en porte encore les cicatrices aujourd'hui. Mais le plus horrible, c'est que Beatriz avait poignardé Julian sous les yeux de sa mère.

Le sang de Madeline se glaça. Elle repensa à l'expression de son ami Danny : le chemin des *ténèbres, de la souffrance et de la mort.* Où qu'elle aille, quoi qu'elle fasse, toutes les routes la ramenaient toujours à ce carrefour et à son cortège de cadavres.

— Beatriz Muñoz est en prison aujourd'hui ?

— Non, elle était parvenue à quitter sa planque avant l'assaut. Elle est allée se jeter sous un train à Harlem-125th Street, une gare dans laquelle elle et Sean avaient l'habitude de taguer des wagons.

Fataliste, Benedick laissa échapper un soupir de désolation.

Madeline chercha dans la poche de son blouson un médicament contre les brûlures d'estomac.

— Il y a une question que je me pose depuis hier, reprit-elle après avoir avalé son comprimé. Sean Lorenz était à New York au moment de sa mort il y a un an, n'est-ce pas ?

— C'est exact, il est mort d'une crise cardiaque en pleine rue.

— Qu'est-ce qu'il était allé faire là-bas ? Pourquoi être retourné dans cette ville chargée de tant de souvenirs funestes ?

— Il avait rendez-vous avec un cardiologue, justement. C'est ce qu'il m'a expliqué au téléphone en tout cas, et j'ai de bonnes raisons de penser que c'était la vérité.

— Lesquelles ?

Benedick ouvrit la mallette en cuir Venezia qu'il avait posée sur la chaise à côté de lui.

— Comme je savais que vous reviendriez me voir, j'ai apporté ceci avec moi, affirma-t-il en sortant un carnet brun clair qu'il tendit à Madeline.

Elle l'examina avec attention. Il s'agissait en fait d'un petit agenda de la marque Smythson en cuir imprimé.

— J'étais à Paris lorsque j'ai appris la mort de Sean. J'ai sauté dans un avion pour New York pour m'occuper du rapatriement de son corps. À son hôtel, c'est moi qui ai récupéré ses affaires.

Il n'y avait qu'une petite valise qui contenait quelques vêtements et cet agenda.

Madeline le feuilleta. Une chose était certaine : l'emploi du temps de Sean Lorenz dans l'année qui avait précédé sa disparition se résumait à des rendez-vous médicaux. À la date de sa mort, le 23 décembre 2015, il avait écrit : *Rdv Dr Stockhausen 10 h.*

— De quoi souffrait-il exactement ?

— D'infarctus à répétition. La dernière année de sa vie, Sean a enchaîné les angioplasties et les pontages aorto-coronariens. Vous vous souvenez de la chanson de Ferré : « Le cœur, quand ça bat plus, c'est pas la peine d'aller chercher plus loin… »

— Je peux garder cet agenda ?

Benedick hésita, mais donna son accord d'un mouvement de tête.

— Ces trois dernières toiles, vous pensez vraiment qu'elles existent ?

— J'en suis *certain*, répondit le galeriste en la fixant intensément. Tout comme je suis certain que vous allez les retrouver.

Madeline joua la prudence.

— Pour ça, j'ai besoin que vous me disiez où gratter. Quelles sont les personnes que je pourrais aller voir.

Benedick prit le temps de la réflexion.

— Allez faire un saut chez Diane Raphaël. C'est une psychiatre compétente et très sympathique. L'une des rares personnes pour qui Sean avait du respect. Elle l'a rencontré quelques mois après son arrivée en France, à l'époque de l'Hôpital éphémère. En ce temps-là, Diane dirigeait une petite structure itinérante d'aide aux toxicomanes. Elle s'intéressait aux nouvelles formes d'art et a été l'une des premières à acheter deux de ses toiles. Sean la considérait un peu comme son ange gardien.

Madeline enregistra mentalement ces informations en se rappelant que Gaspard avait déjà évoqué ce nom devant elle la veille au soir.

— Qui d'autre ?

— Peut-être Jean-Michel Fayol, un marchand de couleurs. Il a une petite boutique qui donne sur les quais. Sean le consultait souvent lorsqu'il peignait.

— Pénélope Lorenz habite toujours à Paris ?

Benedick hocha la tête sans répondre franchement.

— Vous pouvez me donner son adresse ?

Le galeriste sortit un stylo de sa poche et déchira une page de l'agenda.

— Je vais vous noter ses coordonnées, mais vous n'en tirerez rien. Rencontrer Pénélope a été à la fois la grande chance et le plus grand malheur de Sean. L'étincelle qui a révélé son génie pour mieux allumer quelque temps plus tard l'incendie qui a ravagé sa vie.

Il tendit le papier plié à Madeline, puis, les yeux dans le vague, se demanda tout haut :

— Qu'y a-t-il, au fond, de plus triste que de voir son âme sœur devenir son âme damnée ?

# 6

## Une somme de destructions

*Un tableau était une somme d'additions. Chez moi, un tableau est une somme de destructions.*

Pablo PICASSO

**1.**

Le boulevard Saint-Germain s'étirait sous un soleil pâle. Platanes déplumés, immeubles en pierre de taille, cafés muséifiés, boutiques au luxe tranquille.

Madeline dépassa une voiturette électrique et mit son clignotant pour tourner rue Saint-Guillaume. Après une vingtaine de mètres, elle gara son scooter à la perpendiculaire entre une Smart cabossée et un SUV rutilant. L'adresse que lui avait donnée Bernard Benedick était celle d'un des beaux immeubles de la rue avec une large façade à bossages récemment ravalée. Elle sonna à l'interphone d'une porte cochère monumentale en bois verni.

— Oui ? siffla une voix.

— Madame Lorenz ?

Pas de réponse. Madeline joua sur l'ambiguïté :

— Bonjour, madame, je suis officier de police. J'enquête sur la disparition des dernières toiles peintes par votre ex-mari. Pourriez-vous m'accorder quelques minutes pour…

— Va te faire foutre, connasse de journaliste !

Madeline recula d'un pas, surprise par la virulence de l'insulte. Inutile d'insister. Si Pénélope Lorenz était dans de telles dispositions, elle n'arriverait à rien.

Elle remonta sur sa Vespa avec une autre idée en tête. Rue de l'Université, rue du Bac, boulevard Raspail jusqu'à Montparnasse. C'est dans la rue d'Odessa que Madeline trouva le cybercafé qu'elle cherchait, coincé entre une crêperie et un sex-shop. En poussant la porte, elle se jura qu'elle ne quitterait pas l'endroit avant d'être parvenue à ses fins.

**2.**

Gaspard arriva en avance au restaurant. Situé à côté d'un étal de poissonnier, le Grand Café était une brasserie de quartier à la décoration un peu vieillotte, mais chaleureuse : boiseries, chaises Baumann en bois courbé, petites tables de bistrot, grand miroir, carrelage à damier. Une touche méditerranéenne complétait le tableau avec de la fausse vigne qui s'accrochait au plafond comme sous une tonnelle.

À midi et demi, la salle était aux trois quarts vide, mais commençait à se remplir. Gaspard demanda une table pour deux et, sans s'asseoir, y posa le téléphone qui déformait sa poche avant d'accrocher sa veste sur le dossier de la chaise. Puis il s'avança vers le comptoir, commanda un verre de quincy et demanda s'il pouvait téléphoner. Le serveur le regarda d'un air étonné, voire suspicieux, et désigna l'appareil abandonné sur la table :

— Il est cassé ?

Gaspard ne se retourna même pas.

— Non, je ne sais pas m'en servir. Alors, je peux utiliser le vôtre ?

Le serveur acquiesça et lui tendit un combiné rétro. Gaspard chaussa ses lunettes pour déchiffrer le numéro noté par Pauline.

Une chance : Diane Raphaël répondit dès la troisième sonnerie, s'excusant aussitôt pour la mauvaise qualité de la communication. La psychiatre n'était pas à Paris, mais dans un TGV à destination de Marseille où elle devait aller voir un patient à l'hôpital Sainte-Marguerite. Gaspard se présenta et précisa qu'il appelait de la part de Pauline Delatour. Diane Raphaël, qui passait beaucoup de temps à New York, assura y avoir vu *Asylium*, l'une de ses pièces les plus noires, une critique des dérives de la psychanalyse. Avec ce texte, Gaspard ne s'était pas fait que des amis dans la communauté des psys, mais Diane n'était pas revancharde et lui assura « avoir beaucoup ri ».

Comme il ne savait pas mentir, Gaspard joua cartes sur table. Il expliqua qu'il louait l'ancienne maison de Sean Lorenz et qu'il aidait une amie policière qui s'était mis en tête de retrouver les trois derniers tableaux du peintre.

— S'ils existent, je serais curieuse de les voir !

— Pauline m'a dit que vous aviez beaucoup veillé sur Sean la dernière année de sa vie.

— Les deux dernières décennies, vous voulez dire ! J'ai été son amie et sa psy pendant plus de vingt ans !

— Je pensais que c'était incompatible ?

— Je n'aime pas les dogmes. J'ai essayé de l'aider comme j'ai pu, mais il faut croire qu'il existe une malédiction des génies.

— Qu'est-ce que vous entendez par là ?

— Le vieux principe de la *destruction créatrice*. Pour construire une œuvre comme la sienne, peut-être était-il inéluctable que Sean se détruise et qu'il détruise les autres.

Malgré la mauvaise qualité de la communication, Gaspard était séduit par la voix de Diane Raphaël : mélodieuse, profonde, aux intonations amicales.

— D'après Pauline, Lorenz était à la dérive après la disparition de son fils…

— Ce n'est un secret pour personne, le coupa la psy. Sean est quasiment mort en même temps que Julian. N'ayant plus rien à quoi se raccrocher, il ne se donnait même plus la peine de faire semblant de vivre. Et puis, physiquement, il était détruit. Il a subi deux lourdes opérations les derniers mois de sa vie. Plusieurs fois, il a été réanimé au seuil de la mort. Mais il endurait cette souffrance comme une pénitence.

— La peinture ne lui était d'aucun secours ?

— La peinture ne peut rien face à la mort d'un enfant.

Gaspard ferma brièvement les yeux et avala la dernière gorgée de son verre de vin blanc, adressant dans la foulée un signe au barman pour demander qu'on le resserve.

— Tous les parents qui perdent un enfant ne se suicident pas, remarqua-t-il.

— Vous avez raison, admit-elle. Chaque individu réagit d'une façon qui lui est propre. Je ne vais pas vous parler du dossier médical de Sean, mais tout était amplifié chez lui. Il a toujours eu un côté cyclothymique qui impactait sa créativité.

— Il était bipolaire ?

— Disons que comme chez beaucoup d'artistes, ses réactions et ses humeurs étaient exacerbées. S'il faisait preuve d'une soif de vivre incroyable en période d'euphorie, il pouvait descendre très bas lorsqu'il broyait du noir.

Gaspard dégrafa un bouton de sa chemise. Pourquoi faisait-il cette chaleur de dingue en plein mois de décembre ?

— Lorenz était toxicomane ?

Diane s'agaça pour la première fois :

— Vous posez beaucoup de questions, monsieur Coutances.

— J'en conviens, s'excusa-t-il.

À l'autre bout de la ligne, il percevait l'annonce de la SNCF prévenant que le train allait bientôt entrer en gare Saint-Charles.

— Tout ce que Sean voulait, c'était s'anesthésier et oublier, reprit la psy. Il avait une peine immense, à la mesure de son amour pour son fils, et il ne voulait ni être sauvé ni être raisonné. Alors, tous les expédients étaient bons : somnifères, anxiolytiques et compagnie. C'est moi qui les lui prescrivais, car je savais qu'il les aurait pris de toute façon. Au moins, ça me permettait de garder un œil sur ce qu'il ingurgitait.

La réception devenait de plus en plus mauvaise. Gaspard hasarda tout de même une dernière question :

— Cette hypothèse de toiles cachées, vous y croyez ?

Malheureusement, la réponse de la psy se perdit dans le brouhaha ferroviaire.

Il raccrocha et vida de nouveau son verre. Lorsqu'il se retourna, il aperçut Madeline qui venait d'entrer dans le restaurant.

### 3.

— Un apéritif ? proposa le serveur après avoir posé à côté de leur table la grande ardoise qui listait les plats du jour.

Madeline commanda une bouteille d'eau pétillante et Gaspard un troisième verre de vin.

Puis, avec un sourire, le dramaturge poussa vers Madeline le téléphone qu'elle avait oublié en quittant la maison.

— Merci de me l'avoir rapporté, dit-elle en le récupérant.

Gaspard pensa qu'il serait opportun de faire amende honorable :

— Excusez-moi pour hier soir. Je me suis emporté.

— C'est bon, laissez tomber.

— Je ne savais pas que vous essayiez d'avoir un enfant.

Madeline devint écarlate.

— Pourquoi dites-vous ça ?

— C'est… c'est ce que j'en ai déduit, bredouilla-t-il en réalisant sa maladresse. Vous avez reçu ce matin un SMS d'une clinique de Madrid qui accusait réception des résultats de votre…

— Mêlez-vous de vos oignons, bordel ! Vous croyez que j'ai envie de parler de ça avec vous à table ?

— Je suis désolé, je l'ai lu malgré moi.

— Malgré vous ? fulmina-t-elle.

Ils n'échangèrent plus un seul mot ni aucun regard jusqu'à ce qu'on leur apporte leurs consommations et que le patron vienne prendre leur commande. Madeline profita de sa présence pour sortir la boîte d'allumettes à l'enseigne du restaurant que lui avait donnée Benedick.

— Sean Lorenz était un client régulier de votre établissement, n'est-ce pas ?

— Bien plus qu'un client, c'était un ami de la maison ! répondit le restaurateur avec une pointe de fierté.

C'était un petit homme volubile au crâne rasé qui portait un costume trop grand pour lui et une cravate blanche à gros pois noirs. Les mimiques expressives de son visage lui donnaient de faux airs de Louis de Funès.

— Pendant des années, M. Lorenz est venu déjeuner chez nous presque tous les midis.

Soudainement, les yeux pétillants du restaurateur se voilèrent.

— Forcément, on l'a moins vu après la mort de son fils. Un soir, après le service, je l'ai même croisé, ivre mort, avachi sur un banc. Je l'ai ramené chez lui, rue du Cherche-Midi. Ça m'a vraiment fait de la peine.

Comme s'il ne voulait pas rester sur ce mauvais souvenir, l'homme fit claquer sa langue et s'empressa d'ajouter :

— Les deux ou trois derniers mois de sa vie, il allait mieux. Il est revenu plusieurs fois au restaurant et…

— Vous pensez qu'il avait recommencé à peindre ? l'interrompit Gaspard.

— C'est certain ! De nouveau, il déjeunait en noircissant les pages de son carnet de croquis. Un signe qui ne trompait pas !

— Vous savez sur quoi il travaillait ?

De Funès eut un sourire entendu.

— Comme j'étais curieux, en lui apportant ses plats, j'en profitais toujours pour jeter un coup d'œil par-dessus son épaule. Il dessinait des labyrinthes.

— Des labyrinthes ?

— Oui, des labyrinthes kafkaïens, sans entrée ni sortie. Des dédales aux embranchements infinis qui donnaient le vertige.

Madeline et Gaspard échangèrent un regard dubitatif, mais leur interlocuteur avait gardé un as dans sa manche.

— Quelques jours avant sa mort, M. Lorenz nous a fait un cadeau for-mi-dable : il a posé une mosaïque dans le restaurant.

— Ici ? s'étonna Gaspard.

— Tout à fait, confirma-t-il avec fierté, dans le fond de la deuxième salle. C'est l'une des rares mosaïques de Sean Lorenz et, en tout cas, la plus grande qu'il ait créée. Des amateurs d'art viennent en pèlerinage ici pour la voir ou la prendre en photo. Surtout des Asiatiques.

Le restaurateur ne se fit pas prier pour les conduire jusqu'au fond de la salle où une fresque multicolore tapissait le mur.

— M. Lorenz a voulu illustrer *L'Énorme Crocodile*, le conte de Roald Dahl. C'était l'histoire préférée de son fils. Celle qu'il lui réclamait tous les soirs avant de s'endormir. Un bel hommage, n'est-ce pas ?

Le panneau était constitué de centaines de petits carreaux miroitants qui rappelaient un peu les gros pixels des jeux vidéo des années 1980. En plissant les yeux, Madeline reconnut les personnages du conte de son enfance : un crocodile, un singe, un éléphant, un zèbre qui s'ébrouaient dans la savane.

Dans son genre, cette œuvre était splendide et drôle, même si elle restait anecdotique. Madeline demanda la permission de la prendre en photo, puis elle regagna sa table en compagnie de Gaspard.


**4.**

— Elle a l'air de bien vous plaire, la petite Pauline.

Comme ils l'avaient fait la veille, ils échangèrent les informations récoltées chacun de leur côté.

— Elle est facile à vivre et pas contrariante.

— C'est pour moi que vous dites ça ?

Gaspard détourna la tête pour fuir le regard de Madeline.

— Parlons d'autre chose, si vous le voulez bien.

Elle proposa une répartition des tâches :

— Cet après-midi, j'ai l'intention d'aller interroger Jean-Michel Fayol, le marchand de couleurs de Sean. Pendant ce temps, je voudrais que vous passiez voir Pénélope Lorenz.

L'air sceptique, Gaspard se gratta la barbe.

— Pourquoi irais-je au casse-pipe ? Vous venez de m'expliquer qu'elle vous avait sèchement claqué la porte au nez.

— Avec vous, ça sera différent.

— Qu'est-ce qui vous fait croire ça ?

— D'abord parce que vous êtes un homme. Puis parce que j'ai eu une idée géniale.

Avec un sourire satisfait, elle lui expliqua le plan qu'elle avait mis au point pour approcher la femme de Sean.

Dans un cybercafé, elle avait créé un compte mail au nom de Gaspard et s'en était servie pour envoyer à Pénélope une demande de prêt – ou plutôt de location – de *Naked*, un tableau de son mari qui se trouvait toujours en sa possession.

— Comprends rien, grogna Gaspard. Pourquoi voudrais-je louer un tableau ? Ça n'a pas de sens.

Madeline poussa son assiette et déplia sur la table la photocopie d'un article du *Daily Telegraph* annonçant trente représentations à Londres au printemps prochain du *Serment d'Hippocrate*, une pièce de théâtre signée... Gaspard Coutances.

— Vous allez louer ce tableau pour qu'il fasse partie du décor de la première de votre pièce.

— Grotesque.

Madeline continua sans se laisser démonter :

— Dans mon mail, j'ai proposé à Pénélope un deal à vingt mille euros. Benedick m'a assuré qu'elle avait besoin de cash et qu'à terme elle souhaitait vendre le tableau aux enchères. S'il y a une occasion de médiatiser la toile avant sa vente, vous pouvez être certain qu'elle ne va pas la laisser passer.

Furieux, Gaspard fronça les sourcils.

— Vous avez usurpé mon identité !

— Détendez-vous, c'était pour la bonne cause.

— Les grands principes, c'est toujours pour les autres, c'est ça ? Je déteste les gens comme vous.

— Les gens comme moi ? C'est-à-dire ?

— Je me comprends.

— Vous êtes bien le seul.

Toujours en colère, il haussa les épaules.

— De toute façon, la mère Lorenz ne croira jamais de telles inepties.

— Détrompez-vous, rétorqua Madeline, triomphante. Figurez-vous qu'elle m'a *déjà* répondu et qu'elle vous attend chez elle dans une demi-heure pour en parler.

Gaspard ouvrit la bouche pour protester, mais se contenta de pousser un soupir résigné. Madeline profita de son avantage :

— Après mon entrevue avec Fayol, j'ai rendez-vous avec une vieille amie qui fait escale à Paris. Quand vous aurez vu Pénélope, retrouvez-moi au Sémaphore pour faire le point.

— Quésaco le Sémaphore ?

— C'est un petit café à l'angle de la rue Jacob et de la rue de Seine.

Il faisait tellement chaud que le restaurant avait ouvert ses baies vitrées. Comme Madeline voulait fumer, ils s'installèrent en terrasse pour boire leur café. Songeuse, Madeline roula sa cigarette en silence tandis que Gaspard, perdu dans ses pensées, se brûlait la gorge avec le verre d'armagnac offert par le patron.

Même s'ils n'osaient pas le formuler, force était de reconnaître qu'ils formaient à présent un improbable duo d'enquêteurs.

178

L'œuvre magnétique de Lorenz les avait conta-minés. Elle exerçait sur eux son emprise. Tout ce qui, de près ou de loin, entourait le peintre – le sens de sa peinture, les zones d'ombre de sa vie – revêtait pour eux une aura de mystère et la promesse irrationnelle que, une fois percés à jour, les secrets de Lorenz deviendraient *leurs* secrets. Sans se l'avouer, Madeline et Gaspard s'accrochaient tous les deux à la croyance folle que ces secrets leur livreraient une vérité, car, en recherchant ces tableaux, c'était aussi une partie d'eux-mêmes qu'ils traquaient.

# 7

## Ceux qu'il brûle...

*L'art est comme un incendie, il naît de ce qu'il brûle.*

Jean-Luc GODARD

**1.**

L'ancien hôtel particulier dans lequel vivait Pénélope Lorenz avait l'intemporalité et l'élégance austère des beaux immeubles du quartier entourant l'église Saint-Thomas-d'Aquin : façade claire et sobre en pierre de taille, marbre poli des marches d'escalier, hauteur sous plafond gigantesque, parquet qui craque en point de Hongrie.

L'intérieur de l'appartement était pourtant à l'opposé de l'ascèse de la bâtisse. C'était même le règne du tape-à-l'œil. Comme si une sorte de sous-Philippe Starck en avait supervisé la décoration, l'œil vissé à la *check-list* du mauvais goût.

Des fauteuils capitonnés rose bonbon, recouverts de coussins en fausse fourrure, côtoyaient une grande table en Plexiglas, un lustre baroque démesuré, un bric-à-brac de bibelots et de lampes fantaisistes.

L'homme qui ouvrit la porte à Gaspard, l'air méfiant, se présenta avec mauvaise grâce comme étant Philippe Careya. Gaspard se rappelait que Pauline lui en avait parlé comme du premier amoureux de Pénélope. Elle était donc toujours avec lui. Le promoteur niçois était un petit homme ventripotent à mille lieues de l'amant de Pénélope que le dramaturge avait imaginé : tonsure, collier de barbe, valises sous les yeux, chemise grande ouverte sur des poils grisonnants et sur une dent de requin accrochée à une chaîne en or. Il était difficile de comprendre ce qui, chez lui, avait bien pu séduire la jeune femme au sommet de sa beauté qu'elle était alors. Peut-être était-il différent à l'époque ? Peut-être encore avait-il d'autres atouts. Ou peut-être, plus sûrement, l'attirance entre deux personnes échapperait-elle toujours à toute rationalité.

Le Niçois l'avait installé dans un petit salon qui donnait sur une cour intérieure et s'en était retourné consulter des annonces immobilières sur son Mac-Book doré. Gaspard avait patienté ainsi une dizaine de minutes avant d'être rejoint par la maîtresse de maison. Lorsque l'ancienne mannequin entra dans la pièce, il eut du mal à cacher sa surprise.

Pénélope Lorenz était méconnaissable. Défigurée par la chirurgie esthétique, elle n'était plus qu'une caricature difforme de la femme qu'elle avait été. Son visage figé, lisse comme de la cire, semblait en train de fondre. Sa bouche déformée évoquait une baudruche sur le point d'exploser. Ses paupières cloquées et ses pommettes démesurément hautes avaient étréci ses yeux. Bouffie et ravagée, sa figure contrastait avec sa silhouette, presque squelettique, à l'exception d'une poitrine gonflée à l'hélium.

— Bonjour, monsieur Coutances, merci de votre visite, l'accueillit-elle, le souffle court, la voix nasillarde, en venant s'asseoir en face de lui.

Son regard était celui d'une bête traquée, consciente de son physique et de l'effet qu'il produisait dans le regard des autres.

Comment en arrivait-on là ? Comment expliquer une telle métamorphose ? Gaspard se souvenait des photos du top-modèle du temps où elle faisait la couverture des magazines. Altière, élancée, athlétique, radieuse. Pourquoi s'était-elle infligé cette overdose de lifting et d'injections de Botox ? Quel chirurgien avait joué au peintre du dimanche et saccagé les beaux traits de son visage ? Il chercha quelque chose en elle, un vestige de sa beauté perdue, et le trouva dans ses yeux. Il se concentra alors sur ses iris, couleur vert d'eau, striés d'alluvions mordorées. L'escarbille incandescente qui avait dû enflammer le cœur de Sean à l'été 1992.

Gaspard la salua mais, au moment d'ouvrir la bouche, renonça au plan qu'il avait mis au point avec Madeline. Il n'y avait rien à faire. Jamais il ne serait à l'aise avec le mensonge. D'abord pour des raisons éthiques, mais surtout parce qu'il se savait mauvais comédien, incapable de tenir sur la distance la dissimulation de la vérité. Il décida donc de ne pas tourner autour du pot.

— Je vais être franc, madame Lorenz, je ne suis pas ici pour la raison que vous croyez. Je suis bien Gaspard Coutances, et j'ai bien écrit une pièce qui sera jouée à Londres au printemps, mais ce contrat à propos de la location de votre tableau n'est qu'un stratagème d'une collègue pour vous rencontrer.

— Quelle collègue ?

— Celle que vous avez éconduite ce matin.

L'atmosphère se tendit. Gaspard sentit que Pénélope était sur le point d'appeler Careya à la rescousse. D'un geste rassurant de la main, il tenta de la dissuader de crier.

— Accordez-moi trois minutes pour vous expliquer la situation. Après, si vous décidez de ne pas répondre à mes questions, je partirai sans faire d'histoire, et plus jamais je ne vous importunerai.

Comme elle restait immobile, il continua, encouragé :

— Nous sommes à la recherche de trois toiles peintes par Sean Lorenz dans les semaines qui ont précédé son décès. C'est…

Pénélope l'arrêta :

— Lorsqu'il est mort, Sean n'avait plus touché un pinceau depuis des années.

— Nous avons pourtant de bonnes raisons de penser que ces toiles existent.

Elle haussa les épaules.

— Si c'est le cas, elles ont été peintes après notre divorce, ce qui signifie que je n'ai aucun droit dessus. Donc en quoi cela me concerne-t-il ?

Comprenant que cette femme, emmurée dans son aigreur, ne lâcherait rien, Gaspard improvisa :

— Parce que je suis ici pour vous proposer un marché.

— Quel marché ?

— Si vous répondez à mes questions et si on retrouve les tableaux grâce à vous, il y en aura un pour vous.

— Allez vous faire foutre ! Si vous croyez que les tableaux de Sean ne m'ont pas déjà suffisamment déglinguée…

Sa peur s'était à présent transformée en colère. Elle se leva du canapé pour se diriger vers un petit réfrigérateur encastré dans la bibliothèque à la manière des minibars dans les hôtels. Elle s'empara de deux mignonnettes de vodka et vida la première directement au goulot. Gaspard songea à la phrase de Bukowski : *« Find what you love and let it kill you. »* Le poison de Pénélope s'appelait Grey Goose. Elle versa la deuxième flasque dans un *tumbler* en cristal qu'elle posa sur un guéridon en verre et fer forgé, à portée de main.

— Sean Lorenz n'existerait pas sans moi, vous savez ? C'est *moi* qui ai débloqué sa créativité et ouvert les vannes de son talent. Avant *moi*, c'était un tagueur minable de Harlem qui passait ses journées à glander et à fumer des joints. Et, pendant plus de dix ans, pendant toutes les années où il ne parvenait pas à vendre la moindre toile, c'est moi qui ai fait bouillir la marmite.

C'est grâce à ma beauté, à mes photos, à mes publicités, à mes couvertures de magazine qu'il a pu devenir un peintre reconnu.

En écoutant son monologue, Gaspard songea au personnage de l'actrice déchue interprétée par Gloria Swanson dans *Boulevard du Crépuscule*. Même adoration de la femme qu'elle avait été, même justification pathétique.

— Pendant des années, j'ai été le feu qui alimentait sa création. Sa *Kryptonite Girl*. C'est comme ça qu'il m'appelait parce qu'il était persuadé qu'il ne pouvait pas peindre quelque chose de génial sans ma présence à ses côtés.

— Il n'avait pas tort, admit Gaspard. Les portraits qu'il a peints de vous sont magnifiques.

— Vous faites référence aux « 21 Pénélopes », c'est ça ? Je vais vous dire : au début, c'est vrai, j'étais flattée par ces toiles. Puis cela est devenu pesant.

— Pour quelle raison ?

— À cause du regard des autres : la source de la plupart de nos malheurs. Je voyais bien comment les gens me dévisageaient et, surtout, il me semblait entendre leurs pensées. Ils se disaient que j'étais belle, mais pas aussi fascinante que la femme dans le tableau. Vous savez quel est le secret des toiles de Sean Lorenz, monsieur Coutances ?

— Dites-moi.

**2.**

— C'était stimulant de travailler avec Sean Lorenz, car c'était un maître de la couleur.

Dieu sait pourquoi, lorsque Bernard Benedick lui avait parlé de Jean-Michel Fayol, Madeline s'était imaginé un vieux monsieur en blouse grise et aux cheveux blancs ayant depuis longtemps dépassé l'âge de la retraite. Dans la réalité, l'homme qui l'avait accueillie dans son magasin du quai Voltaire était un Black plus jeune qu'elle, bâti comme une armoire à glace, avec une coiffure de rasta et des bagues en argent à chaque doigt qui composaient une drôle de ménagerie méphistophélique : serpent, araignée, crâne mexicain, tête de bouc. Il portait des sneakers usés, un jean slim et une doudoune sans manches ouverte sur un tee-shirt moulant. D'un abord franc et accueillant, Fayol lui avait offert un café et des biscuits qu'il avait posés sur son épais comptoir en chêne constellé de taches. Autour d'eux, avec ses pierres apparentes, ses voûtes et son plafond tassé, le magasin ressemblait à une échoppe du Moyen Âge. Impression renforcée par les étagères en bois poli qui couraient du sol au plafond, encombrées de fioles de couleurs.

Passionné par son sujet, Fayol semblait disposé à répondre aux questions de Madeline sans même savoir qui elle était vraiment.

— Je fréquente beaucoup d'artistes, reprit-il. La plupart sont des types égoïstes et mégalos qui pensent qu'ils sont la réincarnation de Picasso ou de Basquiat juste parce qu'ils barbouillent une toile, qu'ils trouvent des galeristes cupides pour les exposer et un public complaisant pour applaudir leurs excréments.

Il piocha un Petit Écolier dans une boîte en fer.

— Malgré son succès, Sean n'était pas comme ça. Il était même plutôt humble et, bien qu'il fût obsédé par sa peinture, ça ne l'empêchait pas de s'intéresser aux gens.

Il croqua dans son biscuit et le mastiqua longuement comme pour prendre le temps de se désaltérer à la source de ses souvenirs.

— Par exemple, lorsqu'il a su que je trimais pour payer la maison de retraite de ma mère, il m'a signé un chèque dont il ne m'a jamais demandé le remboursement.

— Donc, c'était davantage un ami qu'un client ordinaire, fit remarquer Madeline.

Fayol la regarda comme si elle venait d'affirmer que la terre était plate.

— Les vrais artistes n'ont pas d'amis, déclara-t-il. C'est aussi pour ça qu'ils sont devenus artistes. J'aidais Sean comme je le pouvais en essayant de lui trouver les couleurs qu'il cherchait. Je lui rendais également quelques services. Je m'occupais notamment de l'encadrement de ses toiles. Il était très pointilleux sur ce sujet : il ne voulait que des coffres américains fabriqués dans un bois de noyer clair très rare qu'on ne trouve qu'en Iran.

— Pourquoi disiez-vous que c'était un maître de la couleur ?

— Parce qu'il l'était ! Et en partant de loin. Alors qu'il avait passé sa jeunesse à taguer des palissades et des wagons avec des bombes, Sean a opéré une transformation radicale au début des années 2000. Il était désireux d'apprendre et il est devenu un vrai spécialiste de l'histoire des pigments. Et surtout un vrai puriste. C'était cocasse de voir un ancien graffeur qui refusait d'utiliser des couleurs synthétiques !

Madeline osa une question :

— Fondamentalement, quelle est la différence entre la peinture synthétique et les pigments naturels ?

Nouveau regard de biais de la part du rasta.

— La même différence qu'entre baiser et faire l'amour, entre le son d'un fichier mp3 et celui d'un vinyle, entre un vin californien et un bourgogne… *You got it ?*

— Vous voulez dire que les pigments naturels sont plus authentiques ?

— Ils donnent des couleurs plus profondes, plus intenses et, surtout, ils sont uniques, car ils véhiculent une histoire souvent millénaire.

D'un bond, Fayol se leva de sa chaise pour se diriger vers l'arrière de la boutique.

— Ces pigments sont parmi les plus rares et les plus précieux du monde, s'enflamma-t-il en désignant sur une des étagères de petits flacons de verre contenant de la poudre colorée.

De tailles et de formes irrégulières, les minuscules fioles transparentes formaient une impressionnante palette de couleurs allant de teintes claires et pastel à des nuances beaucoup plus sombres.

Au premier abord Madeline ne voyait pas la différence avec les autres bocaux qui les entouraient, mais elle se garda bien de faire part de sa perplexité. Jean-Michel Fayol attrapa un échantillon et l'agita sous son nez.

— Voici par exemple le lapis-lazuli, aussi connu sous le nom d'outremer : le bleu mythique utilisé par Fra Angelico, Léonard de Vinci et Michel-Ange. Extrait d'une roche importée d'Afghanistan, le pigment était tellement rare qu'à la Renaissance son prix dépassait celui de l'or.

Madeline se souvenait d'avoir lu dans le roman *La Jeune Fille à la perle* que Vermeer s'en était servi pour peindre le turban du personnage de son célèbre tableau.

Fayol remit le flacon à sa place et dans la foulée se saisit d'un nouveau pigment : une poudre violette qui brillait d'un éclat intense.

— La pourpre de Tyr, la couleur de la toge des empereurs romains. Figurez-vous que pour en recueillir un seul gramme, il fallait extraire le suc d'une glande de dix mille coquillages, les murex. Je vous laisse imaginer le carnage…

Emporté dans son élan, il enchaîna :

— Ce jaune indien est obtenu par la distillation de l'urine de vaches exclusivement nourries de feuilles de manguier. Sa fabrication est bien sûr interdite aujourd'hui.

Le rasta ébroua ses *dreadlocks* et passa à un autre échantillon vermillon.

— Le sang du dragon, connu depuis l'Antiquité. La légende dit que sa couleur est née du mélange du sang d'un dragon et de celui d'un éléphant après une bataille homérique dans laquelle les deux créatures auraient perdu la vie.

Fayol était intarissable. Comme possédé par ses couleurs, il continua son cours magistral à l'intention de sa nouvelle élève :

— Peut-être ma couleur préférée ! annonça-t-il en s'emparant d'une nouvelle fiole qui contenait un pigment broyé à la teinte ocre tirant vers le cognac. En tout cas, c'est la plus romanesque.

Madeline se pencha pour déchiffrer l'étiquette :

— *Mummy brown* ?

— Oui, le brun égyptien. Un pigment que l'on obtenait en broyant des momies pour récolter la résine présente sur les bandelettes qui servaient à embaumer les corps. Il vaut mieux ne pas penser au nombre de sites archéologiques qui ont dû être saccagés pour produire ces satanés pigments ! D'ailleurs…

Madeline interrompit l'élan du rasta pour le ramener à ce pour quoi elle était là :

— Les dernières fois que vous avez rencontré Sean Lorenz, quel genre de couleurs recherchait-il ?

**3.**

— Chaque fois que Sean vous peint, il vous vole quelque chose qu'il ne vous rend jamais, affirma Pénélope en buvant une nouvelle gorgée de vodka.

Assis face à elle, Gaspard demeurait circonspect.

— Il vous arrache votre beauté pour la mettre dans ses tableaux, insista-t-elle. Vous vous souvenez de l'histoire du *Portrait de Dorian Gray*?

— Le portrait qui vieillissait à la place de son modèle.

— Eh bien, avec Sean, c'était le contraire. Sa peinture était cannibale. Elle se nourrissait de votre vie et de votre éclat. Elle vous tuait pour pouvoir exister.

Pendant plusieurs instants, Pénélope continua à développer cette idée avec une certaine hargne. Gaspard ne l'écoutait plus. Il pensait à la célèbre citation de Serge Gainsbourg : « La laideur a ceci de supérieur à la beauté qu'elle ne disparaît pas avec le temps. » De nouveau cette question : par quel engrenage cette femme en était-elle arrivée là ? Madeline lui avait dit que Sean avait rencontré Pénélope à Manhattan en 1992 et qu'elle avait à l'époque seulement dix-huit ans. Il fit un rapide calcul mental. Son interlocutrice avait aujourd'hui quarante-deux ans. Le même âge que lui. Rue du Cherche-Midi, il y avait peu de clichés de Pénélope, mais Gaspard se souvenait précisément d'un, datant de la naissance de Julian. En contemplant la photo, il avait trouvé Pénélope resplendissante. Les ravages de la chirurgie esthétique étaient donc récents.

— Au bout de quelques années, Sean a quand même fini par comprendre que son génie n'était pas tributaire de ma petite personne. Alors, j'ai eu peur de le perdre, bien sûr. Ma propre carrière était en train de s'étioler. Pour fuir mon spleen, j'ai commencé à prendre plus d'alcool et de dope que de raison : joints, cocaïne, héroïne, cachets... Une façon d'obliger Sean à s'occuper de moi. Dix fois, il m'a conduite en désintox. Il faut vous dire que Sean avait un gros défaut. Une faiblesse, en fait : c'était un mec bien.

— Je ne vois pas en quoi c'est une faiblesse.

— Pourtant, c'en est une, mais c'est un autre débat. Bref, il n'a jamais eu le courage de m'abandonner. Parce qu'il pensait qu'il avait envers moi une dette éternelle. Sean était un peu taré. Ou plutôt, il avait sa propre logique.

Les yeux de Gaspard avaient quitté le visage de Pénélope pour s'attarder sur une cicatrice en forme d'étoile qui lui griffait le côté droit du cou. Puis il s'aperçut qu'elle avait une deuxième balafre, presque symétrique, sous l'oreille gauche. Et puis encore une troisième, à la naissance de la poitrine. En une seconde, il comprit : ces cicatrices n'étaient pas des marques laissées par des opérations médicales, mais des séquelles de l'agression au fil de fer barbelé dont Pénélope avait été victime lors de son enlèvement. Dès lors, une conviction s'ancra dans sa tête. C'était après la mort de son fils que Pénélope était entrée dans le cercle vicieux de la chirurgie. D'abord, probablement, pour réparer les lésions consécutives à l'agression, puis après sans doute comme une sorte de pénitence. Sean n'était pas le seul à avoir suivi un chemin de croix. Sa femme l'avait accompagné sur la voie de l'autodestruction. Elle avait voulu souffrir par là où elle avait péché : la beauté.

— La naissance de votre fils ne vous a pas rapprochés ?

— Cet enfant, ç'a été un miracle. La promesse d'un nouveau départ. Au début, j'ai voulu y croire, mais c'était une illusion.

— Pourquoi ?

— Justement, parce que plus rien d'autre n'existait aux yeux de Sean. Ni la peinture ni moi. Seul Julian comptait…

À l'évocation de son fils, Pénélope sembla sombrer dans une léthargie hypnotique. Gaspard essaya de la retenir :

— Si vous me permettez une dernière question…

— Allez-vous-en.

— Madame, juste une…

— Dégagez ! cria-t-elle comme si elle se réveillait en sursaut.

— Quand avez-vous parlé à votre mari pour la dernière fois ?

Elle soupira. Son regard se perdit de nouveau, à la recherche de ses souvenirs.

— La dernière fois, c'était… le jour de sa mort. Quelques minutes seulement avant sa mort. Sean était à New York. Il m'a appelée d'une cabine téléphonique de l'Upper East Side. Il tenait des propos incohérents. À cause du décalage horaire, il m'a réveillée en pleine nuit.

— Pourquoi vous appelait-il ?

— Je ne m'en souviens plus.

Le visage défait, elle pleurait.

Il insista :

— S'il vous plaît, faites un effort ! Que vous a-t-il dit ?

— LAISSEZ-MOI !

Son cri la fit retomber dans le brouillard. Immobile, prostrée sur son canapé blanc, elle s'était déconnectée de la réalité. Le regard torve. Comme terrassée.

Prenant conscience de la situation, Gaspard fut saisi par un abîme de honte. Que faisait-il ici, lui, à torturer cette femme dont l'histoire n'était pas la sienne ? Quel était le sens de sa quête ?

Il s'éclipsa en silence.

Dans l'ascenseur, il se dit que Godard avait raison : « L'art est comme un incendie, il naît de ce qu'il brûle. » L'histoire funeste des Lorenz était jalonnée de cadavres, de fantômes, de morts vivants. De destins fauchés, brûlés, carbonisés par le feu de la passion et de la création.

L'art est un incendie qui naît de *ceux* qu'il brûle.


**4.**

Jean-Michel Fayol n'eut pas à chercher long-temps dans sa mémoire.

— Après une longue absence, Sean est revenu fréquemment au magasin dans les deux derniers mois de sa vie. C'était il y a un peu plus d'un an. En novembre et décembre 2015. Il était en chasse.

— Il chassait quoi ? demanda Madeline, un peu perdue.

— Les couleurs, bien sûr.

— Donc, d'après vous, il s'était remis à peindre ?

Fayol ricana.

— C'est une évidence ! Et je donnerais cher pour savoir ce qu'il avait en tête.

— Pour quelles raisons ?

— D'abord, parce qu'il était obsédé par le blanc.

— La couleur blanche ?

Le rasta acquiesça et se fit lyrique :

— Oui, la couleur des spectres et des fantômes. Celle de la lumière primale et de l'éblouissement. De la pureté de la neige, de l'innocence, de la virginité. La couleur totale qui, à elle seule, symbolise aussi bien la vie que la mort.

— Il cherchait quel type de blanc ?

— Justement, au début il tâtonnait et ses demandes étaient contradictoires : c'était tantôt mat, tantôt brillant. Tantôt lisse, tantôt rugueux. Tantôt proche de la craie, puis des reflets métalliques. Je m'y perdais.

— Il était défoncé ou il avait les idées claires ?

Le marchand de couleurs fronça les sourcils.

— Je dirais plutôt qu'il était exalté. Comme s'il avait été bouleversé par quelque chose.

Ils étaient revenus près du comptoir. Quelques gouttes de pluie tambourinèrent sur les vitres.

— Sean me parlait tout le temps des pigments minéraux blancs, mais ils ont le défaut de s'étioler et de devenir transparents dès qu'on les mélange à un liant. J'étais désolé de ne pas pouvoir l'aider. Finalement, je lui ai proposé de partir sur un Gofun Shirayuki.

— Un blanc japonais ? hasarda-t-elle.

— Oui, un pigment blanc nacré, couleur de perle, qui est fabriqué à partir de coquilles d'huîtres. Sean a essayé de travailler avec, mais il est revenu quelque temps plus tard, en me disant que ce n'était pas ce qu'il cherchait. Et que ce n'était pas avec cette couleur qu'il parviendrait à « représenter » ce qu'il avait en tête. Cette expression m'a surpris, d'ailleurs.

— Pourquoi ?

— Les artistes comme Sean ne cherchent pas à *représenter*, ils *présentent*. Ils ne *dépeignent* pas, ils *peignent*, pour reprendre une expression de Soulages. Pourtant, là, j'avais l'impression que Sean avait en tête quelque chose de précis, mais que cette chose-là n'existait tout simplement pas dans la réalité.

— Il ne vous a pas dit quoi ?

Fayol grimaça avec un geste d'ignorance. Madeline le relança :

— Et finalement, vous êtes parvenu à lui trouver une couleur ?

— Bien sûr, répondit-il tout sourires : je lui ai bricolé un pigment à base d'un extrait de gypse atypique que l'on ne trouve qu'à un seul endroit.

— Où ça ?

Fier comme Artaban, Fayol prit un air mystérieux.

— White Sands, ça vous dit quelque chose ?

Madeline réfléchit quelques secondes jusqu'à ce qu'une vision traverse son esprit : des dunes blanches, étincelantes, argentées qui s'étendaient à perte de vue. L'un des plus beaux parcs nationaux américains.

— Le désert du Nouveau-Mexique ?

Le rasta approuva de la tête.

— Là où est implantée une base militaire dans laquelle l'armée teste des armes et des technologies secrètes. C'est sur ces terrains que se trouve une carrière de gypse très rare. Un minerai altéré d'où on peut extraire un pigment assez résistant : une sorte de blanc-gris avec des reflets roses.

— Si la pierre est sur la base militaire, comment avez-vous pu y avoir accès ?

— Ça c'est mon petit secret.

— Vous en avez un échantillon ?

Fayol se retourna vers ses étagères pour saisir un flacon en verre soufflé. Madeline en observa le contenu d'abord avec excitation, puis avec une once de déception. Les pigments ressemblaient à de simples copeaux de craie.

— Concrètement, pour peindre, on va mélanger ça avec de l'huile ?

— De l'huile ou n'importe quel liant, oui.

Perplexe, Madeline récupéra son casque sur le comptoir et remercia Fayol de son aide.

Alors que le rasta s'avançait pour lui ouvrir la porte, il marqua une pause, semblant se souvenir de quelque chose.

— Sean m'avait aussi demandé de lui trouver des pigments phosphorescents de très bonne qualité. Ça m'avait étonné parce que c'est un peu gadget ces trucs.

— C'est quoi exactement ? Des pigments qui emmagasinent la lumière ?

— Oui, pour la restituer en brillant dans l'obscurité. Autrefois, les industriels utilisaient du radium pour produire ces peintures qu'on trouvait notamment sur les tableaux de bord des avions.

— Bonjour la radioactivité !

Fayol approuva.

— Plus tard, on a utilisé du sulfure de zinc, mais ça restait peu efficace et ça se détériorait rapidement.

— Et aujourd'hui ?

— Maintenant, on utilise des cristaux d'aluminate de strontium non radioactif et non toxique.

— C'est ça que cherchait Lorenz.

— Oui, mais là encore, Sean m'a retoqué tous mes pigments. Comme je ne comprenais pas ce qu'il voulait, je l'ai mis en relation avec une entreprise suisse qui fabrique une pâte lumineuse utilisée dans la haute horlogerie pour les montres de plongée. Les gars ont été réactifs, mais je ne sais pas si Sean a fait affaire avec eux.

Madeline nota à tout hasard le nom de la société suisse et remercia de nouveau le « coloriste ».

Lorsqu'elle sortit quai Voltaire, la nuit était presque tombée. La pluie ne faisait plus semblant et des nuages denses comme des fumées noirâtres fondaient sur la Seine en crue et le Louvre. Tourbillons de poussière soulevés par la charge de cavaliers hostiles.

Sur sa Vespa, elle repartit en direction du pont Royal pour rejoindre Saint-Germain et retrouver son amie. Le grondement du tonnerre la fit sursauter. Dans le ciel zébré d'éclairs, il lui sembla apercevoir la figure anguleuse de Sean Lorenz. Un visage contrarié, presque christique, qui ruisselait d'une lumière blanche.

# Gaspard

Saint-Germain-des-Prés.

Ciel couleur de zinc. Immeubles noircis à la mine de graphite. Silhouettes minérales des platanes. Impression de marcher dans le vide. D'être avalé, laminé par le mouvement, la pollution et la clameur sourde du boulevard.

L'image de Pénélope Lorenz ne me quitte pas. Sa beauté saccagée, sa voix éraillée, le souvenir de sa fraîcheur perdue me renvoient à mon propre avachissement, ma propre lassitude, ma propre chute.

J'aurais besoin d'air pur, de ciel clair, d'un souffle de vent rédempteur, du soleil de mon île grecque ou de la pureté glacée des cimes enneigées du Montana. À défaut du bon air des montagnes, je me précipite dans le premier bistrot que je croise sur ma route, un café à l'angle de Saint-Germain et de la rue des Saints-Pères.

L'endroit entretient l'image surannée d'une capitale qui plaît aux étrangers, mais qui n'existe plus depuis longtemps : banquettes de moleskine, tubes au néon, tables en Formica, cendriers Ricard en opalex, vieux Scopitone Cameca. Sous la verrière, des touristes et des étudiants des écoles toutes proches terminent leur jambon-beurre ou leur croque-monsieur. Je me fraie un passage jusqu'au zinc. Sans chercher à me donner la moindre contenance, je commande deux *old fashioned* que j'avale coup sur coup avant de ressortir aussitôt.

L'alcool que j'ai absorbé au déjeuner a déjà bien engourdi mon esprit et je sais que le whisky va prolonger cet état. J'en veux plus. Dans la brasserie suivante, très chic celle-là, je m'envoie deux autres scotchs. Et je reviens vers Saint-Germain.

Il pleut. Autour de moi, tout devient flou. Les couleurs ont disparu du paysage. Ne restent que des formes grises qui s'étiolent derrière les verres piqués de pluie de mes lunettes. Je me traîne jusqu'à la rue Bonaparte. Chaque pas me coûte comme si j'étais un éléphant de cirque, obligé de marcher en équilibre sur une corde raide.

Entre mes oreilles, quelqu'un vient d'augmenter le volume, amplifiant le bruit douloureux de la ville.

Palpitations, tremblements, envie de pisser. Ma poitrine halète. Je vacille, je grelotte et j'étouffe. La pluie s'infiltre dans mon cou, se mêle à la transpiration. Mon torse me gratte, mes bras me démangent, j'ai envie de m'arracher la peau. Je ne cherche même pas à comprendre la cause de mon abattement. J'en connais les ressorts intimes. Je sais que mon corps abrite un repaire de démons qui n'hibernent jamais très longtemps. Je sais aussi que l'envie d'alcool me reprend avec une brutalité que j'ai rarement ressentie.

Rue de l'Abbaye, je repère un restaurant, donc un potentiel nouveau bistrot. Devanture en faïence, petits rideaux à carreaux rouges. Trempé comme un chien, je pénètre dans le troquet en chancelant. Le service est terminé, les garçons de café nettoient la salle et dressent déjà les tables pour le dîner. Tout dégoulinant, je demande si je peux « boire un coup », mais, après m'avoir examiné des pieds à la tête, ils refusent de me servir. Je les insulte et agite des billets dans leur direction comme si l'argent pouvait tout acheter. Ils me prennent pour ce que je suis et me mettent dehors.

Alors que l'averse redouble, je m'aperçois que mes pas m'ont conduit rue de Furstenberg. Encore un cliché du Paris éternel. Une petite place avec ses paulownias gigantesques et son lampadaire à cinq globes.

Je connais cet endroit bien sûr, mais je n'y ai plus mis les pieds depuis une éternité. Sous l'effet de l'alcool, le paysage se tord, se dilate tandis que mon corps semble gonfler et se dédoubler. Un son strident déchire mes oreilles. Je me plaque les mains sur les tempes. Le silence. Puis soudain, une voix :

— Papa ?

Je me retourne.

*Qui m'appelle ?*

— J'ai peur, papa.

Ce n'est pas moi qu'on réclame. C'est moi qui parle. Tout à coup, j'ai six ans. Je suis assis sur cette place avec mon père. Cette place, bien sûr que je la connais. Cette place, c'est un peu « chez nous ». Mon père porte la même tenue que sur la photo qui ne quitte jamais mon portefeuille : pantalon en toile claire, chemise blanche, veste de travail en coton et chaussures vernies. Dans la poche de mon blouson, j'ai ma petite voiture Majorette et mon stylo quatre couleurs. Sur mon dos, mon cartable Tann's avec mon nom écrit à la main sur l'étiquette plastifiée.

À cette époque, je suis en classe de CP à l'école primaire de la rue Saint-Benoît. Les jours d'école, mon père vient me chercher un soir sur deux. Aujourd'hui, c'est mercredi après-midi. On sort du cinéma de la rue Christine où on vient de voir *Le Roi et l'Oiseau*. Je suis triste et ce n'est pas à cause du film. Au bout d'un moment, je n'arrive pas à contenir ma peine et je fonds en larmes. Mon père tire de sa poche un de ces mouchoirs en tissu qu'il porte toujours sur lui. Il m'essuie les yeux, me mouche, m'assure que ça va aller. Qu'il va trouver une solution. Il tient toujours ses promesses, mais je sens confusément que cette fois, la situation est plus compliquée.

L'averse me ramène à la réalité. Mes lunettes sont noyées. Je ne distingue plus rien et mes tympans menacent d'éclater. Je ne veux plus penser à ça. Pourquoi ai-je commis l'erreur de revenir ici ? Comment ai-je pu baisser la garde à ce point ? Étourderie ? Extrême lassitude ? Besoin inconscient d'une confrontation ? Mais avec qui ?

*Avec toi, connard.*

— J'ai peur, papa ! je répète.

*— Ne t'en fais pas, mon grand. On ne sera jamais séparés longtemps, je te le promets.*

Ce serment, déjà à l'époque, je n'y avais guère cru. Et l'avenir m'avait donné raison.

À présent, je pleure, comme une grosse baudruche embuée. Les mêmes larmes que dans mon enfance.

Je titube. Je voudrais m'asseoir, mais les bancs publics d'autrefois ont été enlevés. L'époque est comme ça : elle ne tolère plus les coups de fatigue et n'offre plus d'abri à ceux qui sont blessés. Je ferme les yeux avec l'impression que je ne vais plus jamais les ouvrir. Un instant, je pense que je vais perdre connaissance, mais je reste debout, immobile, ruisselant de pluie. Le temps s'abolit.

Combien de temps se passe-t-il avant que j'ouvre de nouveau les yeux ? Cinq minutes, dix minutes, une demi-heure ? Lorsque j'émerge, il ne pleut plus. Je suis glacé. J'essuie mes lunettes et, un instant, je pense même que la crise est passée et que l'eau du ciel m'a purifié. Presque décidé à oublier cet épisode, je me remets en route, rejoins la rue Jacob et continue rue de Seine.

Mais soudain, je me statufie. Dans la vitrine d'une galerie de sculptures, je viens d'apercevoir mon reflet. Il m'arrête net. Une évidence : je ne peux pas continuer ma vie ainsi. Ce n'est même pas que je ne vais nulle part. C'est surtout que le seul endroit où je désire aller, c'est « n'importe où hors du monde ».

Mon reflet balourd et fatigué dans la vitre. Insupportable. Je me sens basculer, emporté par le désir que tout s'arrête. Maintenant.

Je serre les poings et j'explose. Les coups partent dans la vitrine avec une rage folle. Coup droit, crochet, uppercut. Je me défoule. Les passants ont pris peur et se sont détournés. Coup droit, crochet, uppercut. Éclats de verre. J'ai les poings en sang. Le cœur fragile, le corps à la renverse. Je tape sans m'arrêter jusqu'à ce que je perde l'équilibre. Que je m'écroule sur le trottoir.

Et qu'un visage encadré de mèches blondes se penche vers le mien.

Madeline.

# 8

## Le mensonge et la vérité

*L'art est un mensonge qui nous fait comprendre la vérité.*

Pablo PICASSO

**1.**

— Vous me devez une explication !

— Je ne vous dois rien du tout.

La nuit était tombée. Sur le parvis de l'hôpital Pompidou, Madeline et Gaspard attendaient le taxi qu'ils venaient de commander. Deux silhouettes sombres et fébriles qui se détachaient devant le paquebot de verre amarré sur la Seine. Gaspard avait la mine grave et la tête lourde. Une main recouverte de pansements, l'autre enserrée dans une attelle.

— Je vous signale que c'est grâce à moi si le propriétaire de la boutique n'a pas porté plainte contre vous ! reprit Madeline, exaspérée.

— C'est plutôt grâce au chèque exorbitant que je lui ai signé, contesta-t-il.

— Mais bon sang, qu'est-ce qui vous a pris de vous attaquer à cette vitre qui ne vous avait rien fait ?

La blague ne dérida pas Gaspard.

Le taxi, une Mercedes blanche, mit son clignotant et stoppa devant eux. Voyant que l'un des passagers était blessé, le chauffeur descendit pour leur ouvrir la portière.

La voiture démarra, longea le quai de Grenelle et traversa le 15$^e$ arrondissement par la rue de la Convention. Alors qu'ils étaient arrêtés à un feu rouge, Gaspard se fit plus loquace. Le nez collé à la vitre, il livra une drôle de confidence :

— Je suis né à trois rues d'ici, vous savez. À la maternité Sainte-Félicité, en 1974.

Madeline avoua sa surprise :

— J'ai toujours cru que vous étiez américain.

— Ma mère était américaine, précisa-t-il alors que la Mercedes redémarrait. À l'époque, après son diplôme à Yale, elle avait décroché un job à Paris chez Coleman & Wexler, un grand cabinet d'avocats new-yorkais qui venait d'ouvrir des bureaux dans la capitale.

— Et votre père ?

— Il s'appelait Jacques Coutances et était originaire du Calvados. Titulaire d'un CAP de maçonnerie, il était « monté » à Paris pour travailler comme chef de chantier dans une entreprise de travaux publics.

— Un attelage hétéroclite…

— C'est un euphémisme. Mon père et ma mère n'avaient strictement rien en commun. Pour être franc, j'ai même du mal à imaginer comment j'ai pu être conçu. Ma mère a sans doute éprouvé un certain frisson à s'encanailler avec un homme du peuple. Bref, leur relation fut météorique : quelques jours pendant l'été 1973.

— C'est votre mère qui vous a élevé ?

— Dès ma naissance, elle a cherché à évincer mon père, allant même jusqu'à lui proposer de l'argent pour qu'il ne me reconnaisse pas, mais il ne s'est pas laissé faire. Plus tard, elle a imaginé tous les stratagèmes et les mensonges possibles pour réduire son droit de visite à la portion congrue. En gros, j'avais le droit de le voir deux heures par semaine, le samedi après-midi.

— C'est assez ignoble.

— Je crois qu'on peut dire ça, en effet. Heureusement, la plupart du temps, j'étais gardé par une nounou formidable. Une Algérienne prénommée Djamila qui avait été émue par la détresse de mon père.

Le taxi fit une légère embardée et invectiva les deux touristes en Vélib – visiblement paumés – qui roulaient au milieu de la chaussée.

— Comme ma mère était rarement à la maison, poursuivit Gaspard, Djamila laissait mon père me rencontrer en cachette le soir après l'école et le mercredi après-midi. C'étaient nos moments à nous. On allait jouer au foot au parc, voir des films au cinéma. Il me faisait même réviser mes leçons dans les cafés ou sur les bancs de la place Furstenberg.

— Mais comment votre mère a-t-elle pu ne pas s'en rendre compte ?

— Parce que mon père et Djamila étaient très prudents. Moi, j'étais petit, mais j'ai réussi à conserver le secret jusqu'à…

La voix de Coutances se fit moins assurée. Leur voiture ralentit et suivit les instructions d'un agent en tenue qui réglait la circulation devant le commissariat central du 15e où plusieurs véhicules sérigraphiés patientaient en double file, moteurs allumés, gyrophares clignotants.

— C'était le dimanche qui a suivi l'anniversaire de mes six ans, reprit-il. Alors qu'elle s'y était toujours opposée, ma mère a soudain fait volte-face et cédé à une demande que j'avais formulée trois semaines auparavant : aller voir *L'Empire contre-attaque* au Grand Rex. *Je l'ai déjà vu avec papa !* La phrase m'est sortie de la bouche comme un cri du cœur. Je me suis repris tout de suite, mais le mal était fait. En trois secondes j'avais signé l'arrêt de mort de mon père.

— Comment ça, l'arrêt de mort ?

— Ma mère a mené son enquête et harcelé Djamila qui a été obligée de lui lâcher le morceau. En apprenant la vérité, elle a piqué une colère effroyable, viré la nounou et attaqué mon père en justice pour enlèvement d'enfant. Une juge a imposé à mon père une ordonnance d'éloignement, lui interdisant tout contact avec moi. Comme il ne supportait pas cette injustice, il a pris l'initiative naïve de se rendre au domicile de la femme de loi pour essayer de plaider sa cause.

— Mauvaise idée, souffla Madeline.

— Mon père avait le tort de croire en la justice. La juge ne lui a fait aucun cadeau. Au lieu de l'écouter, elle a prévenu le commissariat, prétendant avoir reçu des menaces et ne pas se sentir en sécurité. Mon père a été arrêté et incarcéré. La même nuit, il s'est pendu dans sa cellule.

Madeline le regarda, atterrée. Refusant de s'apitoyer, Gaspard ne laissa pas le silence s'installer.

— On me l'a caché, bien sûr. Je n'ai appris cet épisode que des années plus tard. À l'époque, j'avais treize ans et j'étais en pension à Boston. Depuis ce jour-là, je n'ai plus adressé la parole à ma mère.

Il se sentait étonnamment calme à présent. Presque soulagé. Apaisé d'avoir livré des bribes de son histoire. Se confier à une inconnue avait des vertus : une parole plus libre, débarrassée des barrières et du jugement.

— Ce n'est pas la vitrine que vous avez voulu frapper tout à l'heure, n'est-ce pas ?

Il esquissa un sourire triste.

— Non, bien sûr, c'était moi.

Alors qu'ils arrivaient au coin du boulevard du Montparnasse et de la rue du Cherche-Midi, il repéra une coupe d'Hygie dont le clignotement couleur menthe à l'eau électrisait la nuit. Il demanda au taxi de le déposer devant la pharmacie pour acheter les antalgiques qu'on lui avait prescrits à l'hôpital.

Madeline descendit avec lui. En faisant la queue dans l'officine, elle cherchait comment alléger l'atmosphère, et finit par lancer pour plaisanter :

— Ça tombe mal cette blessure. Du coup, vous ne pouvez plus cuisiner.

Il la regarda sans savoir à quoi s'en tenir. Elle poursuivit :

— C'est vraiment dommage, car j'ai une faim de loup, moi. J'aurais bien mangé un autre de vos risottos.

— Si vous voulez, je vous invite au restaurant. J'admets que je vous dois bien ça.

— D'accord.

— Où souhaitez-vous aller ?

— Et si on retournait au Grand Café ?

### 2.

De nouveau, ils passèrent un dîner aussi agréable qu'inattendu. Tout heureux de les revoir, le patron les laissa choisir leur table, au fond du restaurant face à la fresque en mosaïque de Sean Lorenz.

Gaspard avait recouvré des couleurs. Il relata sa visite traumatisante chez Pénélope Lorenz et la bouffée délirante qui l'avait emporté quand il l'avait quittée. Avec force anecdotes, Madeline raconta en détail sa rencontre passionnante avec Jean-Michel Fayol qui lui avait brossé la quête obsessionnelle de Lorenz pour trouver des couleurs adaptées aux exigences de sa vision. Sean voulait peindre « quelque chose qui n'existait pas dans la réalité » : cette parole du marchand de couleurs l'avait marquée. Elle aiguisait sa curiosité. Qu'avait cherché à représenter le peintre en composant ses dernières toiles ? Quelque chose qu'il avait vu ? Un songe ? Un produit de son imaginaire ?

Louis de Funès entra dans leur salle, version *Grand Restaurant* :

— Le mille-feuille au pigeon, annonça « Septime » en posant devant eux deux assiettes brûlantes.

Comme Gaspard avait les mains bandées, Madeline s'assit à côté de lui pour lui couper sa viande. Le dramaturge se laissa faire de bonne grâce et Madeline lui reconnut mentalement cette qualité de ne pas chercher tout le temps à jouer à l'homme. Comme il fallait s'y attendre, ils passèrent une bonne partie de leur repas à examiner la fresque de Lorenz. Madeline avait posé sur la table, à côté de son verre d'eau, la boîte d'allumettes du restaurant ornée de la citation d'Apollinaire, ultime legs de Lorenz à Bernard Benedick. Et ultime pied de nez : « Il est grand temps de rallumer les étoiles. » Quel message le peintre avait-il cherché à adresser à son ami ? Sa signification se trouvait-elle dans la mosaïque ? Ils voulaient y croire, mais plus ils regardaient la fresque, moins elle leur parlait. Madeline pensait qu'elle ressemblait à certains paysages de jungle du Douanier Rousseau. Gaspard, lui, se souvenait très bien du livre de Roald Dahl, illustré par Quentin Blake, que Djamila lui lisait lorsqu'il était enfant. Madeline avait aussi des souvenirs assez nets de *L'Énorme Crocodile*. Cédant à la nostalgie, ils se mirent en tête de retrouver le nom des différents personnages. Jojo-la-Malice, le singe, Dodu-de-la-Plume, l'oiseau, et Double-Croupe, l'hippopotame, leur revinrent tout de suite.

— Et l'éléphant…

— … facile : Trompette, affirma Gaspard. Et le zèbre ?

— Le zèbre, je ne sais plus.

— Zébra ?

— Non, ça ne me dit rien. Je ne me rappelle même plus son rôle dans l'histoire.

Après quelques minutes de discussion, Madeline prit son portable pour chercher sur Internet ce zèbre qui leur échappait. Pendant qu'elle pianotait, Gaspard se leva soudain et lui lança, sûr de lui :

— Laissez tomber. Il n'y a pas de zèbre dans *L'Énorme Crocodile*.

Madeline se leva à son tour, électrisée. Dans ce cas, pourquoi Lorenz – qui connaissait parfaitement l'histoire puisqu'il la lisait tous les soirs à son fils – en avait-il représenté un ? Ce n'était pas encore un *eurêka !*, mais ils tenaient enfin une piste stimulante. Ils déplacèrent une table et deux chaises afin d'observer le zèbre de plus près.

C'était d'ailleurs l'animal le moins réussi de la scène. Le mammifère était figé, saisi de trois quarts, sans aucune grâce. Une agglomération de carrés blancs et noirs de deux centimètres de côté. Gaspard compta les carrés, imagina différentes possibilités de cryptage : du morse, des notes de musique, des codes à grille comme il en faisait chez les scouts…

— Oubliez ça, lui jeta Madeline, on n'est pas dans le *Da Vinci code*.

Contrariée, elle sortit fumer une cigarette sur le trottoir. Il la rejoignit sous l'auvent qui abritait la devanture du restaurant. La pluie avait repris. Toujours plus drue. Impitoyable. Et le vent était désormais de la partie.

Gaspard protégea Madeline des rafales pour lui permettre d'allumer sa cigarette.

— Ça s'est bien passé votre rendez-vous avec votre amie ? J'espère que vous n'avez pas dû l'écourter à cause de moi.

— Figurez-vous que je venais à peine de la rejoindre lorsque je vous ai vu en train de vous acharner à coups de poing sur cette pauvre vitrine.

222

Un peu honteux, Gaspard baissa la tête.

— Vous auriez dû passer la soirée avec elle.

— Jul' ne faisait qu'une courte escale à Paris. Elle devait reprendre un avion pour aller passer Noël à Marrakech avec son amoureux. Il y en a qui ont de la chance, n'est-ce pas ?

— Je suis désolé, vraiment.

Elle ne chercha pas à l'accabler.

— Ne vous en faites pas, ce n'est que partie remise. Jul' est ma plus vieille et ma seule amie. Elle m'a déjà sauvé la vie deux fois.

Le regard fuyant, Madeline tira une longue bouffée sur sa cigarette. Elle hésita à poursuivre puis, finalement :

— La dernière fois, c'était il y a huit mois. D'une certaine façon, il m'est arrivé la même chose qu'à vous aujourd'hui.

Les yeux écarquillés, Gaspard la regarda sans comprendre ce qu'elle voulait dire.

— C'était un samedi matin, reprit-elle. Je me baladais dans une galerie commerciale à Londres lorsque j'ai aperçu un petit garçon souriant. Un petit ange, blond à croquer, avec des lunettes rondes colorées. Il me faisait des sourires que je trouvais familiers. L'impression étrange de le connaître, vous voyez ?

— Hum.

— Lorsqu'il s'est jeté dans les bras de son père, j'ai compris d'où me venait cette sensation. C'était le fils d'un homme que j'avais aimé quelques années plus tôt. Un homme qui m'avait quittée pour retourner avec sa femme et faire un autre enfant.

— Un tordu ?

— Non justement, un type bien, c'est cela qui est désespérant. Une relation sérieuse en laquelle j'avais beaucoup cru. Il s'appelait Jonathan Lempereur. Vous avez peut-être déjà entendu son nom. C'est l'un des chefs français les plus réputés au monde.

Gaspard émit un grognement dont il était difficile d'interpréter le sens.

— Je ne sais pas pourquoi il m'a quittée. Je ne sais pas ce qui cloche en moi. Je ne sais pas ce que je ne fais pas bien. Bref, ce matin-là, j'étais désemparée et je me suis effondrée. Le temps que je rentre chez moi, j'étais au fond du gouffre, mais au lieu de donner des coups de poing dans une vitre, je me suis tailladé les veines dans mon bain. Vous voyez, à côté de moi, vous êtes un petit joueur !

— Et c'est votre amie qui vous a retrouvée ?

Elle acquiesça en inhalant une dernière bouffée de tabac.

— J'avais rendez-vous avec elle ce jour-là. En ne me voyant pas arriver et en constatant que je ne répondais pas au téléphone, elle a été prise d'un mauvais pressentiment et a décidé de venir chez moi. Si la gardienne n'avait pas eu les clés, je crois que j'aurais passé l'arme à gauche. Il s'en est vraiment fallu de peu. J'ai été hospitalisée pendant une semaine, puis j'ai fait un séjour de deux mois dans l'un de ces sympathiques établissements qu'on appelle HP. Pour m'éclaircir les idées, reprendre ma vie et retrouver le sens des priorités. La suite, vous la connaissez...

Gaspard voulut poser une question, mais Madeline ne lui en laissa pas le temps :

— Allez, offrez-moi un dessert. J'ai repéré leur tarte fine aux pommes : ça a l'air d'être une « tuerie », comme ils disent ici.

**3.**

Gaspard regagna l'intérieur bruyant mais chaleureux du Grand Café. Avant de le suivre, Madeline jeta son mégot et l'écrasa avec la pointe de sa bottine. Son téléphone vibra dans la poche de son blouson. Comme elle avait déjà ignoré plusieurs appels ces deux dernières heures, elle jeta un coup d'œil à l'écran. C'était un SMS de la clinique espagnole :

Bonsoir Madeline,
Le contrôle folliculaire est parfait ! C'est le moment de venir à la clinique !
Nous vous attendons demain à Madrid.
Très bonne soirée.
Sofia

L'infirmière avait joint le scan d'une ordonnance pour l'achat d'un antibiotique et d'une hormone qui stimulerait la libération des ovules.

Il fallut un moment à Madeline pour prendre vraiment conscience de ce que cela signifiait.

Elle rejoignit Gaspard à l'intérieur et, après une hésitation, lui fit part de la nouvelle.

— Je me réjouis pour vous.

— Vous m'excusez, mais il faut que je prenne mes billets d'avion, dit-elle en sortant sa carte de crédit puis en se connectant au site d'Air France avec son smartphone.

— Bien sûr.

Il grimaça en secouant la main droite. La douleur s'était réveillée et ses blessures lui faisaient à présent un mal de chien. Il saisit les antalgiques dans sa poche et avala directement trois comprimés. Par acquit de conscience, il jeta quand même un œil sur la boîte pour vérifier la posologie.

— Qu'est-ce que c'est que ça ? cria-t-il soudain, presque surexcité.

Madeline leva les yeux de son écran pour regarder ce qui intriguait Gaspard : le code-barres à deux dimensions imprimé sur la boîte de médocs.

À son tour, elle comprit :

— Le zèbre, c'est un QR code !

Elle quitta immédiatement son navigateur et se connecta à la boutique d'applications de son téléphone pour lancer le téléchargement gratuit d'un module capable de lire les flashcodes.

— Un QR code, c'est quoi exactement ? demanda Gaspard, complètement étranger à toutes les nouvelles technologies.

— Comme vous le devinez : une image composée de carrés noirs et blancs qui, après qu'on l'a scannée, renvoie à un message, un site Internet ou des coordonnées géographiques.

Gaspard hocha la tête. Ainsi, Lorenz avait eu l'idée de recréer un QR code avec de la mosaïque et de l'intégrer dans sa représentation d'un zèbre. Pas bête.

— Je sais que vous vivez en dehors du monde, le taquina Madeline, mais c'est très commun aujourd'hui. On en trouve partout : sur les emballages, dans les musées, sur les cartes ou les titres de transport...

Le téléchargement terminé, elle ouvrit l'application et se leva de table pour se rapprocher de la fresque. Avec l'appareil photo de son téléphone, elle scanna le zèbre. Immédiatement un message s'afficha sur l'écran :

*We are all in the gutter but some of us are looking at the stars.*

« Nous sommes tous dans le caniveau, mais certains d'entre nous regardent les étoiles. » La célèbre phrase d'Oscar Wilde les laissa un peu désappointés. Ils avaient tous les deux espéré quelque chose de moins hermétique : une position GPS, une vidéo...

— On ne peut pas dire que l'on soit plus avancés, maugréa Gaspard.

Madeline restait silencieuse. Il fallait remettre ce message dans son contexte. Il était manifestement adressé à Bernard Benedick en complément de la citation d'Apollinaire : « Il est grand temps de rallumer les étoiles. » Le point commun de ces deux citations était clair, peut-être même un peu trop : la référence aux étoiles.

— L'étoile, c'est le symbole le plus vague qui soit, balaya Gaspard. On en trouve dans la plupart des religions et des croyances ésotériques. Ça peut signifier un tas de choses : l'ordre cosmique, la lumière céleste, le repère à suivre pour ne pas se perdre…

Madeline approuva. Pour aller au fond de ses interrogations, elle appela Benedick. Malgré l'heure tardive, le galeriste lui répondit dès la deuxième sonnerie. Sans s'appesantir sur leur découverte, elle lui demanda si l'expression « les étoiles » avait un sens particulier pour Sean.

— Pas que je sache, pourquoi ? Vous avez trouvé quelque chose ?

— Lorenz a-t-il déjà peint des étoiles ?

— Je ne crois pas. Pas ces dix dernières années en tout cas. L'étoile serait un symbole un peu trop « signifiant » pour lui.

— Merci.

Elle s'empressa de raccrocher pour l'empêcher de poser des questions. À présent, toute l'euphorie était retombée. Pendant deux longues minutes, chacun se retrancha dans ses pensées. Jusqu'à ce que le portable de la jeune femme vibre sur la table. Benedick de nouveau. Après un moment de doute, elle décrocha et mit le haut-parleur :

— Une idée en passant, dit le galeriste. Ça n'a peut-être rien à voir, mais Julian, le fils de Sean, était scolarisé à l'école des Étoiles, à Montparnasse.

Gaspard tilta immédiatement. Il recula sur sa chaise et mima un temps mort avec ses mains bandées pour faire signe à Madeline d'interrompre la conversation. Lorsqu'elle eut raccroché, il lui parla de ces deux photos dans la maison sur lesquelles on voyait Lorenz peindre avec des enfants et lui rappela ce que lui avait dit Pauline : même après la mort de Julian, Sean avait continué à animer un atelier de peinture dans l'école de son fils.

Madeline avait gardé son téléphone à la main. Navigateur. Google Map. L'école des Étoiles était un établissement privé à la pédagogie innovante qui scolarisait les enfants dès deux ans et demi. Une structure alternative – tendance Montessori et Freinet – telle qu'il en existait de plus en plus dans la France de 2016.

Madeline examina la carte. Les locaux n'étaient pas loin. Logique : les Lorenz avaient scolarisé leur rejeton à proximité de leur maison.

— On y va ! lança-t-elle en attrapant son blouson et en posant trois billets sur la table.

En décampant du restaurant à la suite de la jeune femme, Gaspard faillit renverser Septime qui arrivait avec leurs tartes aux pommes.

# 9

## Un moyen de vaincre la mort

*L'art me paraît peut-être un moyen de vaincre la mort.*

Hans HARTUNG

**1.**

Il pleuvait.

L'averse se prolongeait, tenace, drue, maussade. Gaspard dans son sillage, Madeline traversait la nuit. Regonflée à bloc, elle avait la sensation qu'ils touchaient enfin au but. L'école des Étoiles était vraiment à deux pas. Ils jaillirent de la rue Huyghens et arrivèrent sur le boulevard, face au cimetière du Montparnasse. L'endroit était presque désert à l'exception de quelques SDF qui s'abritaient sous des tentes de fortune. Plan Vigipirate oblige, on avait installé des barrières devant la grille de l'école pour empêcher les véhicules de se garer, mais il n'y avait pas d'autre protection particulière. L'accès à la structure éducative se faisait par un portillon encadré par un mur de béton haut de près de trois mètres.

— Faites-moi la courte échelle, Coutances.

— Avec quoi ? Je n'ai plus de mains ! se plaignit-il en montrant ses blessures.

— Dans ce cas, baissez-vous ! réclama-t-elle.

De bonne grâce, il s'accroupit sur le trottoir.

Un pied sur la cuisse de Gaspard, l'autre sur son épaule : d'un seul mouvement fluide et rapide, Madeline s'élança, trouva une prise sur le mur, se propulsa vers le haut, se rétablit et se laissa glisser de l'autre côté.

— Ça va ? Vous n'avez rien ?

La jeune femme ne répondit pas. Inquiet et mal à l'aise, Gaspard attendit cinq bonnes minutes avant que le portail s'entrouvre enfin dans un grincement de ferraille.

— Venez vite, chuchota-t-elle.

— Bon sang, où étiez-vous ?

— Arrêtez de râler ! Même de l'intérieur, impossible d'ouvrir sans avoir la clé. Réjouissez-vous que je l'aie trouvée si vite.

— Où était-elle planquée ?

— Dans le coffre du tableau électrique, à l'intérieur du local poubelles.

Il essaya de refermer derrière lui en faisant le moins de bruit possible, mais le claquement de la tôle lui sembla éclater dans le silence. La cité scolaire était plongée dans le noir. Malgré l'obscurité, on distinguait une petite cour pavée entourée de constructions hétéroclites. Madeline alluma la torche de son portable, Gaspard toujours sur ses talons, et passa en revue chacun des bâtiments. À la bâtisse historique – qui d'après les pancartes abritait aujourd'hui les salles administratives et l'atelier informatique – s'étaient greffées des salles de classe en constructions modulaires. Des préfabriqués améliorés qui tenaient debout grâce à des armatures métalliques aux couleurs vives. Ils traversèrent le préau, dépassèrent la cantine pour emprunter le petit escalier extérieur qui montait vers les salles de classe de l'étage.

## 2.

Madeline était à l'aise dans l'action. Affûtée, rapide, capable à l'instinct de prendre les bonnes décisions. Les dix années qu'elle avait passées sur le terrain lui avaient laissé des réflexes qui revenaient vite.

Au bout d'une sorte de coursive à ciel ouvert, une porte en PVC barrait l'accès aux salles de classe.

Sans aucune hésitation, elle enroula son bras dans sa veste en jean et balança le coude pour faire exploser la vitre la plus proche. Il y avait probablement une alarme bon marché, mais sans doute ne protégeait-elle que les bâtiments du bas, là où se trouvaient les ordinateurs, et tout ce qui de près ou de loin pouvait intéresser d'éventuels cambrioleurs.

Surpris, presque paniqué, Gaspard sursauta et recula d'un pas.

— Vous croyez vraiment que…

— Fermez-la, Coutances, lui intima-t-elle en passant la main à travers les éclats de verre pour ouvrir la porte.

Elle braqua le faisceau de sa lampe en pénétrant dans la pièce. Malgré la réputation progressiste de l'école, c'était une salle de classe CM1-CM2 version « hussards noirs » avec des pupitres en bois brut, une carte de France plastifiée et une frise historique tendance « nos ancêtres les Gaulois ».

Au fond de la pièce, une autre porte donnait accès à un couloir qui desservait les salles d'autres sections : CE1-CE2, CP. La dernière salle, la plus grande, était celle qui accueillait les classes maternelles. Celle qu'avait vraisemblablement fréquentée le petit Julian.

Le faisceau de la torche balaya la nuit d'encre jusqu'à tomber sur l'interrupteur. Au mépris de toute prudence, Madeline actionna le bouton-poussoir pour donner de la lumière.

— Vous êtes complètement inconsciente ! s'inquiéta Gaspard en déboulant à son tour dans la pièce.

Le doigt tendu, Madeline lui désigna trois tableaux accrochés aux murs.

À première vue, il s'agissait de dessins d'enfants assez banals : des bonshommes en bâtons, des châteaux forts sans perspective, des princes et princesses disproportionnés évoluant dans des décors aux couleurs vives qui dégoulinaient de peinture. Mais Madeline reconnut les caisses américaines en bois de noyer dont lui avait parlé Fayol.

Ils échangèrent un regard, comprenant l'un et l'autre qu'ils avaient trouvé ce qu'ils étaient venus chercher. Madeline pensa tout de suite aux *pentimenti* que seuls les rayons infrarouges permettaient de percer à jour. Elle se souvenait d'avoir lu qu'un grand nombre de peintures de Van Gogh cachaient sous leur couche de pigments d'autres œuvres, peintes précédemment par le maître flamand. Gaspard songea lui à *L'Origine du monde*, le célèbre tableau de Courbet qui, pour ne pas choquer le bourgeois, avait été pendant des décennies masqué par un panneau de bois pivotant représentant un banal paysage enneigé.

Il trouva un cutter dans le tiroir métallique du bureau de la « maîtresse ». Le cœur battant, il fit une large entaille sur le bord extérieur d'une des toiles, découvrant un film plastique aussi épais qu'une toile cirée. Une sorte de bâche qui protégeait une autre peinture. Le *vrai* tableau.

Madeline fit de même avec la pointe d'une lame de ciseaux.

Il leur fallut bien dix minutes pour « déballer » les tableaux camouflés. Une fois ce travail achevé, ils reculèrent de plusieurs pas et, assis côte à côte sur le plan incliné d'un pupitre, contemplèrent l'objet de leur quête.

### 3.

Les trois dernières toiles peintes par Sean Lorenz étaient encore plus sublimes, fascinantes et déroutantes que tout ce que Madeline et Gaspard avaient pu imaginer.

Malgré l'unique ampoule jaunâtre de la salle, elles semblaient diffuser leur propre lumière.

Le premier tableau représentait un labyrinthe noir sur un fond anthracite. Il rappelait certains Soulages. Pourtant d'un noir profond, la toile paraissait s'effacer pour laisser jaillir la lumière. Par une alchimie mystérieuse, la surface noire réfléchissait l'éclairage pâlot de la pièce pour le transformer en reflets argentés, en éclats magnétiques et fascinants.

Sur le deuxième, le noir faisait place à des teintes apaisantes : un blanc de céruse aux reflets rose-gris qui devenait de plus en plus intense et lumineux à mesure qu'on se rapprochait du centre. Les jeux de lumière semblaient dessiner un passage, un tunnel, une coulée luisante et éclatante à travers une forêt d'ombres blanches.

Le troisième tableau était le plus beau, le plus extraordinaire, le plus inattendu. Une toile quasi nue qui donnait l'impression d'être liquide ou de baigner dans du mercure. Une toile déconcertante, presque un monochrome blanc qui laissait ouvertes toutes les interprétations. Gaspard y vit les rayons d'un grand soleil d'hiver se reflétant sur un paysage de neige qui s'étendait à perte de vue. Une nature purifiée, éternelle, débarrassée du cancer des hommes, dans laquelle le ciel et la terre n'avaient plus de frontières.

Madeline pensa à une grande spirale blanche, un champ lumineux qui vous donnait le vertige, vous happait, vous absorbait, pénétrait dans les profondeurs clandestines de votre être.

Ils restèrent plusieurs minutes immobiles, pétrifiés. Deux lapins pris dans la lumière des phares. Une lumière mouvante exerçant une fascination hypnotique et qui donnait l'impression qu'elle finirait par tout engloutir.

Le hurlement d'une sirène de police monta de la rue et interrompit leur transe.

Inquiet, Gaspard se précipita pour appuyer sur l'interrupteur. Il se figea et jeta un coup d'œil prudent à travers la fenêtre. En contrebas, la voiture de flics passa en trombe et disparut au coin du boulevard Raspail.

— Fausse alerte, dit-il en se retournant vers Madeline.

La jeune femme n'avait pas bougé. Elle faisait toujours face à la troisième toile qui s'était mise à briller dans la nuit. Ils savaient désormais à quoi Lorenz destinait les pigments phosphorescents dont avait parlé Fayol. Dans l'obscurité, la toile prenait une tout autre dimension. Le monochrome blanc était en fait un minutieux travail de calligraphie. Des centaines de lettres luminescentes se détachaient dans les ténèbres. Madeline se rapprocha du tableau. Lorsque Gaspard la rejoignit, il comprit que les lettres formaient un message qui se répétait à l'infini.

JULIAN EST VIVANT JULIAN EST VIVANT JULIAN EST VIVANT JULIAN EST VIVANT JULIAN EST VIVANT JULIAN EST VIVANT JULIAN EST VIVANT...

# L'APPEL
# DE LA LUMIÈRE

*Jeudi 22 décembre*

# 10

## Derrière la lumière

*Le noir n'est pas une couleur.*

Georges CLEMENCEAU

**1.**

Je suis en route. Je vous rejoins dans 10 minutes.

Diane Raphaël.

Madeline prit connaissance du SMS de la psychiatre de Lorenz en arrivant devant les deux flèches de la basilique Sainte-Clotilde. Il était 8 h 30 du matin. L'air était plus frais et sec que la veille. Orpheline de son scooter qu'elle n'avait toujours pas récupéré rue de Seine, elle était venue en trottinant depuis la rue du Cherche-Midi. Un jogging salutaire pour réveiller son organisme.

Elle s'était endormie à 3 heures et levée à 6. Les dernières heures avaient été éprouvantes.

Physiquement d'abord, puisqu'il avait fallu rapatrier discrètement les toiles de l'école jusqu'à la maison. Intellectuellement et émotionnellement ensuite. Avec une question qui pour l'instant n'avait pas trouvé le moindre début de réponse : pourquoi, quelques jours avant sa mort, Sean Lorenz s'était-il persuadé que son fils était encore en vie ?

Mains sur les genoux, Madeline reprit son souffle en songeant à Gaspard. Depuis qu'ils avaient mis au jour le message du peintre, écrit en lettres luminescentes, le dramaturge ne tenait plus en place. Lui qui ne connaissait rien à Internet avait passé une partie de la nuit à écumer les sites Web des grands médias américains. Ce qu'il avait découvert l'avait décontenancé : plusieurs articles parus dans les jours qui avaient suivi le drame indiquaient en effet que le corps du petit Julian n'avait pas été retrouvé dans l'entrepôt où Pénélope avait été séquestrée.

En reconstituant la dérive meurtrière de Beatriz Muñoz, les enquêteurs avaient conclu que la Chilienne avait jeté le cadavre de l'enfant dans l'estuaire de Newtown Creek, au sud du Queens. Les flics avaient récupéré la peluche tachée de sang du gamin sur une des berges du cours d'eau. On y avait envoyé quelques plongeurs, mais l'endroit – l'un des plus pollués de New York – était difficile d'accès et, à ce niveau du fleuve, le courant était trop fort pour espérer retrouver un si petit corps.

Malgré ça, la version de Pénélope Lorenz – qui avait toujours affirmé que son fils avait été poignardé sous ses yeux – n'avait jamais été remise en cause. Et Madeline n'avait objectivement aucune raison de le faire. D'après les articles qu'elle avait consultés, tout laissait à penser que Muñoz avait agi sans aucune complicité. La mort du gamin ne faisait aucun doute. Son sang avait été retrouvé partout : dans la camionnette qui avait servi à son enlèvement, dans l'entrepôt du Queens, sur les rives de Newtown Creek.

Madeline décida d'attendre la psychiatre à la terrasse chauffée du café qui s'ouvrait sur les jardins de la basilique. Elle avait sollicité ce rendez-vous au bureau de Diane Raphaël une heure plus tôt en lui envoyant par SMS plusieurs photos des tableaux de Sean Lorenz. Elle s'installa sous un brasero et commanda un double espresso. Sur l'écran de son téléphone, un mail d'Air France lui rappelait qu'elle devait s'enregistrer pour son vol vers Madrid. Départ 11 h 30 de Charles-de-Gaulle, arrivée dans la capitale espagnole deux heures plus tard. Elle effectua les formalités en ligne, avala le café trop court qu'on venait de lui apporter et en commanda aussi sec un deuxième qu'elle dégusta en repensant à leur expédition de la nuit passée.

Contrairement à Gaspard, ce qui l'avait le plus troublée, ce n'était pas le message aux lettres phosphorescentes – qu'elle trouvait farfelu –, c'était… tout le reste. En particulier, le voyage quasi spirituel décrit par Sean Lorenz à travers son triptyque. Un voyage qu'elle connaissait d'autant mieux qu'elle l'avait elle-même fait quelques mois auparavant.

Lorsqu'elle s'était tailladé les poignets dans sa baignoire, Madeline avait dérivé avant de perdre connaissance. Lentement, elle s'était vidée d'une partie de son sang, étourdie par la vapeur brûlante. Elle avait sombré, parcouru à l'aveugle un paysage de brume. Et elle était certaine que c'est cette même dérive qu'avait cherché à représenter Sean Lorenz dans ses dernières peintures.

D'abord le NOIR. L'interrupteur qui se tourne et qui vous déconnecte du monde, vous renvoyant brièvement à vos tourments. Le labyrinthe de votre propre détresse. Le cachot qu'est devenue votre existence.

Puis la traversée d'un long tunnel obscur qui finit par déboucher sur une lumière chaude, douce, diffuse. Cette merveilleuse sensation de flotter dans une mousseline de nacre. De franchir un *no man's land* cotonneux. De se laisser porter par le zéphyr d'une nuit d'été, guidée par des milliers de veilleuses d'une brillance de perle.

Ensuite, Madeline avait eu cette impression déconcertante de se détacher de son corps, jusqu'à pouvoir observer les secouristes, penchés sur elle, qui essayaient de la réanimer avant de la charger dans une ambulance. Elle était restée un moment avec eux et avec Jul' sur le trajet de l'hôpital.

Puis elle avait retrouvé la lumière. Une spirale flamboyante qui l'avait avalée, la projetant dans un torrent impétueux et opalin où elle avait été saisie par le vertige panoramique du film de sa vie. Elle avait aperçu la silhouette et le visage de son père, de sa sœur Sarah, de son oncle Andrew. Elle aurait bien aimé s'arrêter pour leur parler, mais elle ne pouvait pas stopper le courant qui l'emportait.

Un courant chaud, enveloppant et tendre. Plus fort que tout. À ses oreilles, un chuchotement très doux qui ressemblait à des chants célestes et qui vous ôtait toute envie de revenir en arrière.

Pourtant, Madeline n'était pas allée au bout du tunnel. Elle avait presque touché du doigt la frontière. Celle qui ne se laisse franchir que dans un seul sens. Mais quelque chose l'avait rappelée. L'intuition que l'histoire de sa vie méritait peut-être un autre épilogue.

Lorsqu'elle avait ouvert les yeux, elle était dans une chambre d'hôpital. Intubée, cernée par les perfusions et les bandages.

Madeline savait très bien qu'en soi son expérience n'avait rien d'extraordinaire. Il existait des dizaines de milliers de récits semblables au sien. Les « expériences de mort imminente » étaient décrites dans la culture populaire à travers une multitude de romans et de films. Bien sûr, elle était sortie transformée de ce voyage. Pas forcément plus encline à croire à une vie après la mort, mais avec l'envie de vivre pleinement le temps qui lui restait. De se délester de tout ce qui n'était pas important. De donner un sens autre à sa vie. Et donc d'avoir un enfant.

Le souvenir de l'EMI était encore parfaitement gravé dans sa mémoire. Comme si elle l'avait vécue la veille. Rien ne s'était estompé. Au contraire, les sensations s'étaient même affinées, les images s'étaient précisées. La sérénité du « voyage », l'appel entêtant de la lumière. Et c'est cette lumière que Lorenz avait réussi à peindre. Dans toutes ses nuances, dans toute son intensité. Cette putain de lumière qui, inexplicablement, rayonnait comme les soleils trompeurs d'un amour radieux.

— Vous êtes Madeline Greene ?

L'interpellation la tira de sa rêverie. Une femme souriante se tenait sous le brasero de la terrasse. La quarantaine, vêtue d'un perfecto en cuir beige et portant des lunettes de soleil couleur de miel.

— Je suis Diane Raphaël, déclara-t-elle en lui tendant la main.


**2.**

Cette fois, Coutances n'avait pas eu à insister longtemps pour être reçu par Pénélope. Il s'était présenté rue Saint-Guillaume, dès potron-minet, un lourd tableau sous le bras. Lorsqu'il s'était annoncé à l'interphone, l'ex-femme de Lorenz lui avait ouvert sans même savoir ce qu'il voulait.

Gaspard sortit de l'ascenseur en haletant. Philippe Careya n'était pas là pour assurer le comité d'accueil, il ne devait pas être levé. La porte était déverrouillée. Gaspard pénétra dans le hall d'entrée en faisant glisser sur le parquet le cadre en noyer qu'il avait entouré d'une couverture.

Pénélope l'attendait, assise sur un canapé du salon dans la lumière froide du matin. L'éclairage naturel, bleuté, marmoréen, avait le double mérite de laisser dans la pénombre la décoration tapageuse et de n'offrir de la veuve Lorenz qu'une silhouette en clair-obscur, la mettant plus à son avantage qu'un éclairage trop cru.

— Chose promise, chose due, annonça-t-il en installant sur le canapé en cuir grainé le tableau, toujours protégé par son plaid en grosse laine.

— Du café ? lui proposa-t-elle en l'invitant à s'asseoir sur une ottomane.

Vêtue d'un jean gris délavé et d'un vieux tee-shirt Poivre Blanc, Pénélope semblait être restée coincée dans les années 1990. En la voyant pour la deuxième fois, Gaspard la trouva moins monstrueuse. Son visage plastifié paraissait moins figé que lors de leur dernière rencontre. Sa bouche en canard ne donnait plus l'impression qu'elle allait se déchirer chaque fois qu'elle prononçait une parole.

*L'homme s'habitue à tout*, pensa-t-il en empoignant une cafetière moka posée sur la table basse.

— Donc, vous avez trouvé ce que vous cherchiez, constata-t-elle en désignant le cadre.

Sa voix en revanche n'avait pas changé : sourde, éteinte, enrouée, comme si une portée de chats s'était nichée dans sa gorge.

— Nous avons mis la main sur les toiles et il y en a une que vous devez voir.

Elle soupira.

— Ce n'est pas un portrait de Julian au moins ?

— Pas exactement.

— Je ne l'aurais pas supporté.

Gaspard se leva et, sans effet de manches, souleva la couverture pour dévoiler à Pénélope le dernier tableau de son ex-mari.

Installée près des deux hautes fenêtres, la toile se révélait dans toute sa splendeur. Gaspard avait même l'impression de la redécouvrir. Une lumière enchanteresse et fascinante semblait en sortir et danser *devant* la peinture.

— C'est le privilège des artistes de continuer à vivre à travers leurs œuvres, constata Pénélope.

Lentement, Gaspard tira les quatre rideaux pour plonger la pièce dans l'obscurité.

— Qu'est-ce que vous faites ? s'inquiéta-t-elle.

Puis elle aperçut les lettres luminescentes et leur mystérieux message :

JULIAN EST VIVANT.

— Ça suffit ! Ouvrez ces rideaux ! ordonna-t-elle.

Une véritable fureur s'était emparée d'elle, empourprant et déformant son visage, soulignant ses sourcils trop hauts, son nez trop fin et ses joues de hamster.

— Pourquoi Sean était-il persuadé que votre fils était vivant ? demanda Gaspard, impitoyable.

— Je n'en sais strictement rien ! cria Pénélope qui avait bondi du canapé, dos tourné à la toile.

Il lui fallut plus d'une minute pour se calmer et lui faire face de nouveau.

— Quand vous m'avez interrogée hier, j'ai prétendu ne pas me souvenir de ce que m'avait dit Sean lorsqu'il a téléphoné de New York quelques minutes avant sa mort.

— Pourquoi ?

— Parce que je ne voulais pas prononcer ces mots, mais…

— Oui ?

— C'est exactement cela qu'il m'a dit : « Notre fils est vivant, Pénélope ! »

— Comment avez-vous réagi ?

— Je l'ai insulté et j'ai raccroché. On ne joue pas avec la mort des enfants !

— Vous n'avez pas cherché à savoir ce qu'il…

— Mais à savoir quoi ? J'ai vu mon fils se prendre des coups de couteau. Je l'ai vu être massacré par le diable en personne, vous comprenez ? Je l'ai vu. Je l'ai VU ! JE L'AI VU !

Et Gaspard lut dans ses yeux qu'elle lui disait la vérité.

Pénélope hoqueta, mais refusa de se donner en spectacle. Elle s'empressa de ravaler ses larmes et tint à préciser :

— Il n'y avait pas d'issue à ma relation avec Sean. Il me reprochait sans cesse d'être responsable de la mort de Julian.

— Parce que vous aviez menti sur votre destination le jour où il a été enlevé ?

Elle acquiesça.

— Peut-être que si les flics avaient débuté leurs recherches dans ce secteur, ils seraient arrivés à temps pour le sauver. Sean le pensait en tout cas, et j'ai longtemps porté cette culpabilité. Mais si on va au bout de la logique, c'est Sean qui a l'antériorité de la faute.

Gaspard comprit que Pénélope rejouait un match qu'elle avait déjà dû revivre des milliers de fois depuis deux ans.

— S'il n'avait pas incité Muñoz à l'accompagner dans ses braquages, elle n'aurait pas nourri ce ressentiment criminel !

— Il n'en convenait pas ?

— Non ! Parce qu'il prétendait qu'il avait fait cela *pour moi*. Pour trouver de l'argent et me rejoindre à Paris. Je vous l'ai dit : c'était sans issue. Tout était ma faute.

Gaspard fut à son tour saisi par une étrange tristesse. Il se leva et prit congé de Pénélope.

— J'ai senti tout de suite que vous étiez honnête, monsieur Coutances.

— Pourquoi dites-vous ça ?

— Parce que vous n'avancez pas masqué.

Un peu hors de propos, Pénélope ajouta :

— Dans la vie, il y a les bons gars et les autres. La ligne de démarcation est claire. Vous, vous êtes un bon gars. Comme Sean.

Gaspard profita de la brèche. Alors qu'il avait déjà la main sur la poignée de la porte, il fit volte-face et revint vers Pénélope.

— Je sais que c'est extrêmement pénible pour vous d'en parler, mais je voudrais savoir ce qui s'est *vraiment* passé le jour de l'enlèvement de Julian.

Elle eut un soupir de lassitude.

— Ça a été décrit dans des dizaines d'articles de journaux.

— Je sais, mais c'est de votre bouche que j'aimerais l'entendre.

**3.**

Le bureau de Diane Raphaël était une grande pièce traversante, tout en longueur, qui offrait des vues rares sur Paris. D'un côté la basilique Sainte-Clotilde, de l'autre l'église Saint-Sulpice, le dôme du Panthéon et la butte Montmartre.

— Ici, j'ai l'impression d'être dans le nid-de-pie d'un bateau pirate : le regard porte si loin qu'on voit arriver les orages, les tempêtes et les dépressions. C'est pratique pour une psychiatre.

La médecin sourit à sa propre métaphore comme si elle venait de l'inventer à l'instant même. Comme lors de sa visite à Fayol, Madeline se dit qu'elle avait eu tout faux. Elle s'était imaginé une sorte de vieille instit' à lunettes et chignon gris. Dans la réalité, Diane Raphaël était une femme de petit gabarit au regard espiègle, aux cheveux courts et aux mèches virevoltantes. Avec son blouson de cuir fauve, son jean ajusté et sa paire de Gazelle proprettes, elle donnait l'impression de se rêver encore en étudiante bohème.

Elle avait laissé près de la porte d'entrée une valise à roulettes protégée par une coque vif-argent.

— Vous partez en vacances ? demanda Madeline.

— À New York, répondit la psy. J'y passe la moitié de mon temps.

Elle désigna plusieurs photos affichées sur les murs. Des clichés aériens qui représentaient un bâtiment de verre posé entre la forêt et l'océan.

— Il s'agit du Lorenz Children Center, un centre médical pour enfants que j'ai fondé grâce à Sean. Il se situe à Larchmont, au nord de New York, dans le comté de Westchester.

— C'est Lorenz qui a financé directement cet hôpital ?

— Directement et indirectement, précisa Diane. Les fonds proviennent d'une part du produit de la vente de deux grandes toiles que je lui avais achetées pour une bouchée de pain en 1993 et que j'ai revendues lorsque sa cote a commencé à flamber. Ensuite, Sean a eu vent de mon projet et il m'a donné trois autres toiles en me permettant de les mettre aux enchères. Il était très fier que sa peinture serve à quelque chose de concret : soigner des enfants dans le besoin.

Madeline consigna l'information quelque part dans sa tête pendant que la psy prenait place derrière son bureau. Diane changea de sujet :

— Donc, vous avez retrouvé les trois dernières toiles de Sean. Félicitations. Et merci pour vos photos. Les tableaux ont l'air magnifiques. La quintessence de Lorenz ! affirma-t-elle en invitant Madeline à s'asseoir en face d'elle sur une chaise Wassily.

L'ensemble de la pièce était meublé dans le style Bauhaus : sièges en tubes d'acier courbés, fauteuil Cube, chauffeuse Barcelona, lit de jour capitonné, table basse chromée en bois stratifié.

— Vous savez ce que ces toiles représentent ? demanda Madeline en se calant dans le fauteuil.

— La peinture de Sean ne représente pas, elle…

— … elle présente, je sais, on m'a déjà servi la formule. Mais à part ça ?

La psychiatre fut piquée au vif. Vexée, puis amusée, elle capitula :

— À travers ses tableaux, Sean a voulu rendre compte de ses deux EMI : ses deux expériences de mort imminente.

— Donc, vous étiez au courant ?

— Pour les tableaux, non, mais je ne suis pas étonnée. Sean était mon patient depuis vingt ans ! Comme je l'ai déjà précisé à M. Coutances, en 2015, Sean a subi deux très graves accidents cardiaques à quelques mois d'intervalle. Deux infarctus qui l'ont plongé dans le coma avant qu'il puisse être réanimé. Le deuxième arrêt cardiaque s'est doublé d'un choc septique…

— Une septicémie ?

— Oui, une très grave infection bactérienne qui a failli l'emporter. Il a même été déclaré cliniquement mort avant de s'en sortir miraculeusement.

— C'est après ces deux accidents qu'il a commencé à peindre ce qu'il avait vécu ?

— Je le pense. Il était très exalté par cette expérience. Ce passage des ténèbres à la lumière l'avait marqué. Il l'interprétait comme un éblouissement, une renaissance. D'où sa volonté de retrouver cette sensation à travers ses peintures.

— Ça vous a surprise ?

Elle haussa les épaules.

— J'ai travaillé quinze ans à l'hôpital. Des patients réanimés qui affirment avoir traversé un tunnel de lumière après un coma, c'est banal, vous savez. Les EMI sont un phénomène qui existe depuis l'Antiquité.

— Sean avait gardé des séquelles physiques de ses opérations ?

— Forcément : des problèmes de mémoire, une extrême fatigue, des difficultés à coordonner ses gestes…

Diane s'arrêta au milieu de sa phrase. Ses yeux pétillaient de malice et d'intelligence.

— Vous ne m'avez pas tout dit, n'est-ce pas ?

Madeline resta de marbre, attendant que la psy continue.

— Si vous avez tant insisté pour me voir, c'est que vous avez trouvé autre chose... Peut-être un autre tableau ?

Madeline sortit son téléphone et montra à Diane la photo du dernier tableau dans l'obscurité avec le message en lettres lumineuses qui affirmait : JULIAN EST VIVANT.

— C'était donc ça...

— Ça ne semble pas vous étonner.

Diane posa les coudes sur le plan de travail de son bureau et croisa les mains comme si elle s'apprêtait à prier.

— Vous savez pourquoi Sean était bouleversé par ses deux voyages aux frontières de la mort ? D'abord parce que, dans le fameux tunnel de lumière, il avait aperçu toutes les personnes décédées qui avaient compté dans sa vie : sa mère, ses copains de Harlem qui dans les années 1990 étaient morts d'overdose ou avaient été pris dans la violence des guerres de gang. Il a même vu Beatriz Muñoz.

— C'est un grand classique des EMI, fit remarquer Madeline. Vous revoyez votre existence et tous les morts qui ont eu de l'importance pour vous.

— On dirait que vous en parlez en connaissance de cause.

— Restons-en à Lorenz, si vous le voulez bien. Je ne suis pas votre patiente.

La psy n'insista pas.

— Il y a quelqu'un que Sean n'a pas vu dans le tunnel…, déclara-t-elle.

Madeline comprit enfin et son sang se glaça.

— Son fils.

Diane hocha la tête.

— Tout est parti de là, en effet. Sean a commencé à développer une théorie délirante comme quoi, s'il n'avait pas croisé Julian, c'est que ce dernier était encore en vie.

— Et vous n'y croyez pas ?

— Je crois aux explications rationnelles du phénomène. La moindre oxygénation du cerveau qui perturbe le cortex visuel, l'effet des médicaments qui altèrent la conscience. Dans le cas de Sean, c'était flagrant : pour circonscrire sa septicémie, on lui a injecté des doses massives de dopamine, une substance qui favorise les hallucinations.

— Vous n'avez pas essayé de le raisonner ?

Elle eut un geste d'impuissance.

— Il n'est pire sourd que celui qui ne veut pas entendre. Sean avait *besoin* de croire que son fils était toujours en vie. Vous ne pouvez rien contre quelqu'un qui n'est pas disposé à vous écouter.

— Et quelle conclusion en a-t-il tirée ?

— Je pense qu'il aurait voulu reprendre l'enquête sur l'enlèvement de Julian, mais que la mort l'en a empêché.

— Pour vous, il n'y a aucune chance que le gamin soit vivant ?

— Non, Julian est mort, malheureusement. Je ne porte pas Pénélope dans mon cœur, mais il n'y a aucune raison pour qu'elle n'ait pas raconté la vérité. Tout le reste, ce sont les délires d'un homme qui était mon ami, mais qui était cabossé par la douleur et abruti par les médicaments.

### 4.

*« L'embarquement du vol AF118 à destination de Madrid va commencer, porte 14. Les familles avec des enfants en bas âge ainsi que les passagers des rangs 20 à 34 sont invités à se présenter en priorité. »*

Madeline vérifia son numéro de siège sur le billet qu'elle venait d'imprimer à une borne Air France. Noël était dans deux jours. Il y avait des retards

261

en pagaille et le terminal E de Charles-de-Gaulle était bondé.

— Merci de m'avoir accompagnée, Gaspard. Je sais que vous n'aimez pas les aéroports...

Il ignora la petite pique.

— Donc, vous partez comme ça ?

Elle le regarda sans comprendre où il voulait en venir.

— Qu'est-ce que vous voulez que je fasse d'autre ?

— Vous considérez que vous avez terminé votre boulot juste parce que vous avez retrouvé les tableaux ?

— Oui.

— Et la suite de l'enquête ?

— Quelle enquête ?

— L'enquête sur la mort de Julian.

Elle secoua la tête.

— On n'est pas flics, Coutances, ni vous ni moi. Et l'enquête est bouclée depuis longtemps.

Elle essaya de rejoindre la zone d'embarquement, mais il s'interposa.

— Ne me parlez pas comme si j'étais débile.

— Oh ça va !

— Toutes les zones d'ombre sont loin d'être levées.

— Vous pensez à quoi ?

— Juste un détail, ironisa-t-il. On n'a jamais retrouvé le corps de l'enfant.

— C'est normal, il a coulé dans l'East River. Honnêtement, est-ce que vous avez le moindre doute sur sa mort ?

Comme il ne répondait pas, elle insista :

— Est-ce que vous croyez que Pénélope Lorenz vous a menti ?

— Non, reconnut-il.

— Dans ce cas, arrêtez de vous triturer le cerveau. Ce gamin est mort il y a deux ans. C'est un drame, mais il ne nous concerne pas. Retournez à vos pièces de théâtre, c'est ce que vous avez de mieux à faire.

Sans lui répondre, il l'accompagna jusqu'au contrôle de sécurité. Madeline retira sa ceinture qu'elle déposa dans un bac, y ajouta son blouson et son téléphone.

— Allez, au revoir, Gaspard. Vous avez la maison pour vous tout seul. Je ne suis plus là pour vous embêter. Vous allez pouvoir écrire tranquillement !

Il pensa à ce concept grec, le *kairos* : l'instant crucial. Et à l'art de savoir saisir ce moment. La capacité à ne pas laisser passer sa chance lorsqu'elle se présente, et qu'elle peut faire basculer la vie dans un sens ou dans l'autre. Le type de virage qu'il n'avait jamais su bien négocier dans sa vie. Et, là encore, Gaspard chercha quelque chose à dire pour dissuader Madeline de partir, puis il renonça. De quel droit ? Pour quoi faire ? Elle avait sa vie, un projet qui lui tenait à cœur pour lequel elle s'était battue. Il s'en voulut même d'avoir eu cette idée et lui souhaita bonne chance.

— Bon courage, Madeline. Vous me donnerez des nouvelles ?

— Comment le pourrais-je, Gaspard ? Vous n'avez pas le téléphone.

Il pensa que, pendant des siècles, les gens avaient correspondu sans avoir de téléphone, mais il se retint d'en faire la remarque.

— Laissez-moi votre numéro, c'est moi qui vous appellerai.

À sa tête, il comprit qu'elle n'y tenait pas particulièrement, mais elle finit par céder et il lui tendit le poignet de sa main bandée pour qu'elle y note son numéro, à l'arrache, comme s'il avait quatorze ans.

Puis elle passa le portique de sécurité, lui adressa un dernier salut de la main et s'en alla sans se retourner. Il la suivit tant qu'il put du regard. C'était étrange de la quitter comme ça. Étrange de se dire que tout était fini et qu'il ne la reverrait plus. Ils n'avaient passé que deux jours ensemble, mais il avait l'impression de la connaître depuis beaucoup plus longtemps.

Lorsqu'elle eut disparu, il resta plusieurs minutes, immobile, comme sonné. Qu'allait-il faire à présent ? Il était tentant de profiter de sa présence à l'aéroport pour aller dans un comptoir Air France et acheter un billet pour Athènes. Pendant quelques secondes, il joua avec l'idée de se tirer de l'enfer parisien, de cette civilisation qu'il abhorrait et qui ne voulait pas de lui. S'il prenait un avion aujourd'hui, il retrouverait dès ce soir son île grecque. Une vie solitaire à l'écart de tout ce qui blessait : les femmes, les hommes, la technologie, la pollution, les sentiments, l'espérance. Il hésita longuement, mais finit par renoncer à ce projet. Il ne savait pas quoi précisément, mais quelque chose le retenait à Paris.

Il sortit du terminal, puis prit sa place dans la file des taxis. L'attente fut moins longue qu'il ne l'avait craint. Il demanda au chauffeur de le ramener dans le 6ᵉ arrondissement. Puis il s'entendit formuler une phrase qu'il n'aurait jamais pensé prononcer :

— Vous pourrez me laisser devant une boutique Orange ? J'ai besoin d'acheter un téléphone portable.

Pendant tout le trajet, il se mura dans ses pensées et, le cœur lourd, fit défiler dans son esprit l'histoire terrible que lui avait racontée Pénélope Lorenz.

Un récit jonché de cadavres, de larmes et de sang.

# Pénélope

**1.**

— Julian ! Dépêche-toi, s'il te plaît !

Manhattan. Upper West Side. 12 décembre 2014. Dix heures du matin.

Je m'appelle Pénélope Kurkowski, épouse Lorenz. Si vous êtes une femme, vous m'avez sans doute déjà aperçue, il y a quelques années, sur la couverture de *Vogue*, de *Elle* ou de *Harper's Bazaar*. Et vous m'avez détestée. Parce que j'étais plus grande, plus mince, plus jeune que vous. Parce que j'avais plus de classe, plus d'argent, plus d'allure. Si vous êtes un homme, vous m'avez peut-être croisée dans la rue et vous vous êtes retourné sur mon passage. Et, quels que soient votre éducation ou le respect qu'en théorie vous affirmez porter aux femmes, dans le secret de votre cerveau de sale type, vous avez pensé

quelque chose allant de « *Elle est trop bonne* »
à « *Putain, je me la taperais bien celle-là* ».

— Julian, allez !

Le taxi nous a laissés à l'angle de Central Park
West et de la 71e. Il n'y a même pas deux cents
mètres à faire pour rejoindre l'hôtel où m'attend
Philippe, mais mon boulet de fils fait du surplace.

Je me retourne. Emmitouflé dans son caban,
Julian s'est assis sur les marches en pierre d'une
des belles *brownstones* en grès rouge qui bordent
la rue. Avec son air lunaire, il s'émerveille de la
buée qui, dès qu'il ouvre la bouche, se condense
dans l'air glacial. Il a son sourire béat qui laisse
voir ses dents de la chance et porte comme
toujours son vieux chien en peluche qui pue et
menace de tomber en lambeaux.

— Ça suffit, maintenant !

Je reviens sur mes pas et le tire par la main
pour le forcer à se lever. Il fond en larmes dès
que je le touche. Toujours le même cinéma, les
mêmes jérémiades.

— Tu arrêtes !

Ce gosse m'exaspère ! Tout le monde s'extasie
devant lui et personne ne semble s'apercevoir de
ce qu'est mon quotidien avec lui. Tantôt lent et
rêveur, tantôt agressif et pleurnichard. Égoïste

comme ce n'est pas permis. Jamais reconnaissant de ce qu'on fait pour lui.

Alors que je suis à deux doigts de menacer de m'en prendre à son chien, une camionnette blanche mord le trottoir et s'arrête juste derrière nous. Son conducteur jaillit du véhicule et tout s'enchaîne à une telle vitesse que je n'ai ni le temps ni la présence d'esprit d'opposer la moindre résistance. Une ombre fond sur moi, m'assène un coup de poing au visage, un autre dans l'abdomen, un troisième dans les côtes avant de me précipiter à l'arrière du fourgon. J'ai le souffle coupé. Pliée en deux, je souffre tellement que je ne peux même pas crier. Lorsque je relève la tête, je reçois en plein visage tout le poids du corps de mon fils que l'on vient de jeter dans le fourgon. L'arrière de son crâne fait exploser l'arête de mon nez. Une fontaine de sang jaillit sur ma figure. Mes yeux me brûlent et mes paupières se ferment.

## 2.

Lorsque je reprends connaissance, je suis dans une semi-obscurité, enfermée dans une prison aux barreaux rouillés. Une véritable cage pour animaux, exiguë, sale, immonde. Julian est à demi couché sur moi. En pleurs et en sang. Je le serre dans mes bras et comprends que le sang sur son visage est le mien. Je le réchauffe, lui assure que tout ira bien, que papa va venir nous délivrer. Je l'embrasse, je l'embrasse, je l'embrasse. En une seconde, je regrette tout le fiel que j'ai souvent déversé sur lui. Et je pressens que ce qui nous arrive est peut-être la conséquence de mes égarements.

Je plisse les yeux et scrute les ténèbres qui nous entourent. Deux lampes de chantier accrochées à des poutrelles métalliques répandant un éclairage faiblard laissent deviner que nous sommes dans une sorte de hangar où est entreposé du matériel relatif à un zoo, un cirque ou une ménagerie. J'aperçois d'autres cages, des rouleaux de toile grillagée, un empilement de chaises en ferraille, de faux rochers, des palettes en bois putréfiées, des arbustes en plastique.

— J'ai fait pipi, maman, pleure Julian.

— C'est pas grave, mon cœur.

Je m'agenouille à côté de lui, sur le sol en béton, dur et glacé. L'air empeste le moisi, l'odeur âcre et rance de la peur. Je ramasse le chien en peluche qui traîne par terre et l'utilise comme une marionnette.

— Regarde doudou, il veut des bisous !

Pendant quelques minutes, je m'efforce de jouer avec lui en essayant de créer une bulle de tendresse qui le protégerait de cette folie. Un coup d'œil à ma montre. Il n'est même pas 11 h 30. Nous n'avons pas roulé longtemps, donc nous ne sommes pas très loin de Manhattan. Peut-être dans le New Jersey, le Bronx, le Queens... Je suis persuadée que la personne qui nous a enlevés n'a pas frappé au hasard. Elle a pris des risques énormes en nous agressant en plein cœur de la ville. Donc, c'est *nous* qu'elle cherchait. Nous qu'elle voulait atteindre : les Lorenz. Mais pour quelle raison ? Une rançon ?

Je m'accroche à cette idée parce qu'elle me rassure. Sean donnera n'importe quoi pour nous sortir de là. Enfin, moi peut-être pas, mais son fils, c'est certain. Qu'importe la somme demandée, il se la procurera. Sean a sa propre planche à billets : trois coups de pinceau sur une toile et il trouvera un troupeau de moutons prêts à sortir leurs millions. Spéculateurs, traders, multimillionnaires, *hedge funders*, oligarques russes, nouveaux riches chinois : ils veulent tous avoir un Lorenz dans leur collection. Un Lorenz ! Un Lorenz ! Un Lorenz, c'est mieux que de l'or. Mieux que mille lignes de coke. Mieux qu'un jet privé ou une villa aux Bahamas.

— Petite pute.

Surprise, je pousse un cri qui fait pleurer Julian.

Une femme s'est approchée de la cage sans que je m'en rende compte.

Obèse, bossue, boitillante. Je la devine prématurément vieillie : de longs cheveux, raides et grisâtres, un nez exagérément busqué, des yeux injectés de fureur. Fourmillant de rides, son visage effrayant est couvert de tatouages : des chevrons, des croix, des triangles, des cercles, des éclairs, comme les peintures faciales des Amérindiens.

— Qui… êtes-vous ?

— Ta gueule, petite pute ! T'as pas droit à la parole !

— Pourquoi faites-vous ça ?

— TA GUEULE ! hurle-t-elle en m'attrapant à la gorge.

Avec une force de taureau, elle me tire en avant et me fracasse la tête plusieurs fois contre les barreaux en ferraille. Mon fils hurle. Mon nez recommence à saigner. J'encaisse les coups sans broncher, mais je comprends qu'elle ne mesure pas sa puissance physique.

Enfin elle me relâche. Le visage ensanglanté, je m'écroule sur le sol. Alors que Julian vient se jeter à mon cou, je m'aperçois que l'Indienne est en train de fouiller dans une vieille boîte à outils à moitié rouillée.

— Viens ici ! hurle-t-elle.

J'essuie le sang qui dégouline dans mes yeux et je fais signe à Julian de s'éloigner dans le fond de la cage.

*Ne pas la contrarier.*

Elle continue son inventaire, sortant tour à tour un coupe-boulon, un rabot, un serre-joint, une pince coupante.

— Prends ça, crie-t-elle en me tendant une tenaille russe.

Comme je reste sans bouger, elle s'exaspère et tire du fourreau qu'elle porte à sa ceinture un couteau de chasse cranté de trente centimètres.

Elle m'agrippe le bras et, d'un coup sec, tranche le bracelet de ma montre. Puis elle agite le cadran sous mon nez et désigne l'aiguille des secondes.

— Écoute-moi bien, petite pute. Tu as exactement *une minute* pour me rapporter l'un des doigts de ton fils. Si tu refuses, j'entre dans la cage, je l'égorge et ensuite c'est toi que je tue.

Je suis terrorisée. Mon cerveau s'interdit même de conceptualiser ce qu'elle me demande.

— Enfin, vous ne…

— Fais-le ! hurle-t-elle en me jetant la tenaille au visage.

Je vais perdre connaissance.

— IL TE RESTE QUARANTE SECONDES ! TU ME CROIS PAS ? REGARDE BIEN !

Elle entre dans la cage et attrape Julian qui hoquette de terreur. Elle le ramène à l'avant, son couteau cranté plaqué sur la gorge de mon fils.

— VINGT SECONDES.

Mon ventre se tord. Je gémis :

— Je ne pourrai jamais faire ça.

— DÉMERDE-TOI !

Je comprends qu'elle va mettre ses menaces à exécution et que je n'ai pas le choix.

Je ramasse la tenaille et j'avance vers elle et vers Julian qui se met à hurler.

— Non, maman ! Non, maman ! Pas ça ! PAS ÇA !

En marchant vers mon fils, une arme à la main, je comprends deux choses.

L'enfer, c'est ici.

L'enfer dure longtemps.


**3.**

Et l'enfer est pire que votre pire cauchemar.

Après m'avoir fait commettre l'innommable, le monstre a emporté mon fils. Pour contrer ma rage folle, l'Indienne m'a donné des coups jusqu'à me terrasser. Dans le ventre, la gorge, la poitrine. Lorsque j'ai repris connaissance, elle m'avait installée sur une chaise métallique et était en train de m'entourer le buste avec du fil de fer barbelé, me ligotant très serré.

Des heures ont passé, sans que je sache dire combien. Je tends l'oreille, mais je n'entends plus Julian. La moindre respiration me fait souffrir.

Les pointes acérées du barbelé déchirent ma peau.

Je m'évanouis, je me réveille, j'ai perdu la notion du temps. Je ruisselle de sang. Je macère dans ma merde, ma pisse, mes larmes, ma peur.

— Regarde, petite pute !

Je sors de ma léthargie en sursautant.

L'Indienne apparaît dans la lumière. Elle porte Julian d'un seul bras. Dans son autre main, elle tient son couteau de chasse. Je n'ai même pas le temps de crier. La lame se lève, brille d'un éclat fiévreux avant de s'abattre sur mon fils. Une fois, deux fois, dix fois. Le sang gicle. Je hoquette. Je hurle. Les dents de fer me perforent les chairs, tout le corps. Je suffoque. Je m'étouffe. Je veux mourir.

— PETITE PUTE !

# 11

## Cursum Perficio

*Le moi n'est pas maître dans sa propre maison.*

Sigmund FREUD

**1.**

De retour rue du Cherche-Midi, Gaspard tomba nez à nez avec Sean Lorenz.

Le grand portrait du peintre – le cliché en noir et blanc pris par la photographe anglaise Jane Bown – imposait sa présence sévère, figeait le salon dans un silence minéral et donnait l'impression de ne pas vous lâcher des yeux.

Gaspard choisit d'abord de l'ignorer et fila dans la cuisine brancher la cafetière qu'il avait achetée en sortant de la boutique de téléphonie. Pour se donner un coup de fouet, il se prépara un *ristretto* à l'italienne qu'il avala d'un trait, puis un *lungo* qui prolongerait le plaisir.

Sa tasse à la main, il revint dans le salon et se heurta de nouveau au regard du peintre. La première fois qu'il avait vu ce tirage, il avait eu l'impression que le visage de Sean lui disait *Va te faire foutre*. À présent, il avait davantage le sentiment que ses yeux, brillants et pénétrants, tenaient un autre langage et lui demandaient : *Aide-moi*.

Il résista quelques instants à l'appel avant de craquer :

— Comment veux-tu que je t'aide ? Ton fils est mort, tu le sais bien.

Il avait conscience qu'il était stupide de parler à une photo, mais le besoin de se justifier le taraudait. Le besoin aussi de rassembler ses idées et de faire le point.

— OK : on n'a pas retrouvé son corps, reprit-il, mais ça ne veut pas dire qu'il soit vivant. Ton histoire d'EMI, ça ne tient pas la route, reconnais-le.

Le visage sévère continuait à le fixer en silence. De nouveau, Gaspard lui inventa une réponse : *Si c'était ton fils qui était mort, tu crois que...*

— Je n'ai pas de fils, objecta-t-il.

*Aide-moi.*

— Tu m'emmerdes.

En écho, une phrase des entretiens de Lorenz avec Jacques Chancel lui revint en mémoire. À la fin de la conférence, le journaliste avait interrogé le peintre sur le but ultime de tout artiste. *Devenir immortel*, avait répondu Sean sans hésiter. Ce qui pouvait passer pour une saillie de mégalomane avait pris un tout autre sens lorsque Lorenz avait explicité son propos : « Être immortel vous donne l'opportunité de veiller le plus longtemps possible sur les êtres qui vous sont chers. »

À force de défier le portrait, Gaspard fut pris d'une sorte de vertige et eut une hallucination : le visage du peintre se superposa brièvement aux traits de son propre père et réitéra sa requête : *Aide-moi*. Le dramaturge cligna des yeux pour dissiper son malaise. Son trouble de la vision s'estompa puis disparut.

Libéré de l'emprise des deux hommes, il regagna sa tanière du rez-de-chaussée, se déshabilla, défit ses pansements et passa sous la douche. Il faisait rarement ses ablutions en plein milieu de l'après-midi, mais l'effervescence et l'agitation liées aux événements de la nuit précédente l'avaient privé de sommeil. Si un pic de fatigue l'avait surpris dès son retour à la maison, l'eau froide dissipa un peu son sentiment d'épuisement. Tandis qu'il séchait avec soin son attelle, l'image que lui renvoya la glace piquetée de taches noires l'indisposa : trop de barbe, trop de cheveux, trop de poils, trop de gras.

Dans les tiroirs de la salle de bains, Gaspard trouva un blaireau, un rasoir de barbier et de la mousse à l'ancienne. Malgré ses mains bandées, il commença par éliminer aux ciseaux le gros de sa barbe fournie, se rasa de près et coupa ses mèches de cheveux. Cette toilette lui donna l'impression de mieux respirer. Elle lui ôta aussi toute envie de renfiler sa chemise de bûcheron et son pantalon en velours de garde forestier.

Vêtu d'un caleçon et d'un maillot de corps, il pénétra dans le dressing attenant à la plus grande chambre de la maison. Comme Steve Jobs ou Mark Zuckerberg, Sean Lorenz était un adepte de la *capsule wardrobe* – la garde-robe invariable. En l'occurrence, une douzaine de vestes Smalto allant du noir au gris clair et des chemises blanches en popeline de coton à col anglais et boutons nacrés. Malgré son embonpoint, la morphologie de Gaspard n'était pas très éloignée de celle du peintre. Il enfila une chemise et un costume, s'y sentit tout de suite étonnamment à l'aise, comme s'il venait de se délester de plusieurs kilos.

Dans l'un des tiroirs, à côté des ceintures en cuir enroulées sur elles-mêmes, il repéra plusieurs flacons d'eau de toilette. Cinq emballages en carton un peu jauni de *Pour un Homme* de Caron dont certains étaient encore sous cellophane. Il se rappela une anecdote que lui avait racontée Pauline pour illustrer le caractère obsessionnel de Lorenz. Ce parfum était le premier cadeau que Pénélope avait offert à son futur mari au début de leur relation. Sean n'avait jamais cessé de le porter, mais, persuadé que l'eau de toilette avait entre-temps changé de formule, il traquait sur eBay le millésime 1992 et rachetait systématiquement tous les flacons qu'il voyait passer.

Gaspard ouvrit l'une des boîtes et s'aspergea de parfum. La fragrance aux effluves de lavande et de vanille avait un côté franc et intemporel qui ne lui déplut pas. Au moment de quitter le dressing, il aperçut son reflet dans le miroir en pied et eut l'impression de contempler un autre homme. Une version de Lorenz plus ronde et moins fiévreuse. Pour parfaire cet effet, il rangea ses lunettes dans le tiroir aux parfums. Tout naturellement, il ne put s'empêcher de penser à l'un de ses films préférés – *Vertigo* – et à la quête folle du personnage de Scottie, interprété par

James Stewart. Un homme qui tente de transformer sa nouvelle fiancée pour la faire ressembler à son grand amour perdu. Chercher à prendre la place des morts peut se révéler très dangereux, nous mettait en garde Hitchcock à travers le dénouement. Mais à cet instant-là, Gaspard n'en avait cure. Il lissa les plis de sa veste et sortit de la pièce en haussant les épaules.

### 2.

Dès le premier jour, quelque chose avait surpris Gaspard : pourquoi Bernard Benedick, héritier et exécuteur testamentaire de Sean, avait-il choisi de louer la maison en y laissant autant d'effets personnels du peintre ? La question refaisait surface aujourd'hui alors qu'il déambulait dans l'ancienne chambre de Lorenz et de Pénélope. Cela donnait une impression ambivalente. Celle agréable d'être dans un lieu familier ; celle plus perturbante de se retrouver malgré soi dans la peau d'un voyeur. Gaspard choisit de ne pas s'encombrer de scrupules et assuma – pour la bonne cause, se justifia-t-il – son statut de profanateur d'intimité. Il effectua une fouille exhaustive de la pièce, ouvrant tous les placards, les tiroirs, sondant les murs, vérifiant même les lattes du parquet malgré une certaine maladresse due à ses blessures aux mains. Sa moisson fut maigre. Sous le bureau en bois de palissandre, il trouva tout de même un caisson de rangement monté sur roulettes qui débordait de papiers et d'enveloppes.

Il en examina attentivement le contenu, découvrant des articles tirés des sites Web d'informations de journaux *mainstream* qui, de près ou de loin, se rapportaient à la mort de Julian. Les mêmes papiers du *New York Times*, du *Daily News*, du *Post* ou du *Village Voice* que Gaspard avait déjà lus la veille sur l'ordinateur de Madeline. Rien de très neuf en soi, sauf la confirmation qu'avant de mourir Lorenz s'était bien replongé dans l'enquête sur la mort de son fils. Plus surprenant, le meuble contenait aussi du courrier que le peintre avait continué à recevoir après sa mort. Les traditionnelles factures EDF et Orange, les montagnes de pubs, les courriers du Trésor public qui vous poursuivaient *ad vitam aeternam*...

La porte adjacente à la suite parentale était celle de la chambre de Julian. Sur le seuil, Gaspard hésita un moment avant de s'infliger cette épreuve.

*Aide-moi.*

Il essaya de mettre ses émotions entre parenthèses et s'avança dans la pièce. Installée en rez-de-jardin, c'était une jolie chambre carrée et claire, au parquet poncé et aux meubles peints dans des couleurs pastel. Dans un calme de cathédrale, les rayons du soleil se déversaient à travers les fenêtres, enluminant un lit d'enfant recouvert d'une couverture beige, poudroyant la surface cirée d'une bibliothèque qui servait d'écrin à des livres illustrés et des petites voitures de collection. Un vrai tableau de Norman Rockwell.

Sans rien espérer trouver dans cette pièce, Gaspard demeura debout un long moment, immobile, comme sur les lieux d'un pèlerinage secret. L'endroit n'avait rien de morbide. Au contraire, la chambre semblait attendre le retour du gamin. Bientôt, le bambin rentrerait de l'école, ouvrirait les placards pour sortir ses Lego, son ardoise magique, ses figurines de dinosaures... Cette impression perdura dans son esprit jusqu'à ce qu'il aperçoive, posé sur l'oreiller, un chien en peluche éclaboussé de sang.

Gaspard se figea. Était-ce le jouet que trimballait Julian lorsqu'on l'avait enlevé ? Si c'était le cas, comment la peluche – une pièce à conviction – s'était-elle retrouvée ici ?

Il prit l'animal entre ses mains douloureuses. Le chien avait une bouille à la fois rigolote et débonnaire qui cadrait mal avec la traînée d'hémoglobine séchée qui lacérait son museau. Gaspard approcha le doudou de son visage et se rendit soudain compte qu'il ne s'agissait pas de sang, mais sans doute de chocolat. Il comprit alors sa méprise : la ruse classique des parents qui se débrouillaient pour avoir un doudou de rechange. Sur le museau du chien, aucune trace de l'odeur âcre de la peur. Ne s'y trouvait que celle, douce et chaude, de l'enfance, et c'était sans doute pourquoi Lorenz l'avait gardé comme une relique : des effluves de biscuits sortant du four qui évoquaient des images tranquilles de livre de lecture, un épi de blé mûr, la bogue brune et épineuse des châtaignes, des feuilles de platane voletant dans un vent chaud. Des instantanés qui apportèrent à Gaspard une certitude absolue : un chemin s'ouvrait devant lui et il irait jusqu'au bout de ce parcours, quelles qu'en puissent être les conséquences.

**3.**

« Neuf mois d'hiver, trois mois d'enfer. » Le vieux dicton castillan était le plus souvent injuste : il ne devait *réellement* pleuvoir que dix jours dans l'année à Madrid. Manque de chance, ce 22 décembre 2016 était l'un d'entre eux et, en débarquant dans la capitale espagnole, Madeline avait trouvé une météo encore moins clémente qu'à Paris.

Après un vol pénible – à Charles-de-Gaulle, alors que son avion était sur le point de décoller, il avait perdu son créneau à cause d'un passager souffrant qu'il avait fallu débarquer –, Madeline avait atterri à Madrid-Barajas avec près de deux heures de retard pour enchaîner sur les réjouissances inhérentes à ce type de voyage. Le genre de complications qui mettaient Gaspard hors de lui : aéroport bondé, vacanciers excédés, attente interminable, impression avilissante d'être réduit à l'état de bétail humain. Après avoir enduré le bus exigu à la descente d'avion, elle avait embrayé avec le taxi déglingué qui puait la clope et la sueur. Une guimbarde aux vitres embuées par l'air vicié dans laquelle elle avait subi pendant près d'une heure à la fois les embouteillages de la dernière semaine de shopping avant Noël et la litanie sans fin des tubes de variété ibérique que crachait le poste de radio branché sur le Chérie FM local. Le Top 50 version Movida : *Mecano, Los Elegantes, Alaska y Dinarama...*

*Coutances m'a contaminée !* se désola-t-elle en arrivant Calle Fuencarral, dans l'épicentre de Chueca, le bastion de la communauté gay madrilène. Elle sentit le danger. Surtout, ne pas céder à cette vision du monde pessimiste. Si elle commençait à appréhender la vie à travers le prisme noir de Gaspard Coutances, elle n'avait plus qu'à se flinguer.

Elle se força donc à adopter une attitude positive. Le chauffeur de taxi était exécrable, mais elle lui laissa tout de même un pourboire. À l'hôtel, personne ne l'aida à porter son bagage, mais elle se dit qu'elle n'en avait pas besoin. Sa chambre, réservée dans l'urgence, était oppressante, avec vue sur un chantier et une grue qui rouillait sur place, mais elle lui trouva néanmoins un certain charme. En outre, après l'intervention elle serait au repos et aurait tout le temps de chercher une location plus pittoresque.

Faire face. Ne pas faillir. Oublier le chaos qu'avait été sa vie jusqu'à présent, oublier la folie de Sean Lorenz, le drame de son fils, la fuite en avant de Coutances. Se concentrer sur l'édification de l'avenir qu'elle s'était choisi.

**4.**

À 16 heures, Gaspard déjeuna debout dans la cuisine d'une boîte de sardines et de tranches de pain de mie. Un goûter sur le pouce arrosé au Perrier citron.

Plus tard, comme il en avait pris maintenant l'habitude, il posa sur la platine l'un des vieux vinyles de jazz de la collection de Sean Lorenz. Puis il transféra dans le salon le caisson de rangement contenant le courrier du peintre et entreprit de décortiquer ces drôles d'archives.

Assis en tailleur sur le parquet, il travaillait déjà depuis une bonne heure lorsqu'il trouva un numéro encore sous blister de la revue *Art in America*. Gaspard déchira le plastique. La publication datait de janvier 2015. Comme en témoignait la carte de visite agrafée sur la couverture, c'était le directeur de la rédaction lui-même qui l'avait envoyée à Sean avec un petit mot de remerciements et de condoléances.

À l'intérieur, une dizaine de pages sur la soirée d'inauguration de l'exposition *Sean Lorenz. A life in painting*, qui s'était tenue au MoMA, le 3 décembre 2014, quelques jours avant l'enlèvement de Julian. En feuilletant le magazine, Gaspard comprit que cette soirée était davantage un événement mondain qu'une célébration de l'art. Sponsorisée par une marque de luxe, la petite sauterie avait drainé une foule d'invités prestigieux. Sur les photos de la revue, Gaspard reconnut Michael Bloomberg, l'ancien maire de la ville, ainsi qu'Andrew Cuomo, le gouverneur de New York. Sur d'autres clichés, on apercevait les marchands d'art Charles Saatchi et Larry Gagosian. En tenue très décolletée, Pénélope Lorenz, encore à l'acmé de sa beauté, était en grande discussion avec Sarah Jessica Parker et Julian Schnabel. Les légendes des clichés mentionnaient également une ribambelle de mannequins et de jeunes *socialites* dont Gaspard n'avait jamais entendu parler.

Sur les photos, Sean Lorenz donnait l'impression d'être absent et vaguement mal à l'aise. Gaspard le devinait gêné par la vanité et le faste de la soirée. L'ascétisme et la pureté de ses dernières peintures étaient à l'opposé de ce genre de réception où l'on ne venait que pour être vu. Son visage était figé par un masque d'angoisse, comme s'il avait conscience que le firmament de sa carrière était aussi forcément l'antichambre de sa chute. Comme s'il distinguait déjà, derrière le Capitole, l'ombre de la roche Tarpéienne.

Comme si la mort de Julian était déjà inscrite dans la douce décadence de cette soirée-là.

Pour être tout à fait honnête, Sean avait tout de même le sourire sur une photo. Un cliché avec un flic portant la tenue réglementaire du NYPD : uniforme bleu foncé et casquette à huit pointes. Un encadré précisait que l'officier, un certain Adriano Sotomayor, était un ami d'enfance de Sean Lorenz et que les deux hommes ne s'étaient plus vus depuis vingt-deux ans. En regardant attentivement le cliché, Gaspard reconnut le Latino un peu fiérot qui roulait des mécaniques sur les photos de jeunesse qu'il avait aperçues dans la monographie. Il se leva pour vérifier l'information dans le livre-somme rangé dans la bibliothèque. Il n'y avait aucun doute possible : Sotomayor était bien le troisième membre des *Artificiers*. Celui qui signait ses tags du pseudonyme *NightShift*. Avec les années, son visage s'était épaissi, l'arrogance d'antan avait laissé la place à plus de bonhomie, mais les traits avaient gardé un côté « taillés au couteau » qui le faisait ressembler à l'acteur Benicio del Toro.

Gaspard enregistra l'information dans un coin de sa tête et referma le magazine. Lorsqu'il se leva pour se préparer un nouveau café, le besoin d'alcool qui l'avait épargné depuis plus de vingt-quatre heures l'empoigna de manière fulgurante. D'expérience, il savait qu'il devait agir avec célérité s'il voulait avoir une chance d'endiguer ses démons. C'est ce qu'il s'employa à faire en vidant dans l'évier les trois bouteilles de grand cru et le fond de whisky qui restaient dans la maison. Pendant un moment de flottement, il endura plusieurs spasmes brefs. Une suée trempa son front puis il sentit que la vague d'angoisse refluait et qu'il avait réussi à éteindre l'incendie avant qu'il ne se propage. En guise de récompense, il piqua une cigarette déjà roulée dans le paquet de tabac blond que Madeline avait oublié sur le comptoir de la cuisine. Un poison contre un autre, le fameux « coefficient d'adversité des choses » de Sartre, si prégnant qu'il faut à l'homme « des années de patience pour obtenir le plus infime résultat ». On a les victoires qu'on peut.

Cigarette au bec, Gaspard mit la face B du 33 tours sur la platine – un vieux Joe Mooney de derrière les fagots –, puis se replongea dans le travail, relisant certains articles sur son nouveau smartphone avant de s'attaquer au reste du courrier non ouvert.

Parmi les factures, il s'attarda sur les relevés détaillés de la ligne téléphonique. Lorenz téléphonait peu, mais ces documents faisaient office de véritables fadettes qui permettaient de préciser les contours de l'emploi du temps du peintre dans les jours qui avaient précédé sa mort. Certains numéros étaient français, d'autres américains. Gaspard procéda de façon basique, appelant tous les correspondants dans l'ordre chronologique. Il tomba successivement sur le secrétariat de cardiologie de l'hôpital Bichat, sur le cabinet du docteur Fitoussi, un cardiologue du 7ᵉ arrondissement, puis sur une pharmacie du boulevard Raspail. Parmi les numéros d'outre-Atlantique, l'un retint particulièrement son attention, car Lorenz avait cherché à le joindre deux fois sans succès. Il avait insisté le jour suivant et, cette fois, il avait réussi à établir une communication. Gaspard tomba sur le répondeur d'un certain Cliff Eastman, dont le message impersonnel était délivré par la voix rauque mais enjouée d'un gros fumeur ou d'un gros buveur de whisky (ou plus vraisemblablement d'un mélange des deux, les vices aimant bien voyager par paires).

À tout hasard, il laissa un message en demandant qu'on le rappelle, puis il continua à décortiquer les archives de Sean, auscultant la bibliothèque, ouvrant tous les ouvrages, découpant certains articles ou certaines photos de la monographie pour les coller sur le grand cahier à spirale sur lequel il avait prévu d'écrire sa pièce de théâtre. Entre un beau livre de Salgado et le *Maus* de Spiegelman, il trouva un vieux plan de New York et s'en servit pour mieux appréhender les distances et les déplacements, plaçant des croix de couleurs différentes pour matérialiser les lieux en lien avec l'enquête : l'endroit où Julian avait été enlevé, celui où il avait été séquestré avec sa mère, le pont depuis lequel Beatriz Muñoz l'avait prétendument balancé dans le fleuve, la station de métro où elle s'était suicidée...

Emporté par son élan, Gaspard ne vit pas le temps passer. Lorsqu'il releva la tête, la nuit était tombée. Joe Mooney avait depuis longtemps cessé de chanter. Il regarda sa montre et se souvint qu'il avait un rendez-vous.

## 12

## Black hole

*On n'est libre qu'en étant seul.*

Arthur SCHOPENHAUER

**1.**

L'agence de Karen Lieberman avait ses bureaux rue de la Coutellerie, dans le 1$^{er}$ arrondissement, pas très loin de l'Hôtel de Ville et du Centre Pompidou.

Gaspard n'était venu ici qu'une seule fois, douze ans plus tôt, lors des débuts de sa collaboration avec Karen. Le reste du temps, c'était son agent elle-même qui se déplaçait. Et Gaspard regrettait de ne pas en avoir exigé autant cette fois-ci : le trajet depuis la rue du Cherche-Midi l'avait replongé dans l'ambiance agressive et sinistre de ce Paris grisâtre. Il avait les nerfs à vif, l'impression d'être en terrain hostile, et la sensation de manque n'arrangeait rien.

L'endroit était tel qu'il s'en souvenait : un porche un peu décrépit – recouvert d'une multitude de plaques de professions libérales – qui permettait d'accéder à une courette sans caractère où s'élevait un deuxième immeuble, bien moins cossu que celui qui donnait sur la rue. De la taille d'un cercueil, l'ascenseur était d'une lenteur affligeante. Surtout, il donnait l'impression de pouvoir rendre l'âme à tout moment. Après une hésitation, Gaspard décida de monter les six étages à pied.

Il arriva hors d'haleine devant l'entrée, sonna et attendit qu'on débloque la porte avant de pénétrer dans des bureaux mansardés. Il constata avec satisfaction que l'entrée – où avaient été disposées quelques chaises pour servir de salle d'attente – était vide. Comme Karen avait sous contrat une vingtaine d'écrivains, de dramaturges et de scénaristes, Gaspard avait redouté d'y croiser un de ses pseudo-collègues et de devoir se fendre de cinq minutes de bavardage et de civilités. « La solitude a deux avantages : d'abord d'être avec soi-même, ensuite de n'être pas avec les autres. » Schopenhauer avait dit un jour un truc dans le genre, pensa-t-il en s'avançant vers le bureau de l'assistant de Karen.

C'était un jeune type qui croyait avoir un style – barbe de hipster, tatouages faussement rebelles, coupe de cheveux *undercut*, bottes Chukka et chemise en denim cintrée – alors qu'il n'était que le clone de tous ses potes qui avaient cherché à recréer Williamsburg et Kreuzberg près du canal Saint-Martin. Circonstance aggravante, le type dévisagea Gaspard avant de lui demander son nom d'un air méfiant. Un comble alors qu'il assurait à lui tout seul les trois quarts du chiffre d'affaires de l'agence !

— C'est moi qui paie ton salaire, toquard ! s'énerva-t-il en se dirigeant d'autorité vers la porte du bureau de Karen sous le regard médusé de l'assistant.

— Gaspard ? l'accueillit son agent.

Alertée par les éclats de voix, elle avait contourné son bureau pour venir à sa rencontre. Corps de liane, cheveux blonds et courts, Karen Lieberman frisait les quarante-cinq printemps, mais s'habillait de la même manière depuis Janson-de-Sailly : jean 501, chemisier blanc, pull col en V et mocassins couleur saint-émilion. C'était l'agent de Gaspard, mais aussi son avocate, sa comptable, son assistante, son attachée de presse, sa conseillère fiscale et son agent immobilier. En échange de 20 % de ses revenus, Karen était son interface avec l'extérieur. Le bouclier qui lui permettait de vivre à sa guise et de dire merde à tout le monde. Ce qu'il ne se privait pas de faire.

— Comment va le plus sauvage de mes auteurs ?

Il l'arrêta sèchement :

— Je ne suis pas *ton* auteur. C'est toi qui es mon employée, ce n'est pas tout à fait la même chose.

— Gaspard Coutances dans toute sa splendeur ! rétorqua-t-elle. Goujat, bougon, ombrageux…

Elle l'invita à s'asseoir.

— On n'avait pas rendez-vous au restaurant ?

— Avant, j'ai besoin que tu m'imprimes des documents importants, expliqua-t-il en sortant son smartphone de sa poche. Des articles que j'ai trouvés sur Internet.

— Transfère-les à Florent, il…

— C'est important, je t'ai dit ! Je veux que ce soit *toi* qui le fasses, pas ton gigolo.

— Comme tu voudras. Ah ! j'ai eu Bernard Benedick au téléphone. Il m'a assuré que tout était réglé à propos de la maison. La fille est partie apparemment. Tu vas pouvoir en profiter. Seul.

Il secoua la tête.

— Comme si je n'étais pas au courant ! De toute façon, je ne vais pas y rester.

— Bien sûr, ce serait trop simple, soupira Karen. Je te sers un whisky ?

— Non, merci. J'ai décidé de mettre la pédale douce sur l'alcool.

Elle le regarda avec des yeux ronds.

— Tout va bien, Gaspard ?

Il annonça tout net :

— Je ne vais pas écrire de pièce cette année.

Il put presque voir défiler dans l'esprit de Karen l'avalanche de conséquences qu'aurait sa décision, dénonciation de contrats, désistement de salles, annulation de voyages… Pourtant il fallut moins de deux secondes à son agent pour demander d'une voix neutre :

— Vraiment ? Pourquoi ?

Il haussa les épaules et secoua la tête.

— Une pièce de Coutances de plus ou de moins, je ne pense pas que ça changera beaucoup l'histoire du théâtre…

Comme Karen demeurait silencieuse, il enfonça le clou :

— Soyons honnêtes, j'ai fait le tour de la question. Ces dernières années, je me répète un peu, non ?

Cette fois, elle réagit :

— Sur le thème « le monde est moche, les gens sont cons », peut-être. Mais tu peux essayer d'écrire sur autre chose.

Gaspard grimaça.

— Je ne vois pas très bien sur quoi.

Il se leva pour attraper une cigarette dans le paquet posé sur le bureau et sortit la fumer sur le balcon.

— Tu es amoureux, c'est ça ? s'écria Karen en le rejoignant.

— Non. Qu'est-ce que tu racontes ?

— Je redoutais que ça t'arrive un jour, se lamenta-t-elle.

Il se défendit :

— Parce que je ne veux plus écrire, tu en conclus que je suis amoureux ? C'est tordu comme raisonnement.

— Tu as acheté un téléphone portable. *Toi !* Tu ne bois plus, tu t'es rasé, tu n'as plus tes lunettes, tu portes des costards et tu sens la lavande ! Alors oui, je crois vraiment que tu es amoureux.

L'air absent, Gaspard tira sur sa cigarette. Le bruit de la ville bourdonnait dans la nuit douce et moite. Appuyé contre la rambarde, il fixait la tour Saint-Jacques, solitaire et incomplète, qui brillait à deux pas de la Seine.

— Pourquoi tu m'as laissé dans ce trou ? demanda-t-il soudain.

— Quel trou ?

— Celui dans lequel je végète depuis tant d'années.

À son tour, elle alluma une cigarette.

— Il me semble que c'est toi qui t'y es enfermé tout seul, Gaspard. Tu as même méticuleusement organisé tout le fonctionnement de ta vie pour être certain de ne pas en sortir.

— Je sais bien, mais quand même, on est amis, tu…

— Tu es un dramaturge, Gaspard, tes seuls amis sont les personnages de tes pièces.

Il poursuivit :

— Tu aurais pu essayer, tenter quelque chose…

Elle réfléchit un moment, puis :

— Tu veux la vérité ? Je t'ai laissé dans ce trou parce que c'était l'endroit où tu pouvais écrire tes meilleures pièces. Dans la solitude, dans l'insatisfaction, dans la tristesse.

— Je ne vois pas le rapport.

— Au contraire, tu vois très bien le rapport. Et crois-en mon expérience : le bonheur, c'est agréable à vivre, mais ce n'est pas très bon pour la création. Tu connais des artistes épanouis, toi ?

Maintenant qu'elle était lancée, Karen développait sa pensée avec passion, adossée à l'embrasure de la fenêtre :

— Dès qu'un de mes auteurs me dit qu'il est heureux, je commence à m'inquiéter. Souviens-toi de ce que répétait tout le temps Truffaut :

« L'art est plus important que la vie. » Et ça tombe bien, parce que jusqu'à présent, tu n'aimais pas grand-chose dans la vie, Gaspard. Tu n'aimes pas les gens, tu n'aimes pas l'humanité, tu n'aimes pas les enfants, tu…

Alors qu'il levait la main pour l'interrompre, son téléphone sonna. Il regarda l'écran : un appel en provenance des États-Unis.

— Tu m'excuses ?


**2.**

Madrid. 17 heures et il faisait presque nuit.

Avant de quitter son hôtel, Madeline demanda qu'on lui prête un parapluie, mais n'obtint qu'un refus poli du type de la réception. *Nevermind.* Elle sortit sous la pluie en décidant d'ignorer le mauvais temps comme elle ignorerait toutes les contrariétés. À deux pas, elle trouva une *farmacia* et y présenta son ordonnance : antibiotiques pour se protéger des infections pendant l'opération et nouveau dosage d'hormones pour stimuler la libération d'ovocytes. Un traitement novateur qui permettait de réduire de vingt-quatre heures le délai habituel entre l'injection d'hormones et le prélèvement d'ovocytes. Mauvaise pioche :

elle dut faire trois autres officines pour obtenir ce qu'elle cherchait. À 18 heures, elle essaya de jouer à la touriste et de musarder entre Chueca et Malasana. Théoriquement, c'était un quartier créatif et vivant. À la fin de l'été, Madeline avait pris plaisir à déambuler dans ses rues colorées, ses friperies et ses cafés à l'ambiance festive. Aujourd'hui, c'était une autre histoire. Noyée sous le déluge, Madrid semblait vivre ses dernières heures avant l'apocalypse. Depuis le début de l'après-midi, un attelage infernal de pluie diluvienne et de rafales balayait chaque recoin de la ville, semant le désordre, provoquant des inondations et des embouteillages.

Comme elle avait faim, elle se mit en tête de retourner dans le petit restaurant où elle avait déjeuné lors de son précédent séjour, mais elle n'en retrouva pas le chemin. Le ciel était tellement bas qu'il menaçait de s'écorcher sur les coupoles à tambour qui dominaient la cité royale. Dans la nuit tombante et sous la pluie, les rues et les avenues se ressemblaient toutes, et le plan qu'elle avait pris à la réception de l'hôtel était en train de se décomposer entre ses mains. Calle de Hortaleza, calle de Mejia Lequerica, calle Argensola : les noms et les sonorités se mélangeaient, sa vue se brouillait. Complètement paumée, elle échoua finalement dans un établissement vétuste. Le tartare de daurade qu'elle commanda arriva noyé dans de la mayonnaise et la tarte aux pommes n'était qu'à moitié décongelée.

Précédant un long coup de tonnerre, un éclair puissant stria le ciel d'encre, figeant pendant un bref instant son reflet en négatif sur la vitre fouettée par la pluie. En découvrant son image, Madeline fut prise d'un spleen inattendu. Sa solitude et son désarroi lui apparurent dans toute leur crudité. Elle repensa à Coutances. À son énergie et à son humour, à sa vivacité intellectuelle. Le misanthrope était un drôle de Janus. Un personnage inclassable, attachant, contradictoire. Prisonnier d'un schéma mental, il dégageait, malgré son pessimisme, une force tranquille et rassurante. En ce moment, elle aurait bien eu besoin de son ressort, de sa chaleur et même de sa mauvaise foi. À deux, au moins, ils auraient pu râler ensemble sur leur galère.

Madeline avala ses antibios avec un mauvais déca puis regagna son hôtel. Injection d'hormones, bain brûlant, demi-bouteille de rioja trouvée dans le mini-bar, qui lui fila presque instantanément la migraine.

Il n'était même pas 22 heures lorsqu'elle se pelotonna dans son lit sous les draps et les couvertures.

Demain serait un jour important dans sa vie. Peut-être le début d'une nouvelle existence. Pour s'endormir sur une pensée positive, elle essaya d'imaginer à quoi pourrait ressembler l'enfant qu'elle désirait. Mais aucune image ne se forma dans sa tête, comme si ce projet n'avait aucune réalité tangible et était condamné à rester à l'état de chimère. Alors qu'elle tentait de repousser cette vague de découragement et de trouver le sommeil, une image nette et puissante traversa son esprit. Le beau visage de Julian Lorenz : yeux rieurs, nez retroussé, boucles blondes, sourire irrésistible de petit garçon.

Dehors, le déluge continuait.

### 3.

Gaspard reconnut tout de suite la voix rocailleuse à l'autre bout du fil : Cliff Eastman, l'homme que Sean avait appelé à trois reprises quelques jours avant de mourir.

— Bonjour monsieur Eastman, merci infiniment de me rappeler.

En quelques phrases, Gaspard apprit que son interlocuteur était un ancien bibliothécaire qui coulait en temps normal une paisible retraite dans l'agglomération de Miami. Mais à trois jours de

Noël, il se retrouvait coincé chez sa belle-fille dans l'État de Washington.

— Quatre-vingts centimètres de neige ! s'exclama-t-il. Circulation paralysée, routes bloquées, même le wifi a sauté. Résultat : je m'emmerde comme un rat mort.

— Prenez un bon livre, hasarda Gaspard pour entretenir la conversation.

— J'ai rien sous la main et ma belle-fille ne lit que des niaiseries : du cul, du cul et encore du cul ! Mais je n'ai pas très bien compris qui vous étiez. Un type de la caisse de retraite de Key Biscayne, c'est ça ?

— Pas vraiment, répondit le dramaturge. Est-ce que vous connaissez un certain Sean Lorenz ?

— Jamais entendu parler, c'est qui ?

Le vieux ponctuait chacune de ses phrases d'un claquement sonore de la langue.

— Un peintre célèbre. Il a cherché à vous joindre, il y a à peu près un an.

— P'têt bien, mais j'ai plus trop de mémoire à mon âge. Qu'est-ce qui me voulait, votre Picasso ?

— Justement, c'est ce que j'aimerais savoir.

Nouveaux bruits de mâchouillage.

— P'têt que c'était pas moi qu'il cherchait à joindre.

— Je ne comprends pas.

— Quand j'ai hérité de ce numéro de téléphone, j'ai reçu pendant quelques mois des appels de personnes qui souhaitaient parler au précédent titulaire de la ligne.

Gaspard fut parcouru d'un frisson. Il tenait peut-être quelque chose.

— Vraiment ? Comment s'appelait-il ?

Il lui sembla presque entendre Eastman qui se grattait la tête à l'autre bout du fil.

— Je sais plus trop, c'est loin tout ça. Le type avait le même nom qu'un sportif, je crois.

— Un sportif, c'est vague.

Le fil de la mémoire du vieux était ténu. Il ne fallait pas le casser ni le distendre.

— Faites un effort, s'il vous plaît.

— Je l'ai sur le bout de la langue. Un athlète, je crois. Oui, un sauteur qui a fait les Jeux olympiques.

Gaspard convoqua difficilement ses propres souvenirs. Le sport n'était pas précisément sa tasse de thé. La dernière fois qu'il avait regardé les Jeux olympiques à la télé, Mitterrand et Reagan devaient encore être aux affaires, Platini tirait des coups francs à la Juventus et *Frankie Goes to Hollywood* trustait la première place du Top 50. Il balança quelques noms pour la forme.

— Serguei Bubka, Thierry Vigneron...

— Non, pas des perchistes. Un sauteur en *hauteur*.

— Dick Fosbury ?

L'autre s'était pris au jeu :

— Non, un Latino, un Cubain.

Un flash.

— Javier Sotomayor !

— Voilà, c'est ça : Sotomayor.

*Adriano Sotomayor*. Quelques jours avant sa mort, alors qu'il était persuadé que son fils était encore en vie, Sean avait demandé de l'aide à son vieux copain des *Artificiers* devenu flic.

Il existait donc quelqu'un à New York capable de l'aider. Quelqu'un qui avait peut-être repris l'enquête sur la mort de Julian. Quelqu'un qui avait peut-être des informations inédites.

Alors que Gaspard était encore en ligne, Karen Lieberman l'observait à travers la vitre de son bureau. Lorsqu'elle remarqua un drôle de chien en peluche qui dépassait de sa poche, elle comprit que le Gaspard Coutances qu'elle avait connu n'existait plus.

*Vendredi 23 décembre*

# 13

## Madrid

*Le diable me suit jour et nuit parce qu'il redoute d'être seul.*

Francis PICABIA

**1.**

Madrid. 8 heures.

Madeline fut réveillée par l'alarme programmée sur son téléphone. Elle se fit violence pour se mettre debout. *Nuit de merde.* Une de plus. Impossible de fermer l'œil jusqu'à 5 heures du matin avant qu'une lame de fond la fasse sombrer dans des profondeurs abyssales d'où il était brutal et difficile d'émerger.

Elle tira les rideaux pour constater avec soulagement que l'orage avait cessé. Elle sortit prendre un grand bol d'air sur le balcon. Le ciel restait grisâtre, mais à la lumière du jour,

Chueca avait retrouvé une certaine gaieté. Elle se frotta les yeux, écrasa un bâillement. Elle aurait donné cher pour un double espresso, mais la ponction folliculaire nécessitait d'être à jeun. Sous la douche, elle se lava longuement avec le savon antiseptique en essayant de penser à tout sauf à l'anesthésie. Elle s'habilla simplement – collant opaque, chemise en jean boyfriend, robe-pull en laine, boots vernis. Les consignes étaient claires : pas de parfum, pas de maquillage et une ponctualité impérative au rendez-vous fixé par la clinique.

En descendant l'escalier vers le hall de l'hôtel, elle posa un casque sur ses oreilles et programma une playlist appropriée. *Mélodie hongroise* de Schubert, *Concerto pour flûte et harpe* de Mozart, *Sonate pour piano n° 28* de Beethoven. Une bande-son apaisante et entraînante qui lui donnait l'impression d'être légère lorsqu'elle se déplaçait à pied. La clinique n'était pas loin de l'hôtel et le trajet était balisé : rejoindre la place Alonzo-Martinez, parcourir un bon kilomètre sur la Calle Fernando el Santo puis traverser les jardinets de la « Castellana ». La clinique de fertilité – un petit établissement moderne protégé par des panneaux de verre sablé – se trouvait dans une rue perpendiculaire.

En chemin, Madeline avait envoyé un SMS à Louisa pour la prévenir de son arrivée imminente. La jeune infirmière vint à sa rencontre dans le hall. Effusions, échanges de nouvelles et de propos rassurants. Louisa la présenta à l'anesthésiste puis au médecin qui prit le temps de lui expliquer une nouvelle fois la procédure délicate de l'extraction des ovocytes. Elle s'effectuait à l'aide d'une très longue seringue que l'on introduisait jusqu'aux ovaires afin de pouvoir piquer dans les ovules pour y prélever les ovocytes.

— Mais c'est totalement indolore, affirma-t-il. Vous serez endormie tout le temps.

À moitié rassurée, Madeline se laissa conduire dans une pièce équipée d'un lit médicalisé à roulettes par laquelle les patients transitaient avant l'opération. Alors que l'infirmière s'éclipsait, Madeline rangea son sac et son téléphone dans le petit coffre à code prévu à cet effet. Puis elle se déshabilla et enfila la tenue de bloc réglementaire : blouse, charlotte, chaussons. Nue sous la chasuble de papier, elle se sentit soudain vulnérable et son inquiétude monta encore d'un cran.

*Qu'on en finisse...*

Enfin la porte s'ouvrit, mais le visage qui apparut dans l'embrasure n'était pas celui de

Louisa ni d'un médecin. C'était celui de ce diable de Gaspard Coutances !

— Mais qu'est-ce que vous fichez là ? Comment avez-vous réussi à entrer ?

Il répondit en espagnol :

— *Porque tengo buena cara. Y he dicho que yo era su marido*[1].

— Je croyais que vous ne saviez pas mentir…

— J'ai beaucoup appris à votre contact.

— Dégagez tout de suite ! dit-elle en s'asseyant sur la couchette. Ou bien c'est moi qui vous mets dehors !

— Calmez-vous. J'ai du nouveau, et c'est pour vous en parler que j'ai sauté dans le premier avion ce matin.

— Du nouveau sur quoi ?

— Vous savez très bien.

— Foutez le camp !

Comme s'il n'avait rien entendu, il prit le fauteuil à côté d'elle, débarrassa un plateau sur roulettes de ses bouteilles d'eau et s'en servit comme d'un bureau pour poser ses affaires.

— Vous vous souvenez de Stockhausen ? commença-t-il.

_____

1. « Parce que j'ai une bonne tête. Et parce que j'ai prétendu que j'étais votre mari. »

— Non. Barrez-vous. Je ne veux pas parler avec vous. En plus, vous empestez la lavande. Et qu'est-ce que vous avez fait de vos lunettes ?

— On s'en fout. Stockhausen, c'est le nom du prétendu cardiologue américain de Sean. Celui dont on trouve mention sur l'agenda que vous a remis Benedick.

Il fallut à Madeline quelques secondes pour reprendre le fil.

— Le médecin avec qui Sean avait rendez-vous le jour de sa mort ?

— C'est ça, confirma Gaspard. Eh bien, ce type n'existe pas. Ou plutôt, il n'y a pas de cardiologue à New York du nom de Stockhausen.

Pour appuyer ses dires, il sortit de son sac à dos une liasse de feuilles imprimées correspondant à des requêtes sur le site américain des Pages jaunes.

— J'ai élargi les recherches à tout l'État : rien. Médicalement, d'ailleurs, ça ne tient pas : Lorenz était soigné à l'hôpital Bichat par l'une des meilleures équipes de cardiologie d'Europe. Quel intérêt aurait-il eu à consulter un médecin new-yorkais ?

— Et vous, quel intérêt avez-vous à venir me harceler jusqu'ici ?

Il leva la main en signe d'apaisement.

— Écoute-moi, s'il te plaît, Madeline.

— On se tutoie maintenant ?

— J'ai fouillé la maison de fond en comble. Dans le bureau de Sean, j'ai trouvé des dizaines d'articles qu'il avait imprimés. La plupart étaient des coupures de presse concernant l'enquête sur la mort de son fils, mais, parmi les articles, il y avait aussi celui-ci.

Il lui tendit plusieurs feuilles agrafées. C'était un long dossier que le *New York Times Magazine* avait consacré à des *cold cases* célèbres : la mort de Natalie Wood, les Cinq de Central Park, l'affaire Chandra Levy, celle des séquestrées de Cleveland, etc. Madeline se rendit à la page marquée d'un Post-it pour y découvrir… une photo d'elle-même. Elle se frotta les paupières. Elle avait presque oublié cet article consacré à l'affaire Alice Dixon. La gamine qu'elle avait retrouvée dans des circonstances incroyables trois ans après sa disparition. Son enquête la plus difficile, la plus douloureuse, celle qui avait failli l'achever, mais aussi celle qui avait connu l'épilogue le plus satisfaisant. Un des moments heureux de sa vie. Qui paraissait terriblement loin aujourd'hui.

— Lorenz avait cet article chez lui ?

— Comme tu le vois. Il avait même surligné certains passages.

Elle lut en silence les bouts de phrase mis en évidence au Stabilo :

[...] c'était sans compter sur Madeline Greene, une flic opiniâtre de la Crim de Manchester [...] ne lâche jamais le morceau [...] dont les efforts finiront par payer [...] la jeune Anglaise travaille aujourd'hui entre l'Upper East Side et Harlem, dans les bureaux du NYPD Cold Case Squad situés près de l'hôpital Mount Sinai.

La présence de cet article chez Lorenz étonnait Madeline, mais elle le rendit à Gaspard sans en dire un mot.

— C'est tout ce que ça te fait ?

— À quoi vous vous attendiez ?

— Mais enfin, c'est évident : Lorenz n'était pas à New York pour voir un médecin. Il était à Manhattan pour te voir, TOI !

Elle s'agaça.

— Juste parce qu'il avait chez lui un vieil article sur moi ? Vous grillez les étapes, Coutances. Écoutez, ça suffit, j'aimerais me concentrer sur ma vie privée, là.

Mais Gaspard ne voulait pas en démordre. Il déplia sur la tablette le plan de Manhattan qu'il avait annoté la veille et pointa une croix avec son stylo.

— Sean Lorenz est mort ici, en pleine rue, au croisement de la 103ᵉ et de Madison.

— Et après ?

— Où étaient les bureaux dans lesquels tu travaillais à l'époque ?

Elle fixa la carte sans répondre.

— Ici ! pointa-t-il. Un pâté de maisons plus loin ! Ça ne peut pas être un hasard.

Les yeux plissés, le regard concentré sur la carte, Madeline resta silencieuse. Coutances abattit sa dernière carte alors qu'un infirmier entrait dans la pièce.

— Mademoiselle Greene ?

— Voici la dernière facture téléphonique de Sean, affirma Gaspard sans paraître remarquer sa présence, en agitant deux feuilles agrafées ensemble. On y trouve le relevé détaillé des appels de Lorenz. Tu veux connaître le dernier numéro qu'il a appelé avant de quitter la France ?

— Mademoiselle Greene, nous pouvons y aller, insista l'infirmier en relevant les côtés du lit à roulettes.

Madeline acquiesça en affectant d'ignorer Coutances.

— C'était le 212-452-0660. Ça ne te dit rien ce numéro, Madeline ? Je vais te rafraîchir la mémoire, cria-t-il alors que l'infirmier poussait le lit hors de la chambre. Il s'agit du numéro du NYPD Cold Case Squad. C'est le bureau dans lequel tu travaillais à l'époque.

La jeune femme avait déjà quitté la pièce, mais Gaspard continua :

— Que tu le veuilles ou non, une heure avant sa mort, Sean était à New York pour te révéler quelque chose. À toi. À TOI !


## 2.

L'aiguille pénétra dans la veine de Madeline, libérant le liquide anesthésiant. Allongée sur la table d'intervention, la jeune femme eut brièvement l'impression d'être envahie par une onde glacée. Puis la sensation désagréable se dissipa. Ses paupières s'alourdirent ; la voix du médecin se brouilla. Elle prit une longue inspiration et accepta de se laisser partir. Juste avant de sombrer, elle crut apercevoir la figure d'un homme. Grave, les traits tirés, les yeux fatigués. Le visage de Sean Lorenz. Son regard fiévreux semblait l'implorer. « Aide-moi. »

**3.**

11 heures. Le bar à *tapas* venait à peine d'ouvrir ses portes. Gaspard s'installa au comptoir, posa son sac sur le tabouret à côté de lui et commanda un *cappuccino*. Premier impératif : prendre deux comprimés de Prontalgine pour apaiser les douleurs qui torturaient ses doigts et ses mains. Deuxième initiative : envoyer un SMS à Madeline pour lui demander de le rejoindre lorsqu'elle en aurait terminé.

— Votre café, monsieur.

— Merci.

Le patron du bar n'avait rien du gringalet. C'était un *bear* au crâne rasé et à la barbe fournie. Son ventre de buveur de bière était moulé dans un tee-shirt multicolore reproduisant l'affiche d'*Attache-moi !*, un vieil Almodóvar avec Antonio Banderas et Victoria Abril. Tout un programme.

— Vous pouvez m'aider s'il vous plaît ?

— En quoi puis-je vous être utile ? demanda le *bear*.

Un peu gêné, Gaspard sortit son téléphone et expliqua qu'il n'était pas familier des nouvelles technologies.

— Je n'arrive plus à me connecter à Internet depuis que je suis en Espagne.

L'ours gratta la touffe de poils sous son tee-shirt et fit une réponse qui comprenait les mots « forfait, opérateur, abonnement, données cellulaires à l'étranger ».

Gaspard acquiesça sans rien comprendre, mais le *bear* était sympa. Il perçut son trouble et lui proposa de connecter lui-même son appareil au wifi de l'établissement. Soulagé, Gaspard lui tendit son cellulaire qu'il récupéra trente secondes plus tard.

Il étala ensuite sur le comptoir son cahier et sa documentation, puis relut l'intégralité des notes qu'il avait prises le matin dans l'avion. D'après l'encadré de l'article de *Art in America*, Adriano Sotomayor était affecté au 25th Precinct, le commissariat du nord de Harlem. Gaspard en chercha le numéro sur Google. Coup d'œil à sa montre : 5 heures du matin à New York. Un peu tôt pour appeler. D'un autre côté, un commissariat était ouvert vingt-quatre heures sur vingt-quatre. Il tenta sa chance, endura l'interminable bla-bla propre à la plupart des plates-formes téléphoniques avant de tomber sur une opératrice qui chercha à l'expédier en lui demandant de rappeler lors des heures d'ouverture au public.

Gaspard insista tellement qu'elle le renvoya sur un autre poste.

— Je voudrais savoir si l'officier Sotomayor travaille toujours ici, demanda-t-il à son interlocuteur.

Nouvelle fin de non-recevoir énoncée sur le ton d'un maître d'école grondant un enfant :

— Ce n'est pas le genre d'informations que nous donnons par téléphone.

Gaspard inventa une histoire, expliquant qu'il vivait en Europe, qu'il était de passage à New York pour quelques jours seulement et qu'il voulait savoir s'il pouvait passer saluer l'officier Sotomayor qu'il avait connu à l'école et...

— C'est un commissariat ici, monsieur, pas l'amicale des anciens de la Bradley School.

— J'entends bien, mais...

Gaspard lâcha un juron en constatant qu'on venait de lui raccrocher au nez, mais rappela aussi sec. Même plate-forme vocale. Même standardiste, même palabre pour parler à son supérieur. Cette fois, le type manqua d'abord de l'insulter, mais Gaspard n'entra pas dans son jeu. Comme il avait laissé son nom et son adresse, on le menaça d'engager des poursuites s'il continuait à monopoliser la ligne, puis, de guerre lasse, pour se débarrasser de lui, le type de garde finit par lui balancer qu'effectivement l'officier Sotomayor travaillait au 25th Precinct et qu'il était bien de service cette semaine.

Gaspard raccrocha avec le sourire aux lèvres. Pour fêter cette petite victoire, il commanda un autre cappuccino.


**4.**

Lorsque Madeline ouvrit les yeux, une demi-heure s'était écoulée. Pourtant, elle avait l'impression d'avoir dormi un siècle.

— C'est déjà fini, annonça une voix.

Elle émergea doucement. Autour d'elle, les couleurs se précisaient, les formes gagnaient en acuité, les visages devenaient moins flous.

— Tout va très bien, assura Louisa.

Le médecin était déjà reparti, mais le visage bienveillant de l'infirmière lui souriait.

— Nous avons pu prélever presque dix-huit ovocytes, assura-t-elle en lui essuyant le front.

— La suite c'est quoi ? demanda Madeline en essayant de se redresser.

— Restez couchée, réclama Louisa.

Avec un collègue, elle poussa le lit sur roulettes pour quitter le bloc opératoire et conduire sa patiente dans la chambre de repos.

— La suite, vous la connaissez : nous allons trier les ovocytes et inséminer les plus matures. Et dans trois jours, nous vous transférerons deux préembryons. En attendant, vous allez sagement rester allongée ici avec nous jusqu'à midi.

— Et ensuite ?

— En attendant le transfert, vous resterez tranquillement à votre hôtel avec un bon bouquin ou la dernière saison de *Game of Thrones*. Mais vous laissez tomber les paquets de chips du minibar, compris ?

— C'est-à-dire ?

— Vous y allez mollo sur la nourriture : pas de sel, pas trop de gras. Bref, vous oubliez toutes les choses appétissantes. Mais surtout, vous vous re-po-sez !

Madeline soupira comme une ado. Louisa la ramena dans la chambre où elle avait laissé ses affaires, tout à l'heure.

— J'ai très mal, se plaignit-elle en désignant son ventre.

Compatissante, Louisa grimaça.

— Je sais ma belle, c'est normal, mais le Tramadol va faire effet d'un instant à l'autre.

— Je peux me rhabiller ?

— Bien sûr. Vous vous rappelez le code du coffre ?

L'infirmière lui apporta ses vêtements, son sac et son téléphone qu'elle posa sur une chaise à côté du lit. Alors que Madeline retirait sa charlotte et sa chemise de bloc, Louisa lui recommanda de nouveau de se reposer.

— Je vous apporterai votre collation dans un moment, en attendant, dormez !

Quand la jeune Espagnole revint, une demi-heure plus tard, les bras chargés d'un plateau-repas, sa patiente avait disparu.

### 5.

— En fait, vous n'arrêtez jamais, Coutances ! Vous êtes comme le lapin Duracell : vous frappez comme un sourd sur votre tambour sans vous rendre compte que vous pourrissez la vie des autres !

Madeline venait de débarquer, livide, dans le bar à tapas de la calle de Ayala.

— Ça s'est bien passé votre opération ? tenta Gaspard en revenant prudemment au vouvoiement.

— Comment voulez-vous que ça se soit bien passé ! Vous êtes venu jusqu'à Madrid pour me traquer dans mon intimité, me harceler, me...

Elle n'était qu'au début du couplet acide qu'elle avait prévu de lui servir lorsqu'elle sentit que son front ruisselait et que ses jambes étaient en train de se dérober. Il fallait qu'elle mange quelque chose ou elle allait s'évanouir.

Elle n'eut même pas la force de grimper sur un des tabourets. Elle commanda un thé et alla se réfugier au fond du bar, dans l'un des fauteuils installés près des fenêtres qui donnaient sur la rue.

Gaspard la rejoignit avec une boîte en bois laqué. Un bento à la sauce ibérique : *tortilla española*, poulpes marinés, *pata negra, croquetas, calamares*, anchois au vinaigre…

— Vous n'avez pas l'air très en forme, si je peux me permettre. Mangez donc quelque chose.

— Je ne veux pas de votre bouffe !

Il encaissa la rebuffade et s'assit en face d'elle.

— En tout cas, je suis satisfait de voir que vous avez changé d'avis à propos de Lorenz.

— Je n'ai changé d'avis sur rien, répondit-elle sèchement. Il n'y a aucun élément vraiment nouveau dans tout ce que vous m'avez dit.

— Vous plaisantez ?

Elle reprit chacun des points.

— Lorenz avait effectué des recherches sur moi, et alors ? Sans doute souhaitait-il que je l'aide à retrouver son fils, et alors ? Peut-être est-il même venu jusqu'à New York pour me voir, et alors ?

— « Et alors ? » répéta Gaspard, estomaqué.

— Je veux dire : qu'est-ce que ça change fondamentalement ? Lorenz était malade, écrasé par le chagrin, shooté à la dopamine. Il était prêt à se raccrocher à n'importe quoi et il s'était monté la tête avec cette histoire sans queue ni tête d'expérience de mort imminente. Enfin, Coutances, vous le savez bien !

— Non, arrêtez avec ça ! J'en ai assez que l'on fasse passer Lorenz pour ce qu'il n'était pas. Ce n'était pas un drogué, ce n'était pas un illuminé, c'était un homme intelligent qui aimait son fils et qui...

Elle le regarda dédaigneusement.

— Mon pauvre vieux, vous ne voyez pas que vous faites un transfert sur Lorenz ? Vous vous fringuez comme lui, vous vous parfumez comme lui, vous parlez comme lui.

— Personne ne m'a jamais appelé *mon pauvre vieux*.

— Faut croire qu'il y a un début à tout. En tout cas, reconnaissez que vous vous laissez gagner par sa folie.

Coutances nia :

— Je veux simplement reprendre son enquête et retrouver son fils.

Madeline lui sauta presque à la gorge :

— Mais son fils est MORT, bordel ! Assassiné sous les yeux de sa mère ! Pénélope vous l'a juré !

— Oui, admit-il. Elle m'a raconté *sa* vérité.

— *Sa* vérité, *la* vérité, c'est quoi la nuance ?

De nouveau, il ouvrit son sac pour en sortir son cahier, ses notes et ses « archives ».

— Dans son numéro d'avril 2015, *Vanity Fair* a publié un article assez détaillé sur l'enquête qui a suivi l'enlèvement de Julian.

Il tendit la photocopie de l'article à Madeline : le papier était axé sur les similitudes entre l'enlèvement du fils de Sean et celui du fils de Charles Lindbergh en 1934.

— J'en ai assez de votre revue de presse, Coutances.

— Pourtant, si vous prenez la peine de lire le papier, vous verrez qu'à la fin de l'article la rédactrice liste les objets que les enquêteurs ont retrouvés dans l'antre de Beatriz Muñoz.

De mauvaise grâce, Madeline jeta un coup d'œil au passage surligné : une boîte à outils, deux couteaux de chasse, un rouleau de Chatterton, du fil de fer barbelé, une tête de poupon de la marque Harzell [...].

— Qu'est-ce qui vous chiffonne ? Le jouet du gamin ?

— Justement, ce n'était pas le jouet de Julian. Pénélope m'a uniquement parlé d'un chien en peluche semblable à celui-ci.

Comme par surprise, il dégaina de son sac le doudou avec sa balafre cacaotée.

Madeline se rencogna sur sa chaise.

— Le gosse avait peut-être deux jouets avec lui.

— Généralement, les parents ne permettent pas à leurs enfants de s'encombrer de deux jouets pour aller se promener.

— Peut-être, mais qu'est-ce que ça change ?

— J'ai fait des recherches, dit-il en prélevant dans sa documentation l'extrait d'un catalogue de jouets qu'il avait imprimé en couleurs.

— Pour quelqu'un qui ignorait jusqu'à l'existence d'Internet, on peut dire que vous avez fait de sacrés progrès...

— Les poupons de la marque Harzell ont une particularité : certains sont très grands et ressemblent beaucoup à de véritables enfants.

Madeline regarda les photos du catalogue et les trouva assez malsaines : les poupées en caoutchouc frappaient effectivement par leur taille et la précision des traits de leurs visages. On était loin des poupées en celluloïd de son enfance.

— Pourquoi vous me montrez ça ? C'est quoi encore votre foutue thèse ?

— Ce n'est pas Julian que Beatriz Muñoz a poignardé. C'est un simple poupon habillé avec les vêtements du petit garçon.


### 6.

Madeline le regarda, consternée.

— Vous délirez, Coutances.

Calme et sûr de lui, Gaspard argumenta :

— Muñoz n'a jamais eu l'intention de tuer Julian. C'est le couple Lorenz qu'elle voulait atteindre. Sa haine d'amoureuse trahie était dirigée contre Sean et Pénélope, pas contre un enfant innocent. Elle a défiguré Pénélope pour lui faire payer sa beauté insolente. Elle a enlevé Julian pour terroriser Sean, elle l'a mutilé pour arracher le cœur de Pénélope, mais je suis à peu près certain qu'elle ne l'a pas tué.

— Donc, pour vous, elle s'est contentée de cette terrible mise en scène : poignarder un poupon devant les yeux de sa mère ?

— Oui, son arme, c'était la cruauté mentale.

— C'est absurde. Pénélope aurait su faire la différence entre son fils et un mannequin.

— Pas forcément. Souvenez-vous de la violence qu'elle a subie. Plusieurs volées de coups donnés avec une brutalité extrême. Un visage massacré, des côtes fracturées, un nez cassé, une poitrine perforée... Du sang et des larmes dans les yeux. Quelle est votre lucidité après ça ? Quelle est votre clairvoyance lorsque vous êtes ligotée depuis des heures et que des pointes métalliques vous trouent la peau ? Quel est votre degré de discernement lorsque vous macérez dans votre pisse et votre merde et que vous vous videz de votre sang ? Et pire que tout, qu'on vous a obligé à couper le doigt de votre enfant ?

Pour la forme, Madeline accepta l'objection.

— Admettons dix secondes que Pénélope n'ait pas eu les idées claires et qu'elle ait pu projeter sa peur la plus profonde et croire à cette macabre mise en scène. Pourquoi l'enfant n'était-il plus dans la planque de la Chilienne lorsque la police a donné l'assaut ? Et surtout pourquoi a-t-on récupéré la peluche avec le sang du gamin sur les berges de Newtown Creek ?

— Pour le sang, c'est facile. Je vous rappelle qu'on lui a coupé un doigt. Pour le reste...

Gaspard revint à l'article qui mentionnait les rapports de police.

— Si j'en crois ce qui est écrit, une caméra de surveillance a retrouvé la trace de Muñoz à 15 h 26 à la gare de Harlem-125th Street, juste avant qu'elle ne se jette sur la voie à l'arrivée du train. Entre 12 h 30 – la dernière fois que Pénélope a vu son fils vivant – et 15 h 26, Muñoz a pu faire n'importe quoi de l'enfant. L'enfermer ailleurs, le confier à quelqu'un. Et c'est ce qu'il faut que l'on trouve.

Madeline considéra Coutances en silence. Le dramaturge l'épuisait avec ses théories extravagantes. Elle se frotta les paupières et à l'aide d'une fourchette piqua une croquette au jambon dans le bento.

Sans se démonter, Gaspard poursuivit son argumentation :

— Vous n'étiez pas le seul flic que Lorenz souhaitait rencontrer. Récemment, Sean avait retrouvé un vieil ami, Adriano Sotomayor.

Gaspard tourna les pages de son cahier jusqu'à tomber sur la photo du Latino en tenue d'officier du NYPD, qu'il avait découpée dans *American Art* et collée en face d'un cliché de jeunesse du troisième *Artificier*.

Agacée, Madeleine se moqua de lui :

— Qu'est-ce que vous croyez ? Que c'est comme ça que l'on mène une enquête de police ? En lisant tranquillement les journaux, et en faisant des découpages et des collages ? On dirait le cahier de textes d'une collégienne !

Loin de se formaliser, Gaspard prit la balle au bond :

— Je ne suis pas flic c'est vrai et sans doute ne sais-je pas enquêter. C'est pour ça que je veux que vous m'aidiez.

— Mais tout ce que vous me sortez est complètement fantaisiste !

— Non, Madeline, c'est faux, et vous le savez. Arrêtez votre mauvaise foi. Lorenz était peut-être submergé par la douleur, mais il n'était pas dingue. S'il avait décidé de venir vous voir à New York, c'est qu'il avait découvert une nouvelle piste, en tout cas quelque chose de concret.

Silence. Puis soupir.

— Pourquoi est-ce que j'ai croisé votre route, Coutances ? Pourquoi vous venez me harceler jusqu'ici ? Ça n'est vraiment pas le moment, bordel…

— Venez avec moi à New York. C'est là que se trouvent les réponses ! Demandons de l'aide à Sotomayor et reprenons l'enquête sur place.

Je veux savoir ce qu'avait découvert Sean Lorenz. Je veux savoir pourquoi il désirait vous parler.

Elle botta en touche :

— Allez-y tout seul, vous n'avez pas besoin de moi.

— Il y a deux minutes, vous disiez le contraire ! Vous êtes une flic aguerrie, vous connaissez la ville, vous avez forcément gardé des contacts au NYPD ou au FBI.

En buvant une gorgée de thé, Madeline s'aperçut qu'elle portait toujours à son poignet le bracelet en plastique des patients de l'hôpital. Elle le détacha et l'agita devant Coutances pour tenter de le raisonner.

— Gaspard, vous voyez bien que ma vie a pris une tout autre direction. Je sors d'une intervention médicale, je dois en subir une autre très bientôt, je m'apprête à fonder une famille...

Le dramaturge posa son téléphone sur la table. Sur l'écran, un mail de Karen Lieberman confirmant la réservation pour deux personnes d'un vol Iberia pour ce jour. Départ de Madrid à 12 h 45, arrivée à JFK à 15 h 15.

— Si on part tout de suite, on peut l'avoir. Vous serez rentrée avant le 26 décembre, juste à temps pour votre deuxième intervention.

Madeline secoua la tête. Gaspard insista :

— Rien ne vous empêche de venir avec moi. Vous avez deux jours à tuer. Même à Madrid, on n'opère pas le jour de Noël.

— Je dois me reposer.

— Mais bon sang, vous ne pensez qu'à votre petite personne !

Ce fut la goutte d'eau. Madeline lui balança le plateau du bento au visage. Gaspard eut tout juste le temps de s'écarter pour esquiver le projectile qui s'écrasa sur les carreaux de faïence derrière lui.

— Pour vous, tout ça est un jeu ! explosa-t-elle. Ça vous excite d'enquêter. Ça égaie votre petite vie, ça vous donne l'impression d'être le héros d'un film. Moi, pendant dix ans, je me suis frottée à ce type d'affaires. C'était même toute ma vie. Et je vais vous dire : c'est la porte vers l'abîme. À chaque enquête vous laissez un peu plus de votre santé, de votre joie de vivre, de votre insouciance. Jusqu'au moment où il ne vous reste rien. Vous m'entendez ? Rien ! Vous vous réveillez un matin et vous êtes détruite. J'ai déjà connu ça. Je ne veux plus le revivre.

Gaspard la laissa terminer puis rassembla ses affaires.

— D'accord, j'ai bien compris votre position. Je ne vous importunerai plus.

Le *bear* était sorti de sa tanière en grognant. Gaspard lui tendit deux billets pour le dissuader de faire jaillir ses griffes. Puis il se dirigea vers la porte. Madeline l'observait. Elle savait qu'il n'y avait qu'à attendre encore dix secondes pour que son calvaire prenne fin. Pourtant, elle ne put s'empêcher de crier :

— Mais pourquoi faites-vous ça, bordel ? Vous qui vous foutez de tout, qui n'aimez pas les gens, qui n'aimez pas la vie, qu'est-ce que vous en avez à FOUTRE de cette histoire ?

Coutances revint sur ses pas et posa une photo sur la table. Un cliché de Julian sur un toboggan prise un matin d'hiver au square des Missions étrangères. C'était juste un enfant, emmitouflé dans une écharpe, le regard brillant et rêveur, le sourire aux lèvres. Beau comme un soleil, libre comme le vent.

Madeline refusa de s'attarder sur la photo.

— Si vous croyez me faire culpabiliser avec votre piège grossier.

Pourtant, une larme coulait sur son visage. Le manque de sommeil, l'épuisement, l'impression d'être à bout de nerfs.

Doucement, Gaspard lui prit le bras. Ses paroles tenaient autant de l'exhortation que de la supplique :

— Je sais ce que vous pensez. Je sais que vous êtes certaine de la mort de Julian, mais aidez-moi seulement à en être persuadé à mon tour. Je vous demande de consacrer deux jours à l'enquête. Pas un moment de plus. Et je vous jure que vous serez de retour à Madrid pour votre seconde intervention.

Madeline se frotta le visage et regarda à travers la vitre. De nouveau, le temps s'était couvert et la pluie avait repris. De nouveau, la tristesse avait tout contaminé : le ciel, son cœur, sa tête. Au fond d'elle-même, elle n'avait aucune envie de rester toute seule pendant le réveillon et ce *fucking Christmas* où il fallait en même temps être joyeux, être amoureux et en famille. Coutances présentait au moins cet avantage d'être à la fois le mal et son remède.

— Je vais vous accompagner à New York, Coutances, finit-elle par céder, mais, quelle que soit l'issue de cette affaire, à la fin de ces deux jours, je ne veux plus JAMAIS vous voir dans ma vie.

— Je vous le promets, répondit-il en esquissant un sourire.

# 14

## Nueva York

*Je sors du taxi et c'est probablement la seule ville qui est mieux que sur les cartes postales.*

Milos FORMAN

**1.**

De nouveau, Gaspard respirait.

Figée par un froid polaire, New York étincelait sous un ciel éclatant. La tristesse de Paris et la grisaille de Madrid semblaient très loin. Dès que leur taxi avait franchi le Triborough Bridge – la gigantesque structure en acier qui reliait le Queens, le Bronx et Manhattan –, Gaspard avait eu l'impression d'être en terrain connu. Lui, l'homme des bois et des montagnes, le pourfendeur absolu des agglomérations, s'était néanmoins toujours senti à l'aise ici. Jungle urbaine, forêt de gratte-ciel, canyons de verre et d'acier : les métaphores foireuses avaient un fond de vérité. New York était un écosystème. Ici, il y avait des collines, des lacs, des prairies, des centaines de milliers d'arbres. Ici, pour qui voulait bien les voir, il y avait des aigles à tête blanche, des faucons pèlerins, des oies des neiges et de grands cerfs. Des cimes, des meutes, des friches, des ruches et des ratons laveurs. Ici, les rivières gelaient en hiver, et, en automne, la lumière éblouissait et enflammait les feuillages. Ici, on sentait bien que, sous la civilisation, le monde sauvage n'était jamais bien loin. New York...

La satisfaction de Gaspard contrastait avec la mauvaise humeur de Madeline. Elle avait dormi d'un sommeil agité et douloureux pendant tout le vol, et, depuis qu'ils avaient atterri, elle ne répondait à Gaspard que par vagues onomatopées. Visage fermé, mâchoires serrées, regard fuyant, elle ruminait et se demandait encore comment elle avait pu se laisser entraîner dans ce voyage.

Grâce à la magie des fuseaux horaires, il n'était pas encore 16 h 30. Le taxi parvint à s'extraire du nœud autoroutier de Triboro Plaza pour tourner sur Lexington. Après avoir descendu la rue sur cinq cents mètres, ils arrivèrent devant le commissariat de East Harlem, un petit bunker vieillot, en brique jaune et sale, construit sur la 119ᵉ Rue à côté du métro aérien et d'un parking en plein air. Comme Gaspard et Madeline étaient venus directement de l'aéroport, ils s'extirpèrent du *yellow cab* en portant chacun son sac de voyage.

L'intérieur du 25th Precinct était à l'image de sa façade : sans âme, sinistre et déprimé. L'absence de fenêtres renforçait encore la tristesse du bâtiment. Après son coup de fil épique de la veille, Gaspard s'était préparé au pire : endurer une longue file d'attente et plusieurs rideaux administratifs avant d'avoir une chance de parler à Adriano Sotomayor. Pourtant, à moins de deux jours de Noël, l'endroit était désert, comme si le froid qui frappait la ville avait découragé les criminels de sortir de chez eux. Installé derrière un pupitre en métal noir, un flic en tenue était chargé de l'accueil des visiteurs. Véritable montagne de graisse engoncée dans un uniforme, la vigie avait un corps de limace, des bras minuscules et une tête de crapaud : énorme visage en triangle, bouche démesurément large, peau épaisse et grêlée. Peut-être l'avait-on affectée à ce poste pour effrayer les enfants et les dissuader d'emprunter un mauvais chemin.

Gaspard monta à l'abordage :

— Bonjour, nous aimerions nous entretenir avec l'officier Sotomayor.

Très lentement, l'amphibien leur tendit un formulaire et, dans un croassement, leur fit comprendre qu'il avait besoin de leurs ID.

Madeline avait l'habitude des commissariats. Elle refusa de perdre plus de temps et bouscula Gaspard pour prendre les choses en main.

— Je suis le capitaine Greene, annonça-t-elle en tendant son passeport. J'ai travaillé au NYPD Cold Case Squad de la 103e Rue. Je viens seulement rendre visite à un collègue. Pas la peine de paperasse pour ça !

La vigie la fixa un moment sans réagir. Elle n'avait toujours pas ouvert la bouche et donnait l'impression de respirer à travers sa peau molle, humide et frémissante.

— Un instant, siffla-t-elle finalement en décrochant son téléphone.

D'un mouvement de la tête, elle leur indiqua une rangée de bancs en bois installés près de l'entrée. Madeleine et Gaspard s'y assirent, mais l'endroit empestait la Javel et se trouvait en plein courant d'air. Excédée, Madeline chercha refuge du côté d'un distributeur de boissons. Elle eut la velléité de se commander un café, mais réalisa qu'elle n'avait pas pris le temps de changer des euros contre des dollars à l'aéroport.

*Merde !*

Dépitée et à fleur de peau, elle arma son poing pour le balancer contre la machine. Gaspard arrêta son geste *in extremis*.

— Vous perdez les pédales ! Ressaisissez-vous ou...

— Bonjour, que puis-je pour vous ?


**2.**

Ils pivotèrent en direction de la voix qui les interpellait. Au milieu de l'éclairage terne du commissariat, une jeune flic latino en uniforme offrait un visage rayonnant coiffé d'un chignon de jais. Sa jeunesse, ses traits fins, son maquillage discret, son sourire avenant en faisaient une sorte d'incarnation de la grâce et la parfaite antithèse de la vigie. Comme si, pour satisfaire un injuste ordre des choses, la perfection de certains devait se payer par la laideur des autres.

Madeline se présenta et déclina ses postes précédents.

— Nous souhaitons nous entretenir avec l'officier Sotomayor, affirma-t-elle.

La flic hocha la tête.

— C'est moi : je suis Lucia Sotomayor.

Gaspard fronça les sourcils. Devant son air hébété, la Latino sembla comprendre la méprise.

— Ah ! Vous parlez sans doute d'Adriano ?

— En effet.

— Nous sommes homonymes. Ce n'est pas la première fois qu'il y a confusion. Même lorsqu'il travaillait ici, les gens pensaient parfois qu'il était mon grand frère ou mon cousin.

Madeline dévisagea Coutances, lui lançant un regard courroucé : *Vous n'avez même pas été capable de vérifier ça !* Il écarta les bras en signe d'impuissance. Au téléphone, il avait bien évidemment parlé en anglais, évoquant la forme neutre *(officer Sotomayor)* et, de fait, personne n'avait eu à le détromper.

— Où travaille Adriano à présent ? enchaîna-t-il pour rattraper sa bourde.

La flic fit un rapide signe de croix.

— Nulle part, malheureusement. Il est mort.

Nouvel échange de regards. Soupir. Incrédulité. Désarroi.

— Et quand est-il mort ?

— Il y a un peu moins de deux ans. Je m'en souviens parce que c'était le jour de la Saint-Valentin.

Lucia regarda sa montre et inséra deux *quarters* dans le distributeur pour se commander un thé.

— Je vous offre quelque chose ?

La jeune flic était à l'image de son physique : élégante et prévenante. Madeline accepta un café.

— La mort d'Adriano a été un vrai choc, reprit-elle en tendant un gobelet à son ex-collègue. Tout le monde l'appréciait ici. Il a eu le genre de parcours exemplaire que le *Department* aime bien mettre en valeur.

— C'est-à-dire ? demanda Gaspard.

Elle souffla sur son thé.

— Disons une trajectoire méritocratique. Dans son enfance, Adriano est passé par plusieurs familles d'accueil. Il a même un moment flirté avec la délinquance avant de se reprendre et d'entrer dans la police.

— Il est mort en service ? demanda Madeline.

— Pas vraiment. Il a pris un coup de couteau, juste à côté de chez lui, en voulant séparer deux jeunes qui se battaient devant un magasin de spiritueux.

— Il habitait où ?

Elle eut un geste de la main pour désigner la porte.

— Pas très loin d'ici, sur Bilberry Street.

— Son assassin a été arrêté ?

— Non, et cela a contrarié tout le monde dans le service. Savoir que le meurtrier qui a tranché la gorge d'un flic est toujours en liberté, ça nous rend malades.

— On l'a identifié au moins ?

— Pas à ma connaissance ! C'est vraiment un drame qui a fait tache. Surtout dans notre quartier ! Bratton[1] lui-même était furieux. Cette violence est complètement anachronique, car aujourd'hui, cette partie de Harlem est très *safe*.

Lucia termina son thé comme si elle prenait un shot de vodka.

— Il faut que je retourne travailler. Désolée d'avoir été la messagère d'une si triste nouvelle.

Elle précipita son gobelet dans la poubelle avant d'ajouter :

— Je ne vous ai même pas demandé pourquoi vous désiriez voir Adriano.

— À propos d'une vieille enquête, répondit Madeline. L'enlèvement et le meurtre du fils du peintre Sean Lorenz, ça vous dit quelque chose ?

— Vaguement, mais ce n'était pas dans notre secteur, je crois.

Gaspard prit le relais :

1. Bill Bratton, patron historique du NYPD de 1994 à 1996 et de 2014 à 2016.

— Adriano Sotomayor était un ami de Lorenz. Il ne vous a jamais parlé de cette affaire ?

— Non, mais comme on ne bossait pas dans le même groupe, ce n'est pas très étonnant.

Lucia se tourna vers Madeline avant d'ajouter :

— Et dans les enlèvements d'enfants, comme vous le savez, c'est souvent le FBI qui prend la main.

**3.**

Le froid et le vent glacial engourdissaient les membres, mordaient les visages, brûlaient presque instantanément chaque centimètre carré de peau non protégé. Sur le trottoir en face du commissariat, Madeline remonta la fermeture Éclair de la parka qu'elle avait achetée à la dernière minute dans une boutique de l'aéroport de Madrid. Pommade sur les mains, baume sur les lèvres, écharpe nouée à double tour. D'une humeur de chien, elle n'attendit pas longtemps pour attaquer sans sommation :

— Vous êtes un vrai manche, Coutances !

Les mains dans les poches, Gaspard soupira.

— Et vous, toujours aussi aimable.

Elle rabattit sur sa tête sa capuche cerclée de fourrure.

— On vient de se taper six mille bornes pour se retrouver le bec dans l'eau !

Il chercha à nier l'évidence :

— Mais non, pas du tout.

— On n'a pas dû voir le même film, alors.

Il formula une hypothèse.

— Et si Sotomayor avait été tué parce qu'il s'intéressait de trop près à l'enlèvement de Julian ?

Elle le regarda, atterrée.

— C'est absurde. Je rentre à l'hôtel.

— Déjà ?

— Vous m'épuisez, soupira-t-elle. J'en ai assez de vos théories à la mords-moi-le-nœud ! Je vais me coucher, donnez-moi trente dollars !

Elle s'avança sur le trottoir pour tenter de héler un taxi. Gaspard ouvrit son portefeuille et en tira deux billets tout en insistant :

— Vous ne pouvez pas essayer de gratter de ce côté ?

— Je ne vois pas comment.

— Allez ! Vous avez forcément gardé des contacts.

Elle le fixa de ses yeux brillants avec un mélange de colère et d'extrême lassitude.

— Je vous l'ai déjà expliqué, Coutances : j'ai conduit des affaires *en Angleterre*. À New York,

348

je n'avais aucun rôle réel sur le terrain. J'étais un flic de bureau.

Ses dents claquaient. Elle tremblait de tous ses os, passant d'un pied sur l'autre pour essayer de se réchauffer. Le froid qui régénérait Gaspard donnait l'impression de la torturer.

Une Ford Escape aux formes coupantes pila devant eux. Madeline se réfugia dans le taxi sans même un regard pour son acolyte et s'empressa de donner au chauffeur l'adresse de l'hôtel. Les bras croisés, elle se recroquevilla sur elle-même, mais, au bout de quelques mètres, elle aboya contre le *driver*, un Indien qui tenait absolument à rouler fenêtre ouverte malgré le froid. Le sikh ne se laissa pas faire et engagea une joute verbale qui dura cinq bonnes minutes avant qu'il se résolve à remonter sa vitre. Madeline ferma les yeux. Elle était à bout, éreintée, vidée de toute sève. Surtout, elle avait de nouveau très mal au ventre. Une sensation de gonflement, des crampes d'estomac, des nausées et, malgré le froid, des bouffées de chaleur inconfortables.

Lorsqu'elle rouvrit les yeux, le taxi roulait sur la West Side Highway, la grande avenue qui longeait l'Hudson River jusqu'au sud de Manhattan. Elle fouilla dans l'une des poches de sa parka pour attraper son portable. Dans le répertoire, elle cherchait un numéro qu'elle n'avait plus composé depuis longtemps.

Du temps où elle travaillait à New York, Dominic Wu était son contact au FBI. Le type était chargé de faire la liaison entre le service du NYPD qui employait Madeline et le bureau fédéral. Concrètement, c'était le « Monsieur NON », celui qui répondait par la négative à toutes ses demandes. La plupart du temps pour des raisons de restriction budgétaire, mais aussi pour éviter que le service de police municipal ne remette en cause le travail du Bureau.

Le type n'était pas désagréable. Insaisissable, Dominic Wu était foncièrement carriériste, mais aussi capable, parfois, de décisions inattendues. Sa vie privée était atypique : après avoir eu deux enfants avec une avocate du City Hall, il avait assumé son homosexualité. La dernière fois que Madeline l'avait croisé, il était en couple avec un journaliste culturel du *Village Voice*.

— Bonjour, Dominic, Madeline Greene.

— Hello, Madeline ! Quelle surprise ! Tu es de retour au bercail ?

— En coup de vent, seulement. Et toi ?

— Je suis en vacances, mais je passe les fêtes à New York avec mes filles.

Elle se massa les paupières. Le moindre mot lui coûtait.

— Tu me connais Dominic, j'ai toujours eu du mal avec les banalités d'usage et...

Elle l'entendit rire à l'autre bout.

— Laisse tomber les civilités. Qu'est-ce que je peux faire pour toi ?

— J'aurais besoin que tu me rendes un service.

Un silence prudent, puis :

— Je ne suis pas au bureau, je te l'ai dit.

Elle poursuivit néanmoins :

— Tu pourrais me rencarder sur les circonstances de l'assassinat d'un flic du 25th Precinct, Adriano Sotomayor ? Il a été tué devant chez lui, à Harlem, il y a un peu moins de deux ans.

— Qu'est-ce que tu cherches exactement ?

— Tout ce que tu pourras trouver.

Wu se referma.

— Tu ne travailles plus avec nous, Madeline.

— Je ne te demande pas d'infos confidentielles.

— Si je me renseigne, ça laissera des traces et...

Le type commençait à lui taper sur le système.

— Tu es sérieux ? Ça t'effarouche à ce point ?

— Aujourd'hui, avec l'informatique, on...

— OK, laisse tomber et commande-toi une paire de couilles pour Noël. En ce moment, ils doivent faire des promos chez Bloomingdale's.

Elle raccrocha brutalement et retomba dans sa léthargie. Dix minutes plus tard, elle arrivait à l'hôtel, une bâtisse de brique marron typique de TriBeCa. Gaspard avait poussé le vice jusqu'à réserver au Bridge Club, l'établissement dans lequel Lorenz avait passé ses derniers jours. À l'accueil, on l'informa que l'hôtel était complet, mais qu'il y avait bien deux chambres retenues au nom de Coutances : une suite d'angle et une chambrette au dernier étage. Elle s'arrogea la suite sans la moindre hésitation, sortit son passeport et remplit la fiche d'information en trois minutes.

Une fois dans la chambre, sans même regarder la vue, elle tira tous les rideaux, accrocha la pancarte *Do Not Disturb* et absorba un cocktail lexo-antibio-paracétamol.

Pliée en deux par la douleur, Madeline éteignit les lampes et se coucha. En termes d'heures de sommeil, les dernières nuits avaient été catastrophiques. Elle en était à un stade où son physique meurtri et épuisé entravait tout raisonnement. Impossible de réfléchir, de penser, de mettre la moindre idée en mouvement.

Son corps venait d'avoir le dernier mot.

## 15

## Retour à Bilberry Street

*Les autres hommes auront mes défauts,*
*mais aucun n'aura mes qualités.*

Pablo PICASSO

**1.**

Gaspard revivait.

Comme une plante que l'on aurait arrosée après des jours sans eau.

Le pouls de Manhattan, son tempo, le froid piquant et sec, le bleu métallique du ciel, le soleil d'hiver qui décochait ses derniers rayons. Tout résonnait en lui de manière positive. Ce n'était pas la première fois qu'il remarquait combien son psychisme était perméable à son environnement. Le climat notamment déteignait sur lui, le modelait, amplifiait son humeur. La pluie, l'humidité et la moiteur pouvaient le faire plonger dangereusement.

Et une vague de chaleur le mettre K-O. Cette instabilité compliquait sa vie, mais, avec le temps, il s'était résolu à vivre avec ses hauts et ses bas. Aujourd'hui était un jour parfait. L'une de ces journées qui comptaient double ou triple. Il fallait qu'il en profite pour avancer dans son enquête.

Il s'orienta grâce au vieux plan trouvé dans la bibliothèque de Lorenz. Il prit à droite sur Madison avant de contourner un large espace vert – le parc Marcus Garvey – et de déboucher sur l'avenue Lenox qui, dans cette partie de Harlem, s'appelait Malcolm X Avenue. À un coin de rue, il s'offrit un hot dog et un café chez un vendeur ambulant, puis reprit sa marche vers le nord.

Bilberry Street, où avait été assassiné Adriano Sotomayor, était une ruelle bordée de maisons de brique rouge et de châtaigniers, coincée entre la 131ᵉ et la 132ᵉ Rue. L'endroit rappelait un peu les constructions du vieux Sud avec des perrons assez hauts et une profusion de balustrades et de vérandas en bois repeint de couleurs vives.

Gaspard flâna dix minutes dans la rue déserte en se demandant comment il pourrait bien retrouver l'ancienne maison du flic. Il releva les noms sur les boîtes aux lettres – Faraday, Tompkins, Langlois, Fabianski, Moore… –, mais rien ne lui parla.

— Fais attention, Théo !

— D'accord papa.

Gaspard se retourna en direction d'un petit groupe qui venait d'arriver sur le trottoir d'en face. Comme dans un film de Capra, un père et son bambin traînaient un sapin de Noël de bonne taille. Marchaient derrière eux une belle métisse un peu hautaine et une femme noire plus âgée vêtue d'un trench transparent, de cuissardes en cuir fauve et d'une toque léopard.

— Bonjour, les salua-t-il en traversant. Je recherche l'ancienne propriété de M. Sotomayor. Ça vous dit quelque chose ?

Le père de famille était poli et avenant, tout disposé à l'aider, mais ne paraissait pas habiter ici depuis longtemps. Il se retourna vers celle qui devait être sa femme.

— Sotomayor, ça te dit quelque chose, chérie ?

La métisse plissa les yeux, semblant convoquer des souvenirs lointains.

— Je crois que c'est là-bas, dit-elle en désignant une maisonnette au toit pentu.

Elle interrogea la femme à côté d'elle :

— Tante Angela ?

L'Afro-Américaine considéra Gaspard avec suspicion.

— Et pourquoi je répondrais à ce blanc-bec ?

La métisse l'attrapa par les épaules dans un geste plein d'affection.

— Allons, tante Angela, quand vas-tu cesser de te faire plus méchante que tu ne l'es ?

— OK, OK, capitula-t-elle en réajustant ses lunettes de soleil *over sized*. C'est au numéro 12, chez les Langlois.

— Langlois ? Ça sonne français comme patronyme, constata Gaspard.

Maintenant qu'elle était lancée, la tante Angela n'était pas avare d'explications :

— Après la mort de ce flic, un type vraiment bien d'ailleurs, y en a pas beaucoup des comme ça, vous pouvez me croire, c'est sa cousine, Isabella, qui a hérité de la maison. Elle est mariée avec André Langlois, un ingénieur parisien qui travaille à Chelsea, dans l'immeuble de Google. Plutôt bien élevé pour un Français : il m'a aidée plusieurs fois à tailler mes haies et, lorsqu'il se met aux fourneaux, il m'apporte parfois une part de son lapin à la moutarde.

Gaspard remercia la famille et remonta la rue sur cinquante mètres pour sonner à la maison qu'on lui avait indiquée. Une petite *brownstone* dont la porte d'entrée était décorée d'une volumineuse couronne en branches de houx et de sapin.

La femme qui lui ouvrit – une Latino à la chevelure dense et au regard *caliente* – portait un tablier de cuisine à carreaux vichy et tenait dans les bras un enfant. Eva Mendes version *Desperate Housewives*.

— Bonjour, madame, je suis navré de vous déranger. Je recherche l'ancienne maison d'Adriano Sotomayor. On m'a dit que c'était ici.

— Ça se pourrait, répondit-elle, un brin méfiante. Qu'est-ce que vous voulez ?

La méthode Coutances : amender la vérité, flirter avec le mensonge sans jamais y plonger tout à fait.

— Je m'appelle Gaspard Coutances. Je suis en train d'écrire une biographie du peintre Sean Lorenz. Vous ne le connaissez sans doute pas, mais...

— Moi, je ne connais pas Sean ? l'interrompit la propriétaire. Si vous saviez le nombre de fois où il a essayé de me mettre la main aux fesses !


**2.**

Eva Mendes s'appelait en réalité Isabella Rodrigues. Accueillante, elle n'avait pas été longue à inviter Gaspard à entrer se réchauffer dans la cuisine. Elle avait même insisté pour lui servir un verre *d'eggnog* sans alcool. Le même lait de poule dont se régalaient ses trois enfants en train de prendre un goûter tardif.

— Adriano était mon cousin germain, expliqua-t-elle en rapportant du salon un vieil album photo à la couverture toilée.

Elle tourna les pages, faisant défiler des clichés d'enfance, et détailla son arbre généalogique :

— Ma mère, Maricella, était la sœur d'Ernesto Sotomayor, le père d'Adriano. Nous avons passé toute notre enfance à Tibberton, un village du Massachusetts, près de Gloucester.

Sur les photos, Gaspard distingua des paysages qui lui rappelèrent certains coins de Bretagne : une lande marine, un petit port, des barques rudimentaires qui alternaient avec des chalutiers et des bateaux de plaisance, des cabanes de pêcheurs et des maisons d'armateurs à pans de bois.

— Adriano était un bon gars, précisa sa cousine. Une vraie crème. Et pourtant, on ne peut pas dire que la vie ait été clémente avec lui.

Elle montra d'autres vieilles photos à Gaspard. Des scènes d'enfance : les deux cousins qui faisaient des grimaces, qui s'aspergeaient d'eau autour d'une piscine gonflable, qui se balançaient côte à côte sous un portique en ferraille, qui transformaient une citrouille en Jack O'Lantern. Mais Isabella s'empressa de dissiper l'illusion de ce tableau idyllique.

— Malgré la joie apparente sur ces tirages, Adriano n'a pas eu une enfance harmonieuse. Son père, mon oncle Ernesto, était un homme violent et ombrageux qui avait l'habitude de se défouler sur sa femme et sur son fils. Pour dire les choses autrement, Ernesto cognait fort et souvent.

La voix d'Isabella se fêla. Pour conjurer ses mauvais souvenirs, elle posa sur ses enfants son regard qui débordait d'affection. Assis autour de la table de la cuisine, deux des gamins gloussaient, un écouteur à l'oreille, les yeux vissés sur une tablette. Le plus jeune était quant à lui absorbé par la réalisation d'un puzzle de grande taille : *Las Meninas*, le plus célèbre tableau de Velázquez.

En creux, Gaspard songea à son propre père. Si gentil, si attentionné, si aimant. Pourquoi certains hommes cassaient-ils les êtres qu'ils avaient mis au monde ? pourquoi certains autres les aimaient-ils à en mourir ?

Il laissa cette question en suspens et se rappela ce que lui avait affirmé la fliquette du 25th Precinct, une demi-heure plus tôt.

— On m'a dit qu'Adriano avait été placé dans une famille d'accueil…

— Oui, grâce à notre institutrice, Mlle Boninsegna. C'est elle qui a signalé aux services sociaux du comté les violences d'Ernesto.

— La mère d'Adriano laissait faire ?

— La tante Bianca ? Elle avait abandonné le domicile conjugal quelques années plus tôt.

— Quel âge avait votre cousin lorsqu'il a débarqué à New York ?

— Je dirais dans les huit ans. Il a été ballotté dans deux ou trois foyers au début puis il s'est établi ici, à Harlem, chez M. et Mme Wallis, une famille d'accueil vraiment formidable qui le considérait comme son propre fils.

Elle ferma l'album photo puis ajouta, pensive :

— Avec le temps, Adriano et son père avaient néanmoins fini par se retrouver...

— Vraiment ?

— À la fin de sa vie, l'oncle Ernesto était atteint d'un cancer de la gorge. Son fils l'a accueilli et l'a soigné chez lui le plus longtemps possible. C'était cette générosité qui caractérisait mon cousin.

Gaspard recentra la discussion :

— Et Sean Lorenz dans tout ça ?

**3.**

Le regard d'Isabella se mit à pétiller.

— J'ai connu Sean à dix-huit ans ! Dès que j'ai été majeure, je suis venue passer tous les étés à New York. Je squattais parfois un peu chez une copine, mais, la plupart du temps, j'étais hébergé chez les Wallis.

Elle se laissa gagner par les souvenirs du *bon vieux temps*.

— Sean habitait plus haut, dans les Polo Grounds Towers, se souvint-elle, mais lui et Adriano étaient toujours fourrés ensemble, malgré leurs quatre ans d'écart. Moi, forcément, je les suivais à la trace et j'essayais de m'incruster dans leurs escapades. Sean était vaguement amoureux de moi et je n'avais rien contre. On peut même dire qu'on a eu une relation en pointillé.

Elle prit une gorgée de lait de poule et mit plusieurs secondes pour rassembler ses souvenirs.

— C'était une autre époque. Un autre New York. À la fois plus libre et plus dangereux. Dans ces années-là, le quartier craignait vraiment. La violence était partout et le crack gangrenait tout.

Elle prit soudain conscience que ses enfants n'étaient pas loin et baissa le ton :

— On faisait des conneries, forcément : on fumait des pétards plus que de raison, on piquait des bagnoles, on taguait les murs. Mais on allait au musée aussi ! Je me souviens que Sean nous traînait tous au MoMA à chaque nouvelle exposition. C'est lui qui m'a fait découvrir Matisse, Pollock, Cézanne, Toulouse-Lautrec, Kiefer… Il était déjà possédé par une sorte de frénésie : dessiner et peindre tout le temps et sur tous les supports.

Isabella laissa passer quelques secondes puis ne put résister à la tentation :

— Je vais vous montrer quelque chose, annonça-t-elle mystérieusement.

Elle s'éclipsa une minute puis revint avec une grande pochette qu'elle posa sur la table basse. L'ouvrant avec précaution, elle en tira un dessin au fusain réalisé sur l'emballage cartonné d'une boîte de corn-flakes. Un portrait d'elle signé *Sean, 1988*. Un visage de jeune femme très stylisé : regard espiègle, chevelure sauvage, épaules nues. Gaspard pensa à certains dessins de Françoise Gilot par Picasso. C'était le même talent, le même génie. En quelques traits, Sean avait tout saisi : l'impétuosité de la jeunesse, la grâce d'Isabella, mais aussi une certaine gravité qui annonçait la femme qu'elle deviendrait plus tard.

— J'y tiens comme à la prunelle de mes yeux, confia-t-elle en rangeant le crayonné dans son carton. Forcément, il y a deux ans, lorsqu'il y a eu cette rétrospective sur le travail de Sean au MoMA, ça m'a paru fou et ça m'a rappelé beaucoup de souvenirs...

C'était justement là où Gaspard souhaitait en venir :

— Vous avez connu Beatriz Muñoz ?

Une ombre inquiète éteignit toute lumière sur le visage d'Isabella. Elle répondit en cherchant ses mots :

— Oui, je l'ai connue. Malgré tout ce qu'elle a pu faire, Beatriz n'était pas… une mauvaise personne. Du moins, pas à l'époque où je l'ai fréquentée. Comme Adriano et comme beaucoup de jeunes du quartier, Beatriz était une victime. Une gamine brûlée par la vie. Quelqu'un de très triste et de très tourmenté qui ne s'aimait pas beaucoup.

Isabella resta dans la métaphore artistique :

— On dit parfois qu'un tableau n'existe que dans l'œil de celui qui le regarde. Il y avait un peu de ça avec Beatriz. Elle ne s'animait que lorsque Sean posait les yeux sur elle. C'est facile à dire aujourd'hui, mais, avec le recul, je regrette de ne pas l'avoir aidée quand elle est sortie de prison. Peut-être que cela aurait évité le crime dont elle s'est rendue coupable par la suite. Bien entendu, je ne l'ai pas formulé aussi crûment devant Sean, mais…

Gaspard n'en crut pas ses oreilles.

— Vous avez revu Sean après la mort de son fils ?

Isabella lâcha une bombe :

— Il est venu sonner à ma porte en décembre dernier. Il y a un an exactement. Je me souviens de la date parce que j'ai appris plus tard qu'il s'agissait de la veille de sa mort.

— Et dans quel état était-il ? demanda Coutances.

Isabella soupira.

— Cette fois, je peux vous dire qu'il ne pensait plus à me mettre la main aux fesses.

**4.**

— Sean avait les traits tirés, les cheveux sales, le visage défait, mangé par la barbe. On lui donnait facilement dix ans de plus que son âge. Je ne lui avais pas parlé depuis au moins vingt ans, mais j'avais vu certaines de ses photos sur Internet. Là, ce n'était plus le même homme. Ses yeux surtout faisaient peur. Comme s'il n'avait pas dormi depuis dix jours ou qu'il venait de se faire un *shoot* d'héroïne.

Gaspard et Isabella avaient migré sur la véranda éclairée par trois lanternes en laiton. Deux minutes plus tôt, Isabella s'était emparée d'un vieux paquet de clopes, qu'elle planquait dans sa cuisine derrière des casseroles en cuivre et une passoire émaillée. Elle était sortie allumer une cigarette dans le froid polaire, espérant peut-être que les volutes de fumée envelopperaient ses souvenirs d'un baume qui les rendrait moins douloureux.

— Ce n'était pas la drogue qui mettait Sean dans cet état, c'était le chagrin, bien sûr. Le plus lourd des chagrins. Celui qui vous ronge et vous tue parce qu'on vous a arraché la chair de votre chair.

Elle tira frénétiquement sur sa cigarette.

— Lorsque j'ai revu Sean, les travaux de la maison n'avaient pas encore commencé. Avec André, mon mari, on venait tout juste d'en prendre possession et on avait décidé d'utiliser les derniers week-ends de l'année pour la vider.

— Vous étiez les seuls héritiers d'Adriano ?

Isabella approuva de la tête.

— Les parents de mon cousin étaient tous les deux décédés et il n'avait ni frère ni sœur. Mais comme la succession avait pris du temps, la maison contenait encore toutes ses affaires lorsqu'on l'a récupérée. Et c'est justement cela qui intéressait Sean.

Gaspard sentait l'excitation le gagner. Il était certain de tourner autour de quelque chose de crucial.

— Sean ne s'est pas embarrassé de longs discours, confia Isabella. Il m'a montré des photos

365

du petit Julian en m'expliquant qu'il ne croyait pas à la thèse officielle concernant la mort de son fils.

— Il vous a dit pourquoi ?

— Il m'a juste affirmé qu'Adriano avait repris l'enquête de son côté, de manière confidentielle.

La nuit était tombée d'un coup. Dans certains jardins, des guirlandes d'ampoules illuminaient les sapins, les buissons, les palissades.

— Concrètement, que cherchait Sean en venant vous trouver ?

— Il voulait jeter un œil dans les affaires d'Adriano. Voir si avant de mourir celui-ci n'avait pas laissé un indice concernant ses investigations.

— Vous l'avez cru ?

Elle répondit d'une voix teintée de tristesse :

— Pas vraiment. Je vous l'ai dit : il était tellement halluciné, tellement dingue qu'on avait l'impression qu'il délirait ou qu'il parlait tout seul. Pour tout dire, il me faisait même un peu peur.

— Pourtant, vous l'avez laissé entrer, devina-t-il.

— Oui, mais pendant tout le temps où il fouillait la maison, j'ai emmené les enfants faire un tour à l'East River Plaza[1]. C'est mon mari qui gardait un œil sur lui.

— Vous savez si Sean a trouvé quelque chose ?

Elle eut un sourire désabusé.

— En tout cas, il a mis un sacré bordel ! Il a ouvert tous les tiroirs, tous les placards, fouillé partout. D'après André, il serait reparti en prétendant avoir trouvé ce qu'il cherchait.

Gaspard sentit la fièvre monter en lui.

— Et c'était quoi ?

— Des documents, je crois.

— Quels documents ?

— Je n'en sais rien. André m'a parlé d'un dossier cartonné que Sean aurait rangé dans sa besace en cuir.

Il insista :

— Vous ne savez pas ce qu'il contenait ?

— Non, et je m'en fiche. Quoi qu'on fasse, ça ne ramènera pas les morts, n'est-ce pas ?

Gaspard éluda la question et demanda à son tour :

— Vous avez gardé les affaires de votre cousin ?

Isabella secoua la tête.

1. Grand centre commercial de Harlem.

— On a tout jeté depuis longtemps. Honnêtement, à part sa voiture et un beau frigo américain, Adriano ne possédait pas grand-chose.

Déçu, Gaspard comprit qu'il s'était emballé trop vite et qu'il n'apprendrait plus rien de la cousine de Sotomayor.

— Vous pourrez interroger votre mari pour moi, savoir s'il se souvient de quelque chose d'autre ?

Serrant sa parka autour d'elle, Isabella acquiesça. Gaspard nota son numéro de portable sur le paquet de cigarettes.

— C'est très important, martela-t-il.

— À quoi ça sert de remuer tout ça ? Le petit est bien mort, n'est-ce pas ?

— *Sans doute*, répondit-il en français avant de la remercier de son aide.

Isabella regarda s'éloigner cet étrange visiteur en écrasant son mégot dans un pot de fleurs en terre cuite. Il avait dit *sans doute*. Isabella avait de bonnes notions de français, mais elle n'avait jamais véritablement compris la logique de cette expression. Chaque fois qu'elle l'entendait, elle se demandait pourquoi *sans doute* signifiait *peut-être* et non pas *sans aucun doute*.

Il faudrait qu'elle pense à le demander à son mari.

# Pénélope

« Après Picasso, il n'y a que Dieu. »

Je me suis souvent moquée de cette phrase de Dora Maar, mais aujourd'hui, les mots de l'ancienne muse du génie catalan m'apparaissent dans toute leur tragédie. Parce que c'est profondément ce que je ressens, moi aussi. Après Sean Lorenz, il n'y a que Dieu. Et comme je ne crois pas en Dieu, *après Sean Lorenz, il n'y a rien.*

À force de fuir ton fantôme, j'avais presque oublié combien j'étais sensible à ta peinture, Sean. Mais depuis que ce Gaspard Coutances m'a montré ta dernière toile, elle n'a pas cessé de me hanter. Est-ce que la mort est vraiment comme ça ? Blanche, douce, rassurante, lumineuse ? Est-ce que c'est sur ce territoire où la peur semble ne plus exister que tu te trouves aujourd'hui, Sean ? Et notre fils est-il avec toi ?

Depuis hier, je m'accroche à cette idée.

Cette nuit, j'ai très bien dormi parce que j'étais soulagée d'avoir pris ma décision. J'ai passé la matinée le sourire aux lèvres à repriser ma robe à fleurs. Celle que je portais la première fois que tu m'as vue à New York, ce 3 juin 1992. Et tu sais quoi ? Elle fait encore son effet ! J'ai aussi retrouvé mon vieux perfecto, mais pas la paire de Doc Martens que je portais ce jour-là. Je les ai remplacées par ces bottines en cuir patiné que tu aimais bien et je suis sortie dans la rue. J'ai pris le métro jusqu'à la porte de Montreuil, puis j'ai marché longtemps, *légère et court vêtue*, malgré le froid de décembre.

Derrière la rue Adolphe-Sax, j'ai retrouvé la station désaffectée de l'ancienne ligne de la Petite Ceinture. Rien n'a changé depuis le jour où tu m'y as emmenée pour un pique-nique de minuit.

Encerclé par les broussailles, le bâtiment tombe en ruine. Les portes, les fenêtres ont été murées, mais je me souviens qu'on pouvait accéder aux quais par un escalier qui partait du local technique. La torche de mon téléphone allumée, je descends sur les voies. D'abord, je me trompe de sens puis je reviens en arrière et je trouve le tunnel qui mène à l'ancien dépôt.

Tu ne me croiras pas : le vieux wagon est toujours là. La RATP a un trésor de plusieurs millions d'euros planqué dans une gare qui tombe en ruine et personne ne s'en est jamais rendu compte !

Ni la rouille ni la poussière n'ont effacé tes couleurs incandescentes. Et mon image continue à flamboyer sur la tôle rêche et sale du wagon de métro. Ma jeunesse triomphante est plus forte que le temps et la nuit. Mes cheveux fous qui caressaient mon corps de princesse, qui s'enroulaient autour de mes jambes de vingt ans, de mes seins, de mon bas-ventre. C'est cette image que je veux emporter avec moi.

Je pénètre à l'intérieur du wagon. Tout est sale, noir, recouvert d'une épaisse couche de poussière, mais je n'ai pas peur. Je m'assois sur l'un des strapontins et j'ouvre mon sac. Ce magnifique Bulgari en cuir tressé blanc et bleu que tu m'as offert le printemps précédant la naissance de Julian. À l'intérieur, je trouve un Manurhin 73 chargé. Ça, c'est un cadeau de mon père : son ancienne arme de service. Pour que je puisse toujours me défendre. Mais aujourd'hui, me défendre, c'est me tuer.

Le canon dans ma bouche.

Tu me manques, Sean.

Si tu savais comme je suis soulagée de venir te retrouver. Toi et notre petit garçon.

À cet instant, une seconde avant d'appuyer sur la détente, je me demande seulement pourquoi j'ai attendu tout ce temps avant de vous rejoindre.

# LE ROI DES AULNES

*Samedi 24 décembre*

# 16

## La nuit américaine

*Il y a quelque chose dans l'air
de New York qui rend le sommeil
inutile.*

Simone de BEAUVOIR

**1.**

Quatre heures du matin et Madeline pétait la
forme.

Elle avait dormi dix heures d'affilée du plus
réparateur des sommeils : lourd, profond, expurgé
de tous les cauchemars et de tous les fantômes.
Sa douleur à l'abdomen n'avait pas disparu,
mais elle était moins vive. Supportable, même.
Madeline se leva, tira les rideaux pour apercevoir
Greenwich Street, déjà animée, puis plus loin,
entre deux immeubles, le courant ténébreux et
glacé de l'Hudson.

Elle jeta un œil à son portable : trois appels en absence de Bernard Benedick. Que lui voulait le galeriste ? En tout cas, il allait devoir attendre, pour l'instant elle avait faim.

Son jean, un tee-shirt, un *hoodie*, son blouson. En sortant de sa chambre, elle trouva sur le palier une enveloppe cachetée. Elle l'ouvrit dans l'ascenseur : sur trois pages, Coutances avait pris la peine de lui rédiger un compte rendu manuscrit de sa visite à Isabella, la cousine d'Adriano Sotomayor. Et lui demandait de l'appeler dès que possible pour convenir d'un endroit où se retrouver. Bien décidée à ne rien faire sans avoir avalé son petit déjeuner, elle remit sa lecture à plus tard et plia les feuilles avant de les glisser dans l'une de ses poches.

L'hôtel n'était qu'en demi-sommeil. En ce matin du 24 décembre, des clients, en transit à New York, étaient déjà sur le départ. À la réception, deux jeunes bagagistes s'affairaient à charger les coffres de plusieurs véhicules, certains en partance pour l'aéroport, d'autres pour une station de ski des Appalaches.

Madeline quitta le lobby pour le salon du rez-de-chaussée où crépitait un feu dans la cheminée. Éclairé d'une lumière diffuse, le salon du Bridge Club ressemblait à un vieux club anglais : canapés

Chesterfield et fauteuils capitonnés, bibliothèque en acajou, masques africains, têtes d'animaux sauvages naturalisées. Elle s'installa dans une *globe chair* : un fauteuil ballon dont les lignes très sixties détonnaient avec le reste de la décoration. Une sorte de groom en livrée blanche surgit de derrière le sapin de Noël monumental qui trônait au centre de la pièce. Madeline jeta un coup d'œil au menu et commanda un thé noir et de la ricotta au lait de chèvre avec des *crostini*. Après tout, il était plus de 10 heures du matin à Paris et à Madrid. Malgré les flammes qui pétillaient dans l'âtre à un mètre à peine devant elle, la jeune femme avait froid. Elle s'empara d'un plaid en laine écrue et s'en servit comme d'un châle.

*Une mémé au coin du feu, voilà ce que je suis devenue*, pensa-t-elle en soupirant. Décidément, elle n'avait plus aucune *grinta*, plus aucun feu sacré. Elle se remémora l'article du *New York Times Magazine* que lui avait montré Coutances à Madrid. Où était passée cette jeune femme volontaire, battante et combattante qui ne s'économisait pas et ne laissait jamais tomber le morceau ? Elle revoyait mentalement la photo qui illustrait l'article : un visage plus affûté, des traits déterminés, un regard toujours aux aguets. Cette Madeline-là s'était évaporée.

Elle repensa à ses enquêtes les plus marquantes, à cette sensation folle, enivrante qui s'emparait de vous lorsque vous sauviez la vie de quelqu'un. Ce bref sentiment d'euphorie qui vous saisissait et vous donnait l'impression, pendant un instant, de racheter à vous seule tous les travers de l'humanité. Elle n'avait rien connu de plus fort dans sa vie. Elle repensa à la petite Alice Dixon qu'elle avait retrouvée vivante après des années d'enquête, mais qu'elle avait perdue de vue depuis. Avant elle, il y avait eu un autre enfant, Matthew Pears, qu'elle avait arraché des griffes d'un prédateur. Perdu de vue également. Même quand les enquêtes se terminaient bien, l'euphorie laissait rapidement la place à un désenchantement. Une prise de conscience brutale que, s'ils lui devaient la vie, ces enfants n'étaient pas les siens. Une descente qui appelait très vite le besoin d'une autre enquête. Une nouvelle injection d'adrénaline comme antidépresseur. Le serpent qui se mordait la queue indéfiniment.

**2.**

Le groom réapparut avec le plateau de petit déjeuner qu'il posa sur la table basse devant Madeline. Elle avala ses tartines et son thé sous le regard vide d'une statue précolombienne qui montait la garde sur une étagère en face d'elle. La réplique du fétiche de *L'Oreille cassée*...

Madeline n'arrivait toujours pas à croire ce que lui avait raconté Coutances. Ou plutôt, elle ne voulait pas en accepter les implications. Les faits pourtant n'étaient guère contestables : persuadé que son fils était encore en vie, Sean Lorenz était tombé sur un article évoquant certaines de ses enquêtes précédentes. Il s'était alors convaincu que Madeline était en mesure de l'aider. Il avait téléphoné sans succès au Cold Case Squad du NYPD puis il avait profité de son dernier voyage à New York pour venir la voir en chair et en os. Là, il avait été terrassé par une attaque cardiaque et s'était écroulé en plein milieu de la 103e Rue. À quelques dizaines de mètres de son bureau.

Sauf que Madeline n'avait rien su de tout ça. Il y a un an, à la même époque, elle ne travaillait déjà plus au NYPD. Elle n'était même plus à New York. Les symptômes de sa dépression avaient débuté au milieu de l'automne. Fin novembre, elle avait donné sa démission et était rentrée en Angleterre. À quoi bon refaire le film ? Même si elle avait pu rencontrer Lorenz, ça n'aurait strictement rien changé. Pas plus qu'aujourd'hui, elle n'aurait cru un mot de ses affirmations.

Pas plus qu'aujourd'hui, elle n'aurait pu l'aider. Elle n'était pas chargée de cette affaire et n'avait aucun moyen d'enquêter.

Alors qu'elle terminait sa ricotta, elle porta la main à son abdomen. *Bordel*. La douleur s'était réveillée. Son ventre était gonflé comme si elle venait de prendre cinq kilos en deux minutes. Discrètement, elle relâcha un cran de sa ceinture et attrapa dans son blouson un comprimé de paracétamol.

Ses pensées revinrent vers Gaspard. Même si elle prétendait le contraire devant lui, Coutances l'avait bluffée. Elle ne le suivait pas du tout dans ses conclusions, mais elle devait lui reconnaître une certaine obstination et une véritable intelligence. Avec peu de moyens, il avait soulevé des questions pertinentes et trouvé des débuts d'indices qui avaient visiblement échappé à des enquêteurs plus aguerris.

Elle sortit de sa poche le compte rendu, fouillé et exhaustif, qu'il avait rédigé à son intention. Trois feuilles recto verso remplies avec une application d'écolier d'une belle écriture presque féminine – arrondie, avec de grosses boucles bienveillantes – qui cadrait mal avec la personnalité du dramaturge. À la première lecture, Madeline se demanda quel crédit il fallait accorder à l'affirmation selon laquelle Sean était reparti de chez Isabella avec des documents appartenant à Sotomayor. Si c'était le cas, ne les aurait-on pas retrouvés ? Près du corps de Lorenz ou dans sa chambre d'hôtel ? Après un instant de réflexion, elle composa le numéro de Bernard Benedick.

Le galeriste n'attendit pas plusieurs sonneries pour décrocher. Et il était en colère.

— Mademoiselle Greene ? Vous n'avez aucune parole !

— De quoi parlez-vous ?

— Vous le savez très bien : du troisième tableau ! Celui que vous avez gardé pour vous ! Vous m'avez bien entubé avec...

— Je ne comprends rien à ce que vous dites, le coupa-t-elle. J'avais demandé à M. Coutances de vous restituer les trois toiles.

— Il ne m'en a fait livrer que deux !

Elle soupira. Coutances s'était bien gardé de la prévenir !

— Je vais voir avec lui ce qui s'est passé, promit-elle. En attendant, éclairez-moi sur quelque chose. Vous m'aviez bien dit qu'à la mort de Lorenz vous aviez récupéré ses affaires à son hôtel ?

— Exact, des fringues et son agenda.

— Au Bridge Club, à TriBeCa ?

— Oui, j'ai même insisté pour aller fouiller moi-même sa chambre.

— Vous ne vous souvenez plus du numéro ?

— Vous plaisantez ? Ça date d'il y a un an ! Une autre idée la traversa.

— Lorsque les ambulanciers ont essayé de réanimer Lorenz sur la 103$^e$ Rue, vous savez s'ils ont trouvé des effets personnels sur lui ?

Benedick fut affirmatif :

— Il n'avait rien à part son portefeuille.

— Vous n'avez jamais entendu parler d'un cartable ou d'un sac en cuir ?

Un long silence.

— Sean possédait un sac-besace qui ne le quittait jamais, c'est vrai. Un vieux modèle Berluti que lui avait offert sa femme. Je ne sais pas du tout où il est passé. Pourquoi cette question ? Vous continuez à enquêter ? C'est à cause de l'article du *Parisien* ?

— Quel article ?

— Vous verrez par vous-même. En attendant, j'exige que vous me restituiez la dernière partie du triptyque !

— Je crois que vous n'êtes pas en mesure d'exiger quoi que soit, s'agaça Madeline en lui raccrochant au nez.

Elle se massa les paupières en essayant de reprendre le fil de son raisonnement. Si l'histoire qu'Isabella avait racontée à Coutances était vraie, il s'était passé moins de vingt-quatre heures entre le moment où Sean avait récupéré les documents chez Sotomayor et son décès. Mais c'était suffisant pour que le peintre ait eu le temps de les remettre à quelqu'un. Ou alors, il avait tout simplement planqué sa sacoche. Ce comportement correspondait assez à ce qu'elle imaginait des derniers jours de Lorenz : un être illuminé, perturbé, paranoïaque. *Mais planqué où ?* Sean n'avait plus de repères à New York ; plus de famille ; plus d'amis ; plus de maison. Restait une solution. La plus simple : Sean avait caché les documents dans sa chambre d'hôtel.

*Tenter quelque chose. Maintenant.*

Madeline se leva pour se diriger vers le lobby. Derrière l'imposant comptoir en bois trônait Lauren Ashford – comme l'indiquait son badge –, jeune femme démesurément grande et démesurément belle qui semblait incarner à elle seule le standing et le raffinement du Bridge Club.

— Bonjour, madame.

— Bonjour. Mademoiselle Greene de la chambre 31, se présenta Madeline.

— Que puis-je faire pour vous ?

Le ton de Lauren était poli, mais pas chaleureux. Elle portait une robe bleu sombre étourdissante qui aurait eu davantage sa place sur un podium de la Fashion Week que dans le lobby d'un hôtel. Madeline pensa au costume de la Reine de la Nuit dans une représentation de *La Flûte enchantée* qu'elle avait vue à Covent Garden.

— Il y a un an, la semaine du 19 décembre, le peintre Sean Lorenz est descendu dans votre hôtel…

— C'est bien possible, dit-elle sans daigner lever la tête de son écran.

— J'aimerais savoir quelle chambre il occupait.

— Madame, je ne suis pas en mesure de délivrer ce genre d'informations.

Lauren détachait chaque syllabe. De près, sa coiffure paraissait incroyablement sophistiquée, à base de torsades et de couronnes de tresses retenues par des pinces et des barrettes incrustées de brillants

— Je comprends, admit Madeline.

En réalité, elle ne comprenait rien du tout. Elle se sentit même traversée d'une pulsion agressive : attraper la Reine de la Nuit par les cheveux et lui exploser le crâne sur l'écran de son ordinateur.

Elle battit en retraite et sortit sur le trottoir pour fumer une cigarette. Alors qu'un bagagiste lui ouvrait la grande porte à battants, le froid la saisit brutalement. *Le prix à payer*, pensa-t-elle en cherchant son briquet dans toutes ses poches. Dans la nuit polaire, elle sentit son téléphone vibrer : deux sonneries pour deux SMS qui arrivaient en rafale.

Le premier était un long message de Louisa, l'infirmière espagnole de l'hôpital de fertilité, qui la prévenait que seize des ovocytes qu'on lui avait ponctionnés étaient utilisables. D'après Louisa, le biologiste de la clinique proposait d'en féconder la moitié avec le sperme du donneur anonyme et de congeler l'autre partie.

Madeline donna son accord et en profita pour mentionner les douleurs qui l'assaillaient. L'infirmière répondit du tac au tac :

C'est peut-être une infection ou une hyperstimulation. Passe nous voir à la clinique.

Je ne peux pas, écrivit Madeline, je ne suis pas à Madrid.

Où es-tu ? demanda Louisa.

Madeline préféra ne pas répondre. Le deuxième SMS augurait une bonne nouvelle. Il provenait de Dominic Wu.

Salut, Madeline. Si tu es dans les parages, passe me voir vers 8 h à Hoboken Park.

Elle saisit la balle au bond : Salut Dominic. Déjà debout ?

Je suis en route vers la salle de sport, répondit l'agent du FBI.

Madeline leva les yeux au ciel. Elle avait lu quelque part que, dès 5 heures du matin, New York connaissait une très forte augmentation de sa consommation d'électricité, due en partie à l'activité des salles de fitness que les gens fréquentaient de plus en plus tôt.

Tu as des infos pour moi ?

Pas au téléphone, Madeline.

Comprenant qu'elle n'obtiendrait rien de plus, elle mit fin à la conversation : OK, à tout à l'heure.

Sa cigarette entre les lèvres, elle dut reconnaître qu'elle avait perdu son briquet. Elle allait faire demi-tour lorsqu'une longue flamme jaillit devant ses yeux, trouant un bref instant le froid glacial du petit matin.

— Je l'ai ramassé dans le salon. Vous l'aviez laissé tomber dans votre fauteuil, annonça le jeune bagagiste en approchant la flamme de son visage.

Madeline alluma sa clope en le remerciant d'un hochement de tête.

Le gamin n'avait pas vingt ans. Elle l'avait déjà repéré un peu plus tôt : regard clair, mèche rebelle, sourire enjôleur et mutin qui devait rendre folles les filles.

— Sean Lorenz était dans la chambre 41, annonça-t-il en lui rendant son Zippo.

### 3.

Madeline crut d'abord qu'elle avait mal entendu et lui demanda de répéter.

— Le peintre logeait dans la suite 41, déclara le bagagiste. Une chambre d'angle semblable à celle que vous occupez, mais située un étage au-dessus.

— Comment tu sais ça, toi ?

— J'ai seulement tendu l'oreille. Hier soir, à la réception, M. Coutances a posé la même question que vous à Lauren et c'est ce qu'elle lui a répondu.

Madeline n'arrivait pas à le croire : Coutances avait réussi à faire parler l'autre pimbêche de l'accueil ! *Bon sang !* Elle imaginait bien la scène : avec sa veste Smalto, son regard de cocker et ses effluves de lavande, Coutances avait dû sortir à la jeunette un pathétique numéro de charme. Entre vieux beau bienveillant et bateleur sur le retour. Et ça avait marché.

— Il lui a demandé autre chose ?

— Il a essayé de visiter la chambre, mais Lauren n'a pas accepté.

Madeline ne put s'empêcher d'éprouver une satisfaction mesquine : le pouvoir d'attraction de Coutances n'était pas sans limites.

— Comment t'appelles-tu ?

— Kyle, répondit le bagagiste.

— Tu travailles ici depuis longtemps ?

— Depuis un an et demi, mais seulement le week-end et pendant les vacances.

— Le reste du temps, tu es à la fac ?

— Oui, à NYU.

Le gamin avait un regard vert d'eau qui vous transperçait et un sourire pétillant plus luciférien que bienveillant.

— L'été dernier, une partie du quatrième étage a été inondée, relata-t-il comme si Madeline lui avait posé une question. Les grandes eaux, vraiment.

Malgré son air juvénile, Kyle la mettait mal à l'aise. Une intelligence vive brillait dans ses yeux d'olivine, mais il y flottait comme un air de menace.

— Finalement, c'était la clim qui merdait, continua-t-il. Un tuyau d'évacuation qui s'était bouché. Il a fallu refaire les plafonds de plusieurs chambres dont la 41.

— Pourquoi tu me racontes ça ?

— Les travaux ont duré trois semaines. Un coup de bol : j'étais là quand les maçons ont trouvé quelque chose dans l'un des faux plafonds. Un sac-besace en cuir. Alors, je me suis proposé pour le rapporter à la réception.

— Mais tu l'as gardé pour toi, devina Madeline.

— Oui.

Ne pas perdre le fil. Une autre partie venait de débuter. À présent, derrière la séduction candide du jeune homme, elle devinait autre chose : du calcul, de la perversité, quelque chose de glaçant.

— C'était vraiment un très beau sac, même s'il était usé jusqu'à la corde avec des traces de peinture. Mais c'est ce que les gens veulent aujourd'hui, vous avez remarqué ? Plus personne n'aime le neuf. Comme si l'avenir, c'était le passé.

Il laissa sa formule faire son effet.

— J'en ai tiré neuf cents dollars sur eBay. La besace est partie tout de suite. Je savais à qui elle appartenait parce que le nom du propriétaire était brodé à l'intérieur, comme s'il l'avait reçue en cadeau.

— Tu as ouvert le sac ?

— J'avais déjà entendu parler de Sean Lorenz, mais pour être honnête, je ne connaissais pas ses peintures. Alors, je suis allé voir certaines de ses toiles au Whitney Museum et j'ai été très surpris. Elles nous déstabilisent parce qu'elles...

— Ne te crois pas obligé de me réciter ce que tu as lu sur Wikipédia, l'interrompit-elle. Contente-toi de me dire ce que tu as trouvé dans la besace.

Si Kyle avait été vexé, il ne le montra pas. Il répondit de sa voix faussement candide :

— Des trucs bizarres. Tellement flippants que je savais qu'un jour ou l'autre quelqu'un s'y intéresserait. Alors hier, quand j'ai entendu M. Coutances, ça a fait tilt dans ma tête et je suis retourné chez moi pour récupérer ça.

Tel un *flasher* ou un vendeur de montres à la sauvette, il ouvrit sa Barbour matelassée pour dévoiler une épaisse pochette en carton laminé.

— Donne-moi ce truc, Kyle. J'enquête avec Coutances. Lui et moi, c'est pareil.

— Oui, c'est pareil. Donc, c'est mille dollars. C'est la somme que je comptais lui réclamer.

— Je suis flic, dit-elle.

Mais il en fallait plus pour impressionner Kyle.

— Mon père aussi est flic.

Elle hésita une seconde. L'une des options était de l'attraper à la gorge et de lui prendre son dossier de force. Physiquement, elle s'en sentait capable, mais quelque chose en Kyle lui faisait vraiment peur. *Le diable habite certaines personnes* avait coutume de dire sa grand-mère. Si c'était vrai, Kyle était de celles-là et tout ce qu'elle tenterait contre lui se retournerait contre elle.

— Je n'ai pas mille dollars sur moi.

— Il y a un distributeur à moins de trente mètres, fit-il remarquer tout sourire en désignant les lumières du Duane Reade[1], de l'autre côté de la rue.

Avec son mégot, Madeline s'alluma une autre cigarette et capitula. Ce gamin n'était pas un gamin ordinaire. C'était un instrument du mal.

— OK, attends-moi là.

Elle traversa Greenwich Street et marcha jusqu'au DAB situé dans la galerie du drugstore. Devant l'appareil, elle se demanda si sa carte de crédit lui permettrait de retirer autant de liquide. Heureusement, quand elle eut composé son code, les billets de cinquante dollars sortirent sans broncher. Elle revint jusqu'à la devanture de l'hôtel en se disant que tout ça était finalement un peu trop facile. Elle ne croyait pas aux cadeaux qui tombaient du ciel. Elle traversait la rue lorsque son portable vibra. Benedick. Un SMS qui ne contenait

1. Chaîne de drugstores généralement ouverts vingt-quatre heures sur vingt-quatre.

rien d'autre qu'un lien hypertexte vers un article du *Parisien*. Sur son iPhone, même sans ouvrir le lien, le chapeau de l'article apparut :

**Mort tragique de Pénélope Kurkowski, mannequin-vedette des années 1990 et égérie du peintre Sean Lorenz.**

*Merde…*

Alors que dans sa tête plusieurs informations se télescopaient, Kyle la pressa.

— Vous avez l'argent ?

Le gamin avait fini son service et enfourché son vélo à pignon fixe. Il prit les billets et les fourra dans sa poche avant de lui tendre la pochette cartonnée. En quelques coups de pédales, il disparut dans la nuit.

Un instant, Madeline pensa qu'il l'avait menée en bateau et qu'elle venait de se faire rouler comme une bleue.

Mais ce n'était pas le cas. Elle ouvrit la pochette et commença à lire son contenu à la lueur des lampadaires.

Et c'est ainsi qu'elle rencontra le Roi des aulnes.

## 17

## Le Roi des aulnes

*Mon père, mon père, voilà qu'il me saisit !*
*Le Roi des aulnes m'a fait mal.*

Johann Wolfgang von GOETHE

**1.**

Installée dans un fauteuil du salon du Bridge Club, Madeline pouvait entendre son pouls battre dans sa jugulaire.

Éparpillées sur la table basse devant elle, les feuilles du dossier macabre qu'elle avait passé une heure à compulser. Des archives atroces, sans doute constituées par Adriano Sotomayor, regroupant des dizaines d'articles de presse – certains directement découpés dans les journaux, d'autres téléchargés sur Internet –, mais également des PV d'auditions, des rapports d'autopsie ou des photocopies de passages d'ouvrages sur les tueurs en série.

Tous ces documents étaient en rapport avec une série d'enlèvements et de meurtres d'enfants survenus entre le début de l'année 2012 et l'été 2014 dans les États de New York, du Connecticut et du Massachusetts. Quatre meurtres aussi horribles qu'étranges liés par un *modus operandi* déconcertant.

La série commence en février 2012 par le petit Mason Melvil, deux ans, enlevé dans un parc de Shelton dans le comté de Fairfield. Son corps sera retrouvé douze semaines plus tard près d'un étang de Waterbury, une autre ville du Connecticut.

En novembre 2012, Caleb Coffin, quatre ans, disparaît alors qu'il joue dans le jardin du pavillon de ses parents à Waltham, Massachusetts. Son cadavre est repéré trois mois plus tard par des randonneurs dans une zone humide des White Mountains.

Juillet 2013, l'enlèvement qui met le feu aux poudres : Thomas Sturm, kidnappé en pleine nuit à Long Island dans la maison de son père, Matthias Sturm, un architecte allemand marié à une animatrice-vedette de la ZDF. L'affaire est surmédiatisée en Allemagne. Un temps, le père est soupçonné parce que le couple est en train de se séparer et que leur procédure de divorce est tendue. La presse tabloïde allemande se déchaîne – *Bild* en tête – et démolit Sturm avec des révélations sordides sur sa vie privée. L'architecte est même brièvement incarcéré, mais, au début de l'automne, le corps de Thomas est identifié près du lac Seneca dans l'État de New York. C'est le *Spiegel* qui, à cette occasion, accole pour la première fois au mystérieux prédateur le surnom d'*Erlkönig*, le Roi des aulnes, en référence au poème de Goethe.

Rebelote en mars 2014 lorsque le jeune Daniel Russell est enlevé dans un parc de Chicopee, dans le Massachusetts, lors d'un moment d'inattention de sa nounou. Son cadavre sera retrouvé quelques semaines plus tard, cette fois dans les marais salants de Old Saybrook, une station balnéaire du Connecticut.

Et puis... plus rien. À partir de l'été 2014, le Roi des aulnes disparaît des radars.

### 2.

Madeline prit une gorgée de pu-erh, le thé noir au goût de lotus auquel elle carburait depuis qu'elle était réveillée. Il était 6 heures du matin.

Le salon du Bridge Club commençait à s'animer. La grande cheminée jouait comme un aimant, attirant autour du foyer les clients les plus matinaux qui prenaient leur café devant la danse des flammes.

Elle se massa les tempes et essaya de convoquer ses souvenirs. Pendant les quelques années qu'elle avait passées à New York, elle avait entendu parler du Roi des aulnes à travers la couverture médiatique, mais elle n'en gardait que des réminiscences vagues : le tueur avait sévi pendant deux années, le lien entre les différents meurtres n'avait pas été établi tout de suite, elle ne travaillait pas dans un service concerné par l'affaire, etc.

Pourtant, déjà à l'époque, un fait l'avait marquée parce qu'il détonnait dans ce type de crimes : aucun des corps des quatre enfants n'avait subi de sévices. Ni viol, ni traces de maltraitance, ni mise en scène particulière. Les rapports d'autopsie qu'elle avait à présent sous les yeux confirmaient que, pendant leur détention, les captifs avaient été bien nourris. Leur corps était propre, parfumé, crémé ; leurs cheveux coupés, leurs habits lavés. Leur mort n'avait probablement pas été douloureuse, causée par une surdose de médicaments. Un constat qui n'enlevait rien au caractère abominable des actes du tueur, mais qui compliquait l'interprétation de ses actes.

À la lecture du dossier, Madeline devinait que tout ce que le FBI comptait de criminologues, de psychiatres ou de spécialistes en profilage avait dû se casser les dents pour tenter d'identifier et d'arrêter le psychopathe. Mais si le Roi des aulnes n'avait plus tué depuis deux ans, ce n'était en rien grâce aux services de police.

Nouvelle gorgée de thé en se remuant dans son fauteuil pour soulager les crampes de son ventre. Il n'y avait pas trente-six raisons qui expliquaient qu'un tueur en série mette ses pulsions en sommeil. Le plus souvent, soit il était mort, soit il était incarcéré pour un autre motif. Se trouvait-on ici dans l'une de ces configurations ?

Surtout, une autre question la taraudait. Quel lien existait-il entre l'affaire du Roi des aulnes et l'enlèvement de Julian Lorenz ? Si Sean avait récupéré cet unique dossier, il devait penser qu'Adriano Sotomayor s'était mis en tête que le Roi des aulnes pouvait avoir été le ravisseur de son fils. Sauf que rien dans les documents n'accréditait cette thèse. Aucun article ne mentionnait de près ou de loin le jeune Julian.

Les dates pouvaient à la rigueur concorder, mais quel raisonnement avait suivi le flic pour en arriver à la conclusion que Julian aurait pu être la cinquième victime du tueur ? Et pourquoi n'avait-on jamais retrouvé son corps ?

Les questions s'accumulaient sans le moindre début d'explication. Dans son esprit, toutes ses interrogations formaient un maquis touffu, un dédale où Madeline cherchait en vain le fil d'Ariane. Mais sans doute n'y avait-il rien à comprendre. Lorenz n'avait plus toute sa raison ; Sotomayor n'était qu'un petit enquêteur sans envergure n'ayant jamais dépassé le grade de lieutenant. Il s'était monté la tête avec cette histoire, s'offrant à peu de frais le frisson de la traque sur papier d'un tueur en série qu'il avait cherché en vain à relier à l'enlèvement de Lorenz Junior.

Elle laissa son esprit vagabonder et échafauder les hypothèses les plus folles. Et si Beatriz Muñoz était le Roi des aulnes ? Ce n'était pas absurde *a priori*. Les dates des meurtres pouvaient sans doute correspondre, mais Madeline ne pourrait jamais le vérifier. Passant d'une réflexion à l'autre, elle se remémora l'une des suppositions de Coutances et la précisa à l'aune de ses récentes découvertes : Sotomayor avait-il lui-même été tué par le Roi des aulnes ? Non, elle divaguait. Ou plutôt, elle cherchait à résoudre une équation comptant un trop grand nombre d'inconnues. Se refusant néanmoins à abandonner, elle décida de creuser davantage.

### 3.

Madeline s'empara de son téléphone et retrouva sur Internet l'article original du *Spiegel* qui avait le premier baptisé le tueur « *Erlkönig* ». Elle s'aida de Google Trad et de ses vieilles notions d'allemand du lycée pour traduire le papier qui se résumait à une très courte interview de Karl Doepler, un ancien flic de la BPol[1] de Munich. Le type – visiblement un « bon client » – était consultant pour plusieurs médias.

En surfant sur d'autres sites d'infos, Madeline trouva un article beaucoup plus complet et intéressant dans le quotidien *Die Welt* : une interview croisée entre Doepler et un professeur de culture germanique. Un échange de haute volée dans lequel les deux hommes expliquaient le parallèle entre le *modus operandi* du tueur américain et la figure du *Erlkönig* du folklore allemand.

---

1. *Bundespolizei*, la police fédérale allemande.

Bien que Goethe ne soit pas l'inventeur du terme, c'est véritablement son long poème, écrit à la fin du XVIIIᵉ, qui avait popularisé le personnage du Roi des aulnes. Le quotidien avait reproduit quelques vers de cette œuvre, puissante et dérangeante, qui mettait en scène la chevauchée d'un père et de son très jeune fils à travers une forêt dense et sombre. Un territoire menaçant, entièrement sous la coupe d'une créature inquiétante et dangereuse.

Le texte de Goethe entrelaçait deux dialogues. D'abord celui d'un jeune garçon effrayé par un monstre, que son père cherchait en vain à rassurer. Puis un second échange, plus perturbant, dans lequel le Roi des aulnes interpellait directement l'enfant pour l'attirer dans ses filets. Empreint dans ses débuts d'une séduction malsaine, le discours du monstre laissait rapidement la place à la brutalité, à la menace et à la violence :

> Je t'aime, ton joli visage me charme,
> Et si tu ne veux pas, j'utiliserai la force.

Voyant son fils paniqué, le père tentait de l'extraire de ce mauvais pas, galopant à bride abattue pour quitter la forêt.

Mais la fin du poème scellait le sort funeste de l'enfant :

> Le père tient dans ses bras l'enfant gémissant,
> Il arrive à grand-peine à son port ;
> Dans ses bras l'enfant était mort.

Le texte avait inspiré d'autres artistes – Schubert en avait écrit un lied célèbre –, mais surtout, avec ses thématiques liées à l'agression et au rapt, il avait servi de base à toute une analyse psychologique et psychiatrique, au XX$^e$ siècle. Pour certains, le poème était la métaphore limpide d'un viol. D'autres y voyaient une évocation ambivalente de la figure paternelle tantôt présentée comme protectrice, tantôt revêtant les habits d'un tortionnaire.

Madeline continua sa lecture. Dans la suite de l'article, les deux auteurs insistaient sur le fait que chaque victime de *l'Erlkönig* avait été retrouvée près d'un point d'eau, à proximité de plantations d'aulnes. S'ensuivait alors une explication qui tenait plus de la botanique que de l'enquête policière.

L'aulne, rappelant le papier, est un arbre poussant sur les sols humides : les marais, les marécages, les berges des cours d'eau, les sous-bois que n'éclairent jamais les rayons du soleil. Sa grande résistance à l'humidité en fait notamment un bois privilégié pour la construction de pilotis, de pontons, de certains meubles et d'instruments de musique. Au-delà de ses qualités physiques, toute une mythologie lui était attachée. En Grèce, l'aulne était l'arbre symbole de la vie après la mort. Dans la culture celtique, les druides en faisaient l'emblème de la résurrection. Chez les Scandinaves, on s'en servait pour fabriquer des baguettes magiques et sa fumée favorisait la réalisation des sortilèges. Sur d'autres territoires encore, l'aulne – dont la sève rouge ressemble à du sang – était un arbre sacré qu'il était interdit de couper.

Que retenir concrètement de tout ça ? Comment relier cette riche symbolique aux motivations du tueur ? L'article se gardait bien de donner la moindre conclusion. Lorsqu'elle se déconnecta, Madeline eut l'impression d'avoir franchi un nouveau cercle dans un *no man's land* hostile et brumeux. Le territoire du Roi des aulnes ne se laissait pas facilement pénétrer.

# 18

## La ville de givre

*Je sais que ma vie sera un continuel*
*voyage sur une mer incertaine.*

Nicolas DE STAËL

**1.**

Dès 7 heures du matin, Madeline avait fait le
pied de grue devant l'agence FastCar, à l'inter-
section de Gansevoort et de Greenwich Street.

Elle s'était dit que louer une voiture serait une
simple formalité aux États-Unis, mais comme
elle n'avait pas fait de réservation sur Internet,
elle endura des démarches interminables et dut
remplir des formulaires à rallonge, debout, dans
une salle glaciale, sous l'œil d'un employé détestable – un certain Mike qui pensait davantage
à chatter avec ses copains sur son téléphone portable qu'à trouver une solution à son problème.

Même à New York, l'ère du client roi semblait révolue.

Le choix de véhicules se limitait à une petite Spark écologique, un SUV Subaru et un pick-up Chevrolet Silverado.

— Je vais prendre la Spark, indiqua Madeline.

*Autant éviter de s'encombrer d'un truc énorme.*

— En fait, il ne reste que le pick-up, répondit Mike en consultant l'ordinateur.

— Vous venez de me dire le contraire !

— Ouais, j'avais mal regardé, rétorqua-t-il en mâchonnant son stylo. Les autres sont déjà réservées.

Résignée, elle lui tendit sa carte de crédit. De toute façon, elle aurait même accepté un semi-remorque.

Une fois les clés du pick-up récupérées, elle se familiarisa sur quelques blocs avec la conduite du mastodonte et s'engagea sur la voie autoroutière qui, au niveau de TriBeCa, reliait Manhattan au New Jersey.

Pour un samedi 24 décembre, la circulation était plutôt fluide. En moins d'un quart d'heure, elle avait rejoint l'autre rive et trouvé une place dans le parking du terminal des ferrys.

Madeline n'était jamais venue à Hoboken. Lorsqu'elle sortit du parc de stationnement, elle fut saisie par la beauté du paysage. Les berges de l'Hudson offraient un panorama époustouflant de Manhattan. La réverbération du soleil sur les gratte-ciel donnait à la *skyline* un aspect irréel, enluminant les immeubles, faisant ressortir d'infimes détails à la manière des peintures hyperréalistes de Richard Estes qui figeait la réalité dans une profusion de reflets mordorés.

Sur une centaine de mètres, elle parcourut la longue promenade en bois, ponctuée d'espaces verts, qui faisait face à la High Line et à Greenwich Village. Le point de vue était grisant. Il suffisait de tourner la tête vers le sud pour apercevoir un pan d'histoire américaine : la silhouette vert-de-gris d'une Liberté éclairant le monde, une île minuscule sur laquelle avaient transité les ancêtres de cent millions d'habitants du pays. L'endroit devait d'ordinaire être envahi par les cyclistes et les joggeurs, mais ce matin, le froid polaire avait dissuadé la plupart d'entre eux.

Madeline s'assit sur l'un des bancs du *boardwalk*, releva la capuche de sa parka pour se protéger du souffle glacé qui montait de l'Hudson et enfouit les mains dans ses poches. Le froid était si vif qu'il piquait les yeux. Une larme brûlante coula même sur sa joue, mais elle ne trahissait ni tristesse ni abattement. Bien au contraire.

C'était terrible à dire, mais la perspective d'enquêter sur le Roi des aulnes l'avait ragaillardie. Voilà l'étincelle qu'elle attendait depuis le début. Celle qui avait réveillé son instinct de chasseuse. Même si cela la consternait, c'était pourtant bien ce qu'elle était au plus profond d'elle-même. Elle l'avait toujours su.

On échappe difficilement à sa véritable nature. Par exemple, au-delà des apparences, Gaspard Coutances était un grand affectif. Un misanthrope qui prétendait détester l'humanité, mais qui aimait plutôt les gens et qui n'avait pas été long à se sentir bouleversé par l'histoire d'un père brisé par la mort de son fils. Elle, Madeline, n'était pas faite de ce bois-là. Ce n'était pas une sentimentale. C'était une traqueuse de gros gibier. Du sang noir coulait dans ses veines. Un torrent de lave en fusion se déchaînait sans répit dans son crâne. Un magma impossible à refroidir ou à canaliser.

Ce qu'elle avait raconté à Coutances n'était pas un mensonge. Traquer des tueurs ruinait votre vie, mais pas pour les raisons que l'on avance généralement. Traquer des assassins vous dévaste, car cela vous fait prendre conscience que vous êtes un assassin vous aussi. Et que vous aimez ça. C'était cela qui était *vraiment* perturbant. « Celui qui combat des monstres doit prendre garde de devenir monstre lui-même. » La maxime nietzschéenne paraissait éculée. Pourtant son constat rebattu était juste. Tant que durait la traque, vous n'étiez pas très différent de celui que vous poursuiviez. Et cette conclusion donnait un goût amer à toutes les victoires. Même quand vous pensiez l'avoir vaincu, le mal restait en germe. En vous. *Post coïtum triste.*

Elle prit un grand bol d'air glacial pour se calmer. Il fallait qu'elle redescende de plusieurs crans. *Sois réaliste, ma petite. Tu ne vas pas résoudre toute seule une affaire qui a usé les nerfs de tous les* profilers *du pays.*

Mais quand même… Madeline ne pouvait s'empêcher de penser qu'on lui offrait sur un plateau une affaire unique. Celle dont tous les flics du monde rêvent d'hériter une fois dans leur vie. À côté de ça, plus rien n'existait : ni l'insémination artificielle ni la perspective d'une vie apaisée entre biberon et layette.

Seul comptait le goût du sang.

L'ivresse de la chasse.

— Salut Madeline.

Une main se posa sur son épaule et la vit sursauter.

Perdue dans ses pensées, elle n'avait pas entendu Dominic Wu arriver.

### 2.

Gaspard fut tiré de son sommeil par la sonnerie de son téléphone. Un rythme exaspérant de samba qui lui donna l'impression atroce de se réveiller en plein carnaval de Rio. Le temps qu'il ouvre les yeux et qu'il se saisisse de l'appareil, le répondeur s'était enclenché. Il tira les rideaux et rappela dans la foulée sans écouter le message : c'était Isabella Rodrigues, la sympathique cousine d'Adriano Sotomayor.

— Je suis en retard pour aller bosser, annonça-t-elle d'emblée.

Gaspard entendait en toile de fond la rumeur urbaine *made in New York* : bourdonnement du trafic, effervescence, sirènes de police...

— Ce n'est pas le jour des enfants aujourd'hui ? demanda-t-il.

— Noël, c'est demain, répondit la belle Latino.

— Vous travaillez où ?

— Je gère la boutique Adele's Cupcakes de Bleecker Street. Et aujourd'hui est l'un des jours les plus animés de l'année.

Isabella avait tenu parole. Elle avait sondé les souvenirs de son mari à propos de la visite que leur avait faite Sean Lorenz.

— André a peut-être deux ou trois choses à vous raconter, confia-t-elle. Passez le voir si vous voulez, mais avant 10 heures car il doit emmener les enfants chez ma mère. Et surtout, ne me les mettez pas en retard !

Gaspard voulut en savoir davantage, mais Isabella avait déjà interrompu leur conversation. En raccrochant, il découvrit un SMS de Madeline sur l'écran de son portable : Je dois vérifier deux ou trois choses de mon côté. Retrouvons-nous à l'hôtel à midi. M.

D'abord, cette défection le contraria, puis il se dit qu'il espérait justement qu'elle prendrait ce genre d'initiatives. Et il n'avait pas le temps de se lamenter s'il voulait attraper le mari d'Isabella avant son départ. Un regard à sa montre, un aller-retour sous la douche, un coup de peigne et une giclée de *Pour un homme* millésime 1992.

Une fois dans la rue, il marcha jusqu'à Franklin Street, acheta des tickets de métro et prit la ligne 1 jusqu'à Columbus Circle, au sud-ouest de Central Park. Là, il changea de ligne et continua une dizaine d'arrêts jusqu'à la plus grande des stations de métro de Harlem. Celle de la 125ᵉ Rue, où dans les années 1990 *Les Artificiers* avaient tagué des dizaines de rames de métro. Là aussi où Beatriz Muñoz avait choisi de mettre fin à ses jours.

Il fallut à Gaspard moins d'un quart d'heure pour rejoindre Bilberry Street. Décidément, cette rue lui plaisait. Figée dans le froid, mais inondée de soleil, elle respirait le parfum intemporel d'une New York idéalisée et nostalgique. Devant le numéro 12 – la maison d'Isabella –, un jardinier élaguait l'un des marronniers de la rue dont l'ombre des branches frissonnait sur le trottoir.

— Entrez et faites comme chez vous, l'accueillit André Langlois en lui ouvrant la porte.

Gaspard retrouva les trois enfants qu'il avait vus la veille attablés autour de la même table familiale. Mais cette fois, ils avaient pris place devant un copieux petit déjeuner : Granola, faisselle, ananas Victoria, kiwis jaunes. En bonus, des rires, de la joie, de la chaleur. En fond sonore, un iPad branché sur WQXR diffusait la « Valse des fleurs » de *Casse-noisette*. Chez les Langlois, tout était prétexte à familiariser les enfants à la culture.

— Alors comme ça, ma femme vous prépare du lait de poule pendant que je trime au bureau ! plaisanta André en servant à Gaspard une tasse de café.

Crâne rasé, musculature body-buildée, la peau foncée et les dents du bonheur, André Langlois inspirait une sympathie immédiate. Plus jeune que sa femme, il portait un bas de survêtement et un tee-shirt de soutien à la campagne présidentielle de Tad Copeland.

Pour rester cohérent, Gaspard répéta ce qu'il avait raconté la veille à Isabella et se présenta comme un écrivain qui, lors de la rédaction d'une biographie de Sean Lorenz, s'était interrogé sur les zones d'ombre qui entouraient la mort de son fils.

Tout en l'écoutant, André commença à éplucher une orange pour le plus jeune des bambins, perché sur sa chaise haute.

— Je n'ai rencontré Lorenz qu'une seule et unique fois, mais je crois que vous le savez déjà.

Gaspard acquiesça pour l'inviter à poursuivre.

— Pour être honnête, ma femme m'en avait déjà parlé. Je savais qu'ils avaient eu une aventure bien avant notre mariage, alors, forcément, je m'en méfiais un peu.

— Mais cette défiance s'est atténuée lorsque vous l'avez vu...

Langlois approuva.

— J'ai vraiment eu pitié de lui quand il a commencé à nous parler de son fils. Il était complètement perdu, aux abois, avec une lueur de folie dans les yeux. Physiquement, il ressemblait davantage à un clodo qu'à un irrésistible don Juan.

André tendit quelques quartiers d'orange à son fils puis donna une série de consignes à ses deux plus grands garçons, allant du brossage de dents jusqu'à la préparation du *packed lunch* qu'ils devaient emporter chez leur grand-mère.

— Sur le moment, je n'ai pas compris grand-chose à l'histoire que nous a racontée Sean sur ses liens avec le cousin Adriano, mais Isabella a accepté de le laisser fouiller la maison.

André entreprit de débarrasser la table du petit déjeuner et, machinalement, Gaspard lui donna un coup de main en mettant la vaisselle sale dans l'évier.

— Moi, je n'avais rien contre, assura André Langlois. C'était l'héritage de ma femme, après tout, et la succession avait été plus longue que prévu, mais j'ai conseillé à Isabella de s'éloigner avec les enfants et c'est moi qui suis resté avec Lorenz pour le surveiller.

— Elle m'a dit qu'il avait emporté des documents.

Comme la veille, Gaspard crut qu'il allait en apprendre plus, mais Langlois ne le laissa pas espérer longtemps :

— C'est exact, admit-il en sortant d'une poubelle chromée un sac en plastique rempli de détritus. Mais je ne saurais pas vous dire quoi. La chambre d'Adriano débordait de papiers et de dossiers en tout genre.

Il noua le sac d'ordures et ouvrit la porte d'entrée pour aller le jeter dans le container extérieur.

— Mais ce n'est pas la seule chose qu'a emportée Sean Lorenz, lança-t-il en descendant l'escalier du perron.

Gaspard le suivit dans le jardin.

— Sean Lorenz m'a demandé s'il pouvait jeter un coup d'œil à la voiture d'Adriano, une Dodge Charger qui était restée garée dans l'allée depuis plus d'un an.

D'un signe du menton, il désigna un passage en cul-de-sac perpendiculaire à la rue.

— Je l'ai revendue l'été dernier, mais c'était une chouette caisse que personne n'avait entretenue depuis la mort du cousin. Lorsque Sean est venu, la batterie était à plat. Il a observé la Dodge sous toutes ses coutures. Je pense que lui-même ne savait pas vraiment ce qu'il recherchait. Puis, comme pris d'une inspiration soudaine, il est allé au drugstore de la 131e. Il s'est repointé chez nous cinq minutes plus tard avec un rouleau de grands sacs-poubelle. Il a ouvert le coffre arrière de la Dodge et a arraché le tapis qu'il a mis dans un des sacs en plastique. Puis il est reparti sans même m'adresser la parole.

— Papa ! Papa ! Sydney, il m'a tapé ! cria l'un des garçons en déboulant de la maison pour se jeter dans les bras de son père.

— Vous avez laissé faire Sean sans rien lui demander ? s'étonna Gaspard.

— C'était difficile de s'opposer à lui, expliqua André en consolant son fils. Lorenz était comme possédé. Comme s'il habitait sur une autre planète à des années-lumière de la nôtre. Il portait vraiment sa douleur sur le visage.

Déjà le gamin avait séché ses larmes et brûlait de rejoindre son frère.

André lui ébouriffa les cheveux.

— Personne ne devrait jamais avoir à perdre un enfant, murmura-t-il comme pour lui-même.


**3.**

Dominic Wu aurait eu sa place dans un film de Wong Kar-wai.

Volontiers dandy, l'agent du FBI portait toujours des costumes impeccablement taillés, des cravates tissées et des pochettes en soie. Ce matin, le regard dissimulé derrière des lunettes de soleil, il déployait sa silhouette élégante devant la ligne de gratte-ciel qui avait le bon goût d'arborer les mêmes teintes bleu métallique que son trench-coat en cachemire.

— Merci d'être venu, Dominic.

— Je n'ai pas beaucoup de temps, Madeline. Hans m'attend dans la voiture avec les filles. Aujourd'hui, même le sable du jardin d'enfants est dur comme de la pierre.

Il s'assit à côté d'elle sur le banc en gardant une certaine distance. Ses mains étaient gantées de cuir noir très fin. Avec précaution, il sortit de la poche intérieure de son manteau une feuille de papier pliée en quatre.

— J'ai fait les recherches que tu m'as demandées. Il n'y a rien de trouble à propos de l'assassinat d'Adriano Sotomayor.

— C'est-à-dire ?

— Ce con a voulu faire le malin en intervenant sans arme dans une querelle entre deux petits dealers. Le ton est monté et il s'est pris un coup de couteau dans la gorge. Fin de l'histoire.

— Ce dealer, c'était qui ?

— Nestor Mendoza, vingt-deux ans. Une petite frappe d'El Barrio. Irascible et impulsif, il venait de purger trois ans à Rikers.

— Pourquoi n'a-t-on pas réussi à le serrer ?

L'Asiatique haussa les épaules.

— Parce qu'il s'est tiré, qu'est-ce que tu crois ! Il a de la famille à San Antonio, mais on n'a jamais retrouvé sa trace.

— D'habitude, pour des tueurs de flic, on se montre un peu plus obstiné, non ?

— On le coincera un jour ou l'autre lors d'un contrôle routier, ou on retrouvera son cadavre après une rixe dans les rues de Little Havana. Dis-moi plutôt pourquoi tu t'intéresses à la mort de Sotomayor.

Wu était un agent avisé. Madeline savait très bien que s'il acceptait de lui refiler quelques infos, c'était uniquement par utilitarisme. Parce qu'elle était une flic compétente et qu'il pensait que, si elle avait flairé une piste prometteuse, il en serait le premier bénéficiaire.

— Je crois que la mort de Sotomayor est liée à une autre affaire, confia-t-elle.

— Laquelle ?

— À toi de me le dire, répondit-elle.

Wu n'aurait jamais fait le déplacement s'il n'avait pas eu plus de flèches dans son carquois.

— Tu penses à son frère, c'est ça ?

*Son frère ? Quel frère ?* Madeline sentit l'adrénaline monter en elle.

— Dis-moi ce que tu sais, s'agaça-t-elle.

L'agent fédéral réajusta ses lunettes argentées. Chacun de ses gestes, de ses déplacements, semblait obéir à une mystérieuse chorégraphie dont on avait l'impression qu'elle avait été répétée à l'avance.

— J'ai découvert un truc étrange en grattant sur Sotomayor. Il avait un frère plus jeune, Reuben, un prof d'histoire à l'UF[1].

— Un demi-frère, alors, tu veux dire ?

— Je n'en sais rien. Le fait est qu'en 2011 Reuben Sotomayor a été retrouvé assassiné dans un parc de Gainesville où il avait l'habitude de faire son jogging.

— De quelle manière ?

— Version sauvage : battu à mort, massacré à coups de batte de base-ball.

Wu déplia la feuille qu'il tenait entre les mains.

— On a arrêté un SDF qui dormait parfois dans le parc, Yiannis Perahia. Il s'est défendu mollement. Le type était psychotique et passait d'hôpital en foyer depuis des années. Perahia a plus ou moins avoué et dans la foulée a été condamné à trente ans de réclusion. Bref, une affaire sordide, mais rapidement bouclée. Jusqu'à

1. University of Florida.

ce que, l'an dernier, Transparency Project décide de venir foutre la merde.

— L'organisation qui lutte contre les erreurs judiciaires ?

— Ouais. Encore une fois, ils ont essayé de nous bousiller une procédure en trouvant une juge qui accepte de délivrer une ordonnance pour refaire des tests ADN plus précis.

— Sous quel motif ?

— Toujours le même discours : des aveux qui auraient été extorqués à une personne fragile et les progrès de la science qui permettraient d'identifier un fragment d'ADN qu'on aurait laissé passer auparavant.

Madeline secoua la tête.

— Quels progrès de la science ? En quatre ans ?

— C'est des conneries, je suis d'accord. Enfin, pas tout à fait quand même. Avec les nouvelles techniques d'amplification de l'ADN, on peut…

— Je sais tout ça, le coupa-t-elle.

— Bref, on a fait de nouveaux tests qui ont innocenté le SDF.

Madeline comprit que Wu ménageait son petit suspense.

— Innocenté pour quelle raison ? demanda-t-elle.

— Parce qu'on a retrouvé sur le survêtement de Reuben un ADN qu'on n'avait pas relevé avant.

— Et l'ADN était fiché, n'est-ce pas ?

— Ouais. C'était même celui d'un flic : Adriano Sotomayor.

Madeline prit quelques secondes pour encaisser la révélation.

— Qu'est-ce qu'on en a conclu ? Que Sotomayor avait trucidé son frérot ?

— Peut-être, mais peut-être pas. Ça pouvait tout aussi bien être des traces de contact qu'il est en plus très difficile de dater.

— Tu sais si les deux frères se fréquentaient ?

— Aucune idée. Comme entre-temps Adriano était mort, on n'a pas relancé l'enquête.

— Donc l'histoire s'arrête là ?

— Malheureusement. Maintenant, à ton tour, lâche-moi un truc, Maddie ! Dis-moi sur quoi tu enquêtes.

Madeline tint bon et secoua la tête. Pas question pour le moment de lui parler de Lorenz. Et encore moins du Roi des aulnes.

Le dandy ne chercha pas à masquer sa déception et se leva en soupirant.

— Continue à creuser l'affaire Sotomayor, lui conseilla Madeline.

Wu réajusta son trench-coat et son sourire. Comme dans le plan d'un film, ses gestes donnaient l'impression de ralentir le temps.

Il fit à la jeune femme un petit signe de la main et s'éloigna pour retrouver les siens.

Avec le soleil de face et le *Yumeji's Theme* dans le dos.

# 19

## En lisière de l'enfer

*Chacun se croit seul en enfer, et c'est cela l'enfer.*

René GIRARD

**1.**

Une odeur exquise de pain au maïs flottait dans le restaurant.

Pour se protéger du froid, Gaspard avait trouvé refuge au Blue Peacock, l'un des temples de la *soul food* à Harlem. En semaine, l'établissement n'ouvrait ses portes qu'à l'heure du déjeuner, mais le week-end, dès 10 heures, vous pouviez y déguster de copieux brunchs à base de poulet frit, de patates douces aux épices et de pain perdu au caramel.

Il s'était installé près de l'entrée, sur l'un des tabourets qui entouraient un comptoir en forme de fer à cheval. L'ambiance était déjà très animée et conviviale : des touristes, des familles bobo du quartier, de jolies filles qui sirotaient des cocktails portant des noms poétiques, de vieux Blacks sapés comme Robert Johnson ou Thelonious Monk.

Gaspard leva la main pour attirer l'attention du barman. Il avait très envie d'un scotch, mais commanda à la place un rooibos bio dégueulasse. Il se consola en engloutissant un beignet fourré aux bananes plantains. Ce n'est qu'une fois rassasié qu'il eut l'impression que les rouages de son cerveau se dégrippaient. Il repensa d'abord à ce que lui avait révélé André Langlois. Pourquoi Sean Lorenz avait-il arraché le tapis de la vieille voiture d'Adriano Sotomayor ? Et surtout, que comptait-il en faire ?

Objectivement, il n'y avait pas une foule de solutions. Une seule s'imposait : Lorenz voulait en faire analyser les fibres. Mais pour y trouver quoi ? Sans doute du sang ou d'autres matières génétiques.

Gaspard plissa les yeux. En filigrane, une autre histoire se dessinait. À l'opposé de celle qu'il avait d'abord imaginée et à laquelle il avait voulu croire. Sean Lorenz n'avait peut-être jamais demandé son aide à Sotomayor. Peut-être même avait-il soupçonné son ancien ami d'avoir tenu un rôle dans l'enlèvement de son fils. Une hypothèse folle traversa son esprit : Sotomayor était le complice de Beatriz Muñoz. Un tel scénario tenait-il la route ?

Une séquence muette défila dans sa tête comme s'il visionnait des rushes. Beatriz conduisant son fourgon avec le petit Julian à l'arrière/La main du gamin en sang après avoir été amputée d'un doigt/Le fourgon arrivant sur les berges de l'estuaire de Newtown Creek avant de se garer à côté d'une Dodge Charger/Sotomayor descendant de sa voiture et aidant Muñoz à charger l'enfant dans son coffre/Le doudou de Julian, maculé de sang, oublié sur les pavés…

Il cligna des yeux et sa vision se dissipa. Avant de se faire des films, il lui fallait des preuves. Il reprit sa réflexion sous un autre angle. Sean était un civil, pas un flic. Pour procéder à l'analyse du tapis, il avait dû solliciter un laboratoire privé. Gaspard plongea la tête entre ses mains, essayant de reconnecter tous les fils de son enquête. Sean était passé chez les Langlois le 22 décembre, la veille de sa mort. S'il s'était rendu dans un labo, c'était probablement le lendemain. Une image électrisa Gaspard : la vision de l'agenda de Sean avec, en date du 23 décembre, le rendez-vous avec le mystérieux docteur Stockhausen.

Il sortit son portable, sollicita Google, son nouveau meilleur ami, en entrant plusieurs combinaisons de mots-clés : « Manhattan », « laboratoire », « ADN », « Stockhausen »… En quelques secondes, il trouva ce qu'il cherchait : l'adresse dans l'Upper East Side du laboratoire d'hématologie médico-légale « Pelletier & Stockhausen ».

Il se rendit sur le site Web de l'établissement. D'après la présentation en ligne, le laboratoire était spécialisé dans les « analyses génétiques destinées à l'identification humaine ». Bénéficiant de quantité d'accréditations (FBI, tribunaux, département américain de la Justice), la structure était régulièrement sollicitée dans le cadre de procédures pénales et judiciaires pour identifier et analyser les traces biologiques d'une scène de crime. Les particuliers, eux, y avaient surtout recours pour des recherches de filiation. Une rubrique du site permettait de lire le CV des deux fondateurs : Éliane Pelletier, ancienne pharmacienne en chef de l'hôpital Saint-Luc de Montréal, et Dwight Stockhausen, docteur en biologie, diplômé de l'université Johns-Hopkins.

Gaspard appela le laboratoire et parvint jusqu'au secrétariat de Stockhausen. Même bobard-qui-n'en-était-pas-vraiment-un : il était un écrivain qui dans le cadre d'une biographie du peintre Sean Lorenz aurait souhaité s'entretenir avec le docteur Stockhausen. La secrétaire lui conseilla d'envoyer un mail et d'exposer sa requête par écrit. Gaspard insista pour que son numéro de téléphone soit noté et que sa demande soit transmise de vive voix à l'intéressé. L'employée assura que ce serait fait, puis lui raccrocha quasiment au nez.

*Parle à mon cul…* soupira-t-il.

Au même moment, il reçut un SMS de Madeline. Elle lui demandait les coordonnés d'Isabella, la cousine de Sotomayor. Fidèle à la ligne qu'il s'était fixée, il résista à l'envie de l'appeler pour en savoir davantage et se contenta de lui transférer le numéro qu'elle réclamait.

Comme sa tisane était froide, il leva la main pour en commander une autre, mais son mouvement s'arrêta net. Pendant presque une minute, son regard se bloqua sur les centaines de bouteilles qui tapissaient le mur derrière le barman. Rhum, cognac, gin, bénédictine, chartreuse. Des couleurs intenses, aussi chatoyantes que des diamants, qui l'hypnotisaient. Des liqueurs de feu, des alcools parfumés qui flamboyaient dans leurs écrins de verre. Armagnac, calvados, absinthe, curaçao, vermouth, cointreau.

Un instant, Gaspard s'autorisa à croire qu'il parviendrait à mieux réfléchir après une lampée d'alcool. À court terme, c'était sans doute vrai, mais, s'il replongeait maintenant, son enquête sortirait du chemin rigoureux, ascétique et vertueux qu'il avait commencé à tracer. Pourtant les reflets mordorés des whiskys possédaient un pouvoir d'attraction presque sans limites. Il se sentit défaillir. C'était le propre du sevrage : le danger que le manque vous cueille à un moment où vous ne vous y attendez pas. Un gouffre s'ouvrit dans son ventre. Sa poitrine se compressa, ses tempes bourdonnaient sous la sueur.

Il connaissait le goût associé à chaque bouteille, chaque marque, chaque étiquette. Ce blend japonais, doux et crémeux, les notes boisées de single malt écossais, les arômes francs d'un whiskey irlandais, le goût de miel d'un vieux bourbon, les saveurs d'orange et de pêche d'un Chivas.

Comme la veille, Gaspard déglutit, se frictionna les épaules et le cou pour faire refluer ses tremblements. Mais, cette fois, l'orage ne repartit pas comme il était venu. Il ne s'appartenait plus.

Malgré toute sa volonté, il était sur le point de céder.

C'est là que son téléphone sonna. Affiché sur l'écran, un numéro de portable inconnu.

— Oui ? demanda-t-il en décrochant, avec l'impression que sa voix se tordait pour franchir la barrière de sa gorge.

— Monsieur Coutances ? Ici Dwight Stockhausen. Vous avez un créneau juste avant le déjeuner ?

## 2.

Madeline rabattit le pare-soleil pour se protéger de la réverbération.

La lumière était partout, aveuglante, totale, cannibalisant l'ensemble de son champ de vision.

Depuis deux heures, au volant du pick-up, elle taillait la route vers Long Island. Le panorama était contrasté, tour à tour exaspérant et envoûtant. Les manoirs tape-à-l'œil des millionnaires alternaient avec des coins de villégiature tout droit sortis des années 1950 et des paysages de fin du monde : des plages de sable blanc qui s'étendaient à l'infini sous un ciel repeint à la chaux. Ayant dépassé Westhampton, elle traversait depuis vingt kilomètres les grosses bourgades

– Southampton, Bridgehampton – qui se succédaient sur la longue bande de terre bordée par l'Atlantique.

Au détour d'un chemin sablonneux, le GPS sembla bégayer. Madeline crut qu'elle s'était perdue et guetta un endroit pour faire demi-tour. C'est alors qu'elle aperçut la maison de retraite. À cinquante mètres de la plage, c'était une grande et vieille bâtisse en bardage de bois entourée de pins et de bouleaux.

Elle se gara près des arbres et claqua la porte du pick-up. L'atmosphère sauvage du lieu l'envoûta aussitôt. Sous un ciel laiteux, le vent se déchaînait, modelant les dunes, saturant l'air d'un parfum iodé et alcalin. Caspar David Friedrich revisité par Edward Hopper.

Elle monta la volée de marches qui conduisait à l'entrée. Pas de sonnette ou d'ouverture automatique. Juste une porte en peinture écaillée protégée par une moustiquaire déchirée, qui couina lorsqu'elle la poussa. Madeline atterrit dans un hall désert qui sentait l'humidité.

— Il y a quelqu'un ?

D'abord, la seule réponse fut celle du vent qui menaçait de dessouder les joints des fenêtres.

Puis un homme aux cheveux longs et roux apparut en haut d'un escalier. Débraillé, vêtu d'une tenue d'infirmier d'un blanc douteux, il tenait une canette de Dr Pepper dans la main.

— Bonjour, dit Madeline. Je me suis peut-être trompée d'adresse…

— Non, assura l'infirmier en descendant l'escalier. Vous êtes bien à l'Eilenroc House Senior Citizens.

— Il n'y a pas grand monde, on dirait.

L'homme avait une trogne un peu effrayante – déchirée par des balafres, sillonnée par des cicatrices d'acné – d'où émergeait pourtant un regard azur étonnamment doux.

— Je m'appelle Horace, se présenta-t-il, en nouant sa tignasse avec un élastique.

— Madeline Greene.

Il posa sa boisson sur la planche qui faisait office de banque d'accueil.

— La plupart des pensionnaires sont partis, expliqua-t-il. La maison de retraite fermera définitivement ses portes à la fin février.

— Ah bon ?

— Le bâtiment va être détruit pour construire un hôtel de luxe à la place.

— C'est dommage.

Horace grimaça.

— Les mafieux de Wall Street mettent à sac toute la région. Ils mettent à sac tout le pays, d'ailleurs ! Et ce n'est pas avec l'élection de cette couille molle de Tad Copeland que les choses vont s'arrêter.

Madeline ne se hasarda pas à mettre un pied sur le terrain politique.

— J'étais venue rendre visite à l'une de vos pensionnaires, Mme Antonella Boninsegna. Elle est ici ?

— Nella ? Oui, je crois que ce sera la dernière à partir.

Il regarda sa montre.

— Houlà, j'ai même oublié son déjeuner ! À cette heure-ci, vous la trouverez dans la véranda.

Horace désigna le bout du hall.

— Traversez la salle à manger et vous y serez. Je vous rapporte quelque chose à boire ?

— Je veux bien un Coca.

— Zero ?

— Un vrai ! J'ai encore un petit peu de marge, non ? répondit-elle en désignant la ceinture de son jean.

— Ce n'est pas ce que j'ai voulu dire, sourit l'infirmier en disparaissant dans les cuisines.

La grande pièce commune du rez-de-chaussée faisait penser à une vieille maison de famille. Le genre « demi-pension avec vue sur la mer » qu'on trouvait à Bénodet ou à Whitstable.

Des poutres apparentes, des tables individuelles, en bois flotté, recouvertes de toile cirée aux motifs de coquillages. Sans oublier l'incontournable déco « marine » qui faisait fureur dans les vieux numéros de *Art & Décoration* des années 1990 : lampes à globe de verre, voiliers poussiéreux pris dans leur bouteille, boussoles et compas en laiton, espadon empaillé, gravures à l'eau-forte reproduisant des scènes épiques de pêche au temps de Moby Dick…

Quand elle entra sous la galerie vitrée secouée par le vent, Madeline eut l'impression de déboucher sur le pont d'un trois-mâts pris en pleine tempête. Avec ses murs lézardés et sa toiture qui prenait l'eau, la véranda semblait sur le point de sombrer.

Assise à une petite table, dans le coin de l'extrémité de la loggia, Nella Boninsegna était une vieille dame frêle au visage de souris et au regard exagérément agrandi qui brillait derrière des verres épais comme des loupes. Elle portait une robe à col Claudine sombre et élimée. Un plaid en laine aux motifs écossais posé sur les genoux, elle était plongée dans la lecture d'un gros roman : *La ville qui ne dort jamais*, d'Arthur Costello.

— Bonjour madame.

— Bonjour, répondit la vieille en levant les yeux de son livre.

— Il est bien, votre roman ?

— C'est l'un de mes préférés. C'est la deuxième fois que je le lis. Dommage que l'auteur n'écrive plus.

— Il est mort ?

— Non, il est dévasté. Ses enfants sont morts dans un accident de voiture. C'est vous qui venez me faire ma piqûre ?

— Non madame, je m'appelle Madeline Greene, je suis enquêtrice.

— Vous êtes anglaise, surtout.

— C'est exact, comment le savez-vous ?

— Votre accent, *darling !* Manchester, n'est-ce pas ?

Madeline acquiesça de la tête. D'ordinaire, elle n'aimait pas être si transparente, mais la vieille n'avait pas dit ça pour la vexer.

— Mon mari était anglais, ajouta Nella. Il venait de Prestwich.

— Alors, il aimait le football.

— Il ne vivait que pour le Manchester United de la grande époque.

— Celle de Ryan Giggs et Éric Cantona ?

La vieille dame esquissa un sourire malicieux.

— Plutôt celle de Bobby Charlton et George Best !

Madeline redevint sérieuse.

— Je suis venue vous voir parce que j'enquête sur une affaire. L'enlèvement et le meurtre du fils de Sean Lorenz, ça vous dit quelque chose ?

— Le peintre ? Bien sûr. Vous savez que Jackson Pollock a habité tout près d'ici ? Il est mort à Springs, à dix kilomètres, dans un accident de voiture. Il était avec sa maîtresse dans une Oldsmobile décapotable. Il conduisait complètement ivre et…

— J'ai entendu parler de cette histoire, la coupa Madeline, mais c'était dans les années 1950. Sean Lorenz, lui, était un peintre contemporain.

— Vous pensez que je perds la tête, *darling* ?

— Pas du tout. Lorenz était l'ami d'un de vos anciens élèves : Adriano Sotomayor. Vous vous souvenez de lui ?

— Ah, le petit Adriano…

Nella Boninsegna laissa sa phrase en suspens alors que son visage se transformait. Comme si la simple évocation de l'enfant chassait toute trace d'espièglerie ou de bonne humeur.

— C'est vous qui avez signalé aux services sociaux du comté les violences de son père, Ernesto Sotomayor ?

— C'est exact. C'était au milieu des années 1970.

— Ernesto frappait souvent son fils ?

— C'est peu de le dire. C'est surtout que cet homme était un monstre. Un véritable bourreau.

La voix de la vieille dame se fit caverneuse :

— Tout y est passé : la tête plongée dans la cuvette des toilettes, les coups de ceinture, les coups de poing, les brûlures de cigarette sur tout le corps. Un jour il a obligé le gamin à rester les bras en l'air pendant plusieurs heures. Un autre, il l'a même fait marcher sur du verre pilé, et je vous en passe.

— Pourquoi faisait-il ça ?

— Parce que l'humanité compte un grand nombre de monstres et d'êtres sadiques et qu'il en a toujours été ainsi.

— Comment était Adriano ?

— C'était un garçon triste et gentil qui avait de la difficulté à se concentrer. Souvent, son regard se troublait et vous compreniez qu'il était parti ailleurs, très loin. C'est d'abord comme ça que j'ai deviné que quelque chose n'allait pas chez lui. Avant même de découvrir les traces de maltraitance sur son corps.

— C'est lui qui a fini par vous faire des confidences ?

— Il m'a raconté certains détails de ce que lui faisait subir son père, oui. Ernesto le battait pour un rien. Des punitions qui pouvaient durer des heures et qui la plupart du temps avaient lieu dans la cale de son chalutier.

— La mère faisait semblant de ne pas voir ?

L'ancienne institutrice plissa les yeux.

— La mère, si on veut… Comment s'appelait-elle déjà celle-là ? Ah oui, Bianca…

— Elle a fini par quitter le foyer, c'est ça ?

Nella sortit un mouchoir en tissu de sa poche et essuya les verres de ses Browline. Avec ses cheveux blancs, ce type de lunettes lui donnait de faux airs du colonel Sanders.

— J'imagine qu'elle se prenait elle aussi des raclées, hasarda-t-elle.

— Chaud devant ! cria Horace en posant sur la table un plateau contenant une canette de Coca, une théière ainsi que deux bagels garnis de saumon, d'oignons, de câpres et de fromage frais.

Nella proposa à Madeline de partager son repas.

— Ça ne vaut pas les bagels de Russ & Daughters, mais ils sont très bons quand même, affirma-t-elle en croquant à belles dents dans son sandwich.

Madeline fit de même, puis prit une gorgée de soda avant de poursuivre son interrogatoire :

— On m'a dit qu'Adriano avait un frère.

La vieille instit fronça les sourcils.

— Non, je ne crois pas.

— Si, j'en suis certaine. Il s'appelait Reuben. C'était son cadet de sept ans.

Nella prit le temps de réfléchir.

— À l'époque, lorsque Bianca est partie, il y a eu des rumeurs disant qu'elle était enceinte d'un autre qu'Ernesto. Le genre de ragots qu'on entend dans les petites villes.

— Vous n'y avez pas cru ?

— Bianca était peut-être enceinte, mais, si c'est le cas, elle l'était de son mari. Bianca était jolie, mais aucun homme à Tibberton n'aurait pris le risque de se mettre à dos un fou furieux comme Ernesto.

Madeline butait toujours sur quelque chose :

— Pourquoi Bianca a-t-elle abandonné son fils aîné ?

Nella haussa les épaules en signe d'incompréhension. Elle reprit une bouchée de bagel, puis se rappela tout à coup ce qu'elle avait oublié de demander à Madeline :

— Comment avez-vous appris toutes ces histoires ? Et comment avez-vous retrouvé ma trace ?

— Grâce à Isabella Rodrigues, répondit Madeline.

L'institutrice eut besoin de quelques secondes pour resituer la cousine d'Adriano.

— La petite Isabella, bien sûr. Elle est venue me rendre visite quelquefois. Une bonne fille, comme vous.

— Ne vous fiez pas aux apparences. Je ne suis pas précisément une bonne fille, s'amusa Madeline.

Nella lui rendit son sourire.

— Bien sûr que si.

— Et Adriano, vous l'avez revu ?

— Non, mais j'ai beaucoup pensé à lui. J'espère qu'il va bien. Vous avez de ses nouvelles ?

Madeline hésita. À quoi servirait-il d'accabler cette vieille dame avec de sinistres nouvelles ?

— Il va très bien, ne vous inquiétez pas pour lui.

— Vous êtes peut-être une bonne fille, mais vous êtes une menteuse, rétorqua l'institutrice.

— Vous avez raison, Nella. Vous méritez la vérité. Adriano est mort il y a presque deux ans.

— Ça a un rapport avec votre enquête sur ce peintre. Sinon, vous ne seriez pas venue me trouver…

— Honnêtement, je n'en sais rien encore.

Pour ne pas s'appesantir sur la mort du flic, elle changea de sujet :

— À la fin de sa vie, Ernesto souffrait d'un cancer de la gorge. Il paraît qu'Adriano l'a recueilli chez lui. Ça vous semble possible ?

Nella écarquilla les yeux. Derrière ses verres loupes, ses iris doublèrent de volume.

— Si c'est vrai, c'est surprenant. Il m'étonnerait qu'Adriano soit devenu un adepte de la charité chrétienne.

— Qu'est-ce que vous voulez dire ? demanda Madeline en l'aidant à se servir du thé.

— Tant qu'on ne les a pas soi-même subies, je pense qu'on est incapable d'imaginer les souffrances infligées par la torture. Le genre d'actes qu'a subis Adriano, la durée pendant laquelle il les a supportés, tout ça laisse forcément des séquelles et des traumatismes. Une désorganisation mentale inimaginable.

— Où voulez-vous en venir ? insista-t-elle.

— Je pense qu'à un moment donné cette douleur et cette haine accumulées sont impossibles à canaliser. D'une façon ou d'une autre, vous finissez obligatoirement par les retourner contre vous ou contre les autres.

Les propos elliptiques de l'ancienne instit incitèrent Madeline à ouvrir une dernière porte :

— *Le Roi des aulnes*, ça vous dit quelque chose ?

— Non. C'est une marque de meubles de jardin ?

Madeline se leva pour prendre congé.

— Merci de votre aide, Nella.

Cette femme lui avait plu. La grand-mère qu'elle aurait aimé avoir. Avant de partir, elle exprima l'inquiétude qui lui trottait dans la tête depuis son arrivée :

— Cet infirmier, là…

— Horace ?

— Oui. Il vous traite bien ? Il a l'air bizarre.

— Il ne faut pas se fier aux apparences, en tout cas pas dans son cas. C'est un bon garçon, rassurez-vous. Lui non plus n'a pas eu la vie facile.

Comme pour ponctuer les propos de Nella, la véranda émit un craquement inquiétant sous un coup de vent mieux placé que les autres. Madeline ne put s'empêcher de lever la tête vers le plafond vitré, s'attendant presque à le voir se lézarder.

— On m'a dit que la maison de retraite allait fermer ?

— Oui, dans trois mois.

— Vous avez un plan B ?

— Ne vous en faites pas pour moi, j'irai rejoindre mon mari.

— Je pensais qu'il était mort.

— Depuis 1996, oui.

Madeline n'aimait pas le tour que prenait la conversation.

— À mon avis, vous n'êtes pas près de mourir. Vous avez l'air en forme.

La vieille dame chassa d'un geste cette idée illusoire, et, tandis que Madeline retournait vers le salon, elle l'interpella :

— Je ne sais pas ce que vous cherchez, mais vous ne le trouverez pas.

— Vous êtes médium ou quoi ?

Nella sourit et lissa ses cheveux, comme une ultime coquetterie.

— Mais vous trouverez autre chose, assura-t-elle.

Madeline lui fit un signe de la main et se dirigea vers son pick-up garé sous les pins.

Avant de reprendre la route, elle marcha jusqu'à la plage, sauvage, préservée, intemporelle. Dans quelques mois, des grues et bétonnières allaient venir bousiller l'endroit pour y construire un hôtel, un sauna, un héliport. Tout cela lui paraissait débile, malfaisant, inhumain.

Bordel, voilà qu'elle parlait encore comme Coutances…

Elle revint vers son pick-up. Pour garder un souvenir, elle fit une photo de la plage de sable blanc et de la maison de retraite. La vieille avait peut-être raison. Peut-être que Madeline avait trouvé quelque chose ici. Même si elle ne savait pas encore quoi.

Elle remonta dans la voiture, tourna la clé de contact et mit la gomme pour rejoindre la route nationale. Là, elle enchaîna les kilomètres, en essayant d'ordonner ses pensées. Elle roulait depuis plus d'une heure lorsque son portable sonna. Un nom s'afficha sur l'écran.

Celui de Dominic Wu.


**3.**

Dans le quartier, tout le monde devait surnommer le bâtiment le Rubik's Cube. C'est du moins ce que Coutances s'imagina lorsque le taxi le déposa au nord de l'Upper East Side, à l'angle de la 102$^e$ et de Madison Avenue.

Le laboratoire Pelletier & Stockhausen était un cube de verre polychrome, un patchwork bigarré dont les couleurs vives tranchaient avec le gris et le marron terne des immeubles alentour.

Qui a dit que les Américains ne prenaient jamais de vacances ? En cette fin de matinée en tout cas, le laboratoire ne débordait pas d'activité. Gaspard s'annonça auprès d'une employée élégante et longiligne, mais au physique décharné, et au visage tout en angles : des traits noirs, tracés à l'équerre, une peau blanchâtre, un regard sombre et mélancolique qui rappelaient certains personnages de Bernard Buffet.

Miss Fil-de-fer le conduisit jusqu'à un bureau du sixième étage qui donnait sur l'immense complexe de l'hôpital Mount-Sinai.

— Entrez donc, monsieur Coutances ! lui lança le propriétaire du laboratoire.

Dwight Stockhausen était sur le départ. Posés près d'un canapé Florence Knoll, deux valises Alzer en toile monogramme, un sac de voyage assorti et une paire de Moon Boot en fourrure.

— Nous passons le réveillon à Aspen. À l'hôtel Jerome. Vous y êtes déjà descendu ?

Sa voix vibrait d'une fatuité assumée. Il s'approcha de Gaspard et lui tendit la main à l'européenne.

— Pas récemment, répondit le dramaturge.

D'un geste, le scientifique l'invita à prendre place sur le canapé.

Lui-même resta debout encore une minute. Les yeux rivés à l'écran, il pianotait sur un smartphone qui semblait lilliputien par rapport à ses gros doigts boudinés.

— Je suis à vous dans un instant. Le temps de compléter ce satané formulaire pour l'aéroport.

444

Gaspard profita de l'interlude pour détailler son hôte. Quand il était enfant, sa mère avait parfois fréquenté des types comme lui qui vivaient dans le 16e arrondissement de Paris, à Belgravia ou à Beacon Hill. Son double menton et son profil à la Louis XVI s'harmonisaient à merveille avec son pantalon prince-de-galles, son blazer à chevrons et ses chaussettes Gammarelli logées dans des mocassins à glands.

Enfin, le Bourbon se décida à poser son téléphone et à venir s'asseoir en face de lui.

— Vous vouliez me parler de Sean Lorenz, je crois ?

— D'après ce que je sais, il est venu vous voir, il y a un an. Le 23 décembre 2015, le jour de sa mort.

— Je m'en souviens. C'est moi qui l'avais reçu. Entre nous, c'était un fameux artiste, n'est-ce pas ?

Stockhausen désigna les murs de son gigantesque bureau.

— Comme vous le voyez, je suis moi-même collectionneur, affirma-t-il de ce ton pédant qui était sa marque de fabrique.

Gaspard distingua en effet une litho de *La Petite Fille au ballon rouge* de Banksy – la même qu'on trouvait déjà dans des milliers de

salons ou en fond d'écran de millions d'ordinateurs. Il reconnut aussi une sérigraphie de
Damien Hirst – le sempiternel crâne en diamants
qu'il déclinait à l'infini – ainsi qu'une grande
sculpture d'Arman représentant un violon éclaté
(mais Arman avait-il déjà créé autre chose que
des violons en colère ?). Bref, que des œuvres
qu'il exécrait.

— Revenons à Lorenz, si vous le voulez bien.

Glissant comme une anguille, le scientifique
n'entendait pas laisser Gaspard mener l'entrevue.

— D'abord, comment avez-vous entendu
parler de cette histoire ? demanda-t-il.

Gaspard refusa d'entrer dans son jeu. Si
Stockhausen avait accepté de le recevoir dans
l'urgence, c'est qu'il avait peur pour sa réputation et celle de son labo.

— Nous allons gagner du temps, monsieur
Stockhausen : dites-moi *immédiatement* et *pré-
cisément* ce qu'est venu vous demander Sean
Lorenz.

— Je ne peux pas. Tout cela est confidentiel,
vous vous en doutez.

— Je vous garantis que ça ne va plus l'être
longtemps. En tout cas, pas lorsqu'une escouade
de flics va débarquer à Aspen pour vous passer

les menottes. Ça va mettre une sacrée animation à l'hôtel Jerome, croyez-moi.

Le scientifique s'offusqua :

— Et pour quel motif m'arrêterait-on ?

— Complicité du meurtre d'un enfant.

Stockhausen se racla la gorge.

— Sortez d'ici ! Je vais contacter mon avocat.

Gaspard se renfonça au contraire dans son canapé trop dur.

— Nous ne sommes pas obligés d'en arriver à de telles extrémités.

— Qu'est-ce que vous voulez savoir au juste ?

— Je vous l'ai déjà dit.

Louis Capet n'en menait pas large. Il tira sa belle pochette en soie de son blazer pour essuyer sa transpiration. Et décida de capituler.

— Ce 23 décembre, Sean Lorenz a débarqué dans mon bureau très excité. On aurait dit un dément. Franchement, s'il n'avait pas été si célèbre, jamais je ne l'aurais reçu.

— Il avait avec lui un sac en plastique, c'est ça ?

Stockhausen eut une moue de dégoût.

— Oui, un sac-poubelle qui contenait un vieux tapis. Le genre qu'on trouve dans les bagnoles.

Gaspard acquiesça.

— Il provenait effectivement du coffre d'une Dodge.

— Bref, reprit le scientifique, Lorenz voulait savoir s'il y avait sur ce tapis des traces génétiques pouvant correspondre à son fils.

— Techniquement, c'est faisable ?

Stockhausen haussa les épaules devant l'incongruité de la question.

— Bien sûr, puisque nous avions Lorenz devant nous. Tout ce que nous avons eu à faire a été de prélever un peu de sa salive sur un Coton-tige. La comparaison d'ADN qu'il me demandait était à peine plus élaborée qu'un banal test de paternité. Sauf que ça prenait un peu plus de temps.

— Et j'imagine que Sean était pressé.

Le directeur du labo hocha la tête.

— Pendant les fêtes de fin d'année, c'est toujours compliqué avec les vacances du personnel. Mais tous les problèmes ont une solution lorsque vous acceptez de sortir votre carnet de chèques.

— En l'occurrence, quel était le montant du chèque ?

— En l'occurrence, c'était mieux qu'un chèque.

Stockhausen se leva pour se diriger vers le tableau de Banksy derrière lequel se cachait un coffre-fort de bureau à reconnaissance digitale. Le scientifique ouvrit l'armoire d'acier et en sortit un petit cadre en bois sombre. Sous la vitre, un dessin signé Sean Lorenz représentant la ligne de gratte-ciel new-yorkaise. Gaspard s'imaginait la scène et elle lui donnait la nausée : le gros Stockhausen en train d'arracher à Lorenz, agonisant de chagrin, un ultime dessin pour lui faire raquer une simple analyse génétique.

Louis XVI n'avait pas l'air de prendre la mesure de son ignominie.

— Je crois qu'on peut dire sans se tromper que c'est la dernière œuvre de l'artiste ! gloussa-t-il, ravi de son bon mot.

Gaspard contint l'envie de fracasser le cadre, de réduire le dessin en miettes et de sortir sur la terrasse pour projeter vers le ciel les petits bouts de papier comme on disperse des cendres. Ça aurait eu de la gueule, mais ça n'aurait pas fait progresser sa quête. Il conserva son calme et poursuivit son entretien :

— Lorenz vous a donc fait ce dessin pour que vous acceptiez de réduire les délais de l'analyse…

— Voilà, je lui ai garanti qu'il aurait des résultats le matin du 26 décembre. C'était compliqué, mais jouable.

— Donc, il devait repasser vous voir trois jours plus tard ?

— Mais il n'est jamais venu chercher ses résultats, car il est mort entre-temps, compléta le docteur.

Stockhausen laissa passer quelques secondes.

— Les résultats nous sont bien parvenus à la date prévue, mais ils sont restés en attente dans les entrailles de nos ordinateurs. Il n'y avait pas d'injonction judiciaire et personne ne s'est manifesté. Nous avons un logiciel de gestion qui a automatiquement adressé trois courriers de relance, puis l'affaire m'est sortie de l'esprit.

— La mort de Lorenz a été annoncée dans tous les journaux. Ça ne vous a pas fait réagir ?

— Je ne vois pas le rapport. Il est mort d'une crise cardiaque en pleine rue.

Sur ce point, Stockhausen n'avait pas tort.

— Chaque année, reprit-il, au début de l'automne, mon équipe fait un grand ménage dans l'archivage de nos fichiers. Ce n'est qu'à ce moment que j'ai pris connaissance des résultats.

Gaspard commençait à s'impatienter.

— Et que disaient-ils ?

— Le test de paternité était positif.

— Concrètement ?

— Concrètement : le tapis avait peut-être été sommairement nettoyé, mais on n'a pas eu à chercher bien loin pour y trouver des traces de sang appartenant au fils de Sean Lorenz.

— Et vous n'avez pas prévenu la police ?

— Je vous dis que je m'en suis aperçu en septembre dernier ! J'ai fait une recherche sur Internet : le gamin était mort, tué par une folle. Qu'est-ce que ça aurait changé ?

— D'accord, admit Gaspard.

Il se leva du canapé. Stockhausen insista pour le raccompagner jusqu'à l'ascenseur.

— Ce tapis de voiture, il appartenait à qui ? voulut savoir le directeur du labo.

— Vous ne trouvez pas que c'est un peu tard pour vous en préoccuper ?

Il insista :

— C'était le véhicule de Beatriz Muñoz ? Elle a tué d'autres enfants, n'est-ce pas ?

Gaspard comprit qu'il lui cachait quelque chose.

— Bon sang ! Qu'est-ce que vous ne m'avez pas dit, Stockhausen ?

La cabine arriva et les portes s'ouvrirent, mais Gaspard ne quitta pas le scientifique des yeux. L'homme semblait à bout de souffle, comme s'il venait de traverser Manhattan en courant.

— On a bien trouvé des traces de sang du fils de Lorenz sur ce tapis, mais pas seulement...

Il y avait d'autres traces. Du sang, de la salive provenant d'autres personnes.

— Des enfants ?

— C'est impossible à dire.

— Et vous l'interprétez comment ?

— Je ne sais pas ! Je ne suis ni flic ni médecin légiste. Ça peut être mille choses. Des traces de contact, des…

— Votre conviction ?

Stockhausen haleta :

— Ma conviction, c'est que d'autres corps ont été transportés dans le coffre de cette voiture.


## 4.

Madeline décrocha en conduisant.

— Je t'écoute, Dominic.

— J'ai fait ce que tu m'as demandé, Maddie : j'ai creusé l'affaire Sotomayor et j'ai trouvé quelque chose de très étrange.

Il avait beau être en vacances, Dominic Wu avait le ton caractéristique du chasseur triomphant.

— À propos du frère ?

— Ouais, Reuben. Quelques semaines avant sa mort, il s'était rendu au commissariat de Gainesville pour déclarer la disparition de sa propre mère.

— Bianca Sotomayor ?

— C'est ça. Née en 1946, soixante-cinq ans au moment des faits. Elle venait juste de prendre sa retraite. Avant ça, elle avait travaillé dans différents hôpitaux, d'abord dans le Massachusett puis à Toronto, dans le Michigan et à Orlando.

— Elle avait un mari ? Un mec ?

— Elle n'a été mariée qu'une fois, avec Ernesto Sotomayor, le père d'Adriano et de Reuben. Ensuite, elle a vécu avec un médecin canadien et un vendeur de bagnoles d'Orlando qui a passé l'arme à gauche en 2010. Au moment de sa disparition, elle fréquentait un petit jeune de quarante-quatre ans qui tenait un spa dans la région. Il paraît que c'est mode de se taper des vieilles.

— Il y a eu une enquête sur sa disparition ?

— Oui, mais elle n'a rien donné. Le dossier est vide. Aucun signe avant-coureur, aucun indice, aucune trace. Bianca Sotomayor s'est évaporée.

— Et un juge a fini par la déclarer morte ?

— En novembre 2015.

*C'est pour cela que la succession d'Adriano a pris du temps*, pensa-t-elle.

— J'ai fait ma part du boulot, Maddie. Maintenant, dis-moi pourquoi cette affaire t'intéresse.

— Je te rappelle plus tard, promit-elle.

Elle raccrocha sans lui laisser le temps de poser plus de questions.

Dans la foulée, elle appela Isabella, mais tomba sur sa messagerie. Elle se décida alors à contacter Gaspard.

— Où êtes-vous, Coutances, à Manhattan ?

— Où voulez-vous que je sois ? En train de me dorer la pilule à Papeete ou à Bora Bora ? Je sors de chez Stockhausen. J'ai retrouvé sa trace. Figurez-vous que…

— Plus tard, dit-elle. Je passe vous prendre. J'ai loué une voiture, je suis sur la Southern State au niveau de Hempstead. Je reviens des Hamptons. Une très longue histoire. Je vous raconterai.

— Moi aussi j'ai beaucoup de choses à vous raconter.

— Vous me les direz plus tard, je suis à peine à une heure de route. En attendant, j'aimerais que vous me rendiez un service.

À sa seule voix – timbre plus clair, intonations déterminées –, Gaspard avait compris que Madeline n'était pas dans les mêmes dispositions que la veille.

— Dites toujours.

— À deux rues de l'hôtel, sur Thomas Street, il y a un magasin d'outillage professionnel qui s'appelle Hogarth Hardware. Vous...

— Qu'est-ce que vous voulez que j'aille faire là-bas ?

— Mais laissez-moi parler, à la fin ! Vous avez un papier et un crayon ? Alors voici ma liste de courses : deux torches, des tubes fluo, un pied-de-biche en acier trempé, une pince à décoffrer...

— Et avec ça, on ira où ?

— Ça, c'est vous qui allez me le dire. Faites précisément ce que je vais vous demander. Vous m'écoutez Coutances ?

À l'évidence, Madeline avait trouvé quelque chose qui remettait en question les doutes qu'elle avait toujours nourris sur le bien-fondé de cette enquête. Quelque chose que lui-même n'aurait pas été capable d'arracher.

Gaspard se dit alors qu'il avait eu raison d'aller la chercher.

# 20

## Le fils préféré

*Le noir est une couleur en soi, qui résume et consume toutes les autres.*

Henri MATISSE

**1.**

Ils avaient quitté New York en début d'après-midi pour prendre la route vers l'est dans les embouteillages. Les cent premiers kilomètres jusqu'à New Haven avaient été cauchemardesques. Une autoroute surchargée, ponctuée d'un grand nombre d'échangeurs. Un enfer urbain qui se prolongeait à l'infini. Un territoire à l'agonie, gangrené par des métastases de béton, asphyxié par le dioxyde d'azote et les particules fines.

Madeline et Gaspard avaient mis à profit le temps qui s'étirait dans leur périple pour assembler les pièces d'un puzzle macabre. L'histoire d'une enfance massacrée. D'une violence qui finit par engendrer une violence décuplée. D'une cruauté et d'une barbarie quotidiennes qui, bien des années plus tard, alimenteraient une folie meurtrière. L'histoire d'une bombe à retardement. L'histoire d'un petit garçon que ses parents, chacun à sa manière, avaient transformé en monstre.

Madeline augmenta la température du chauffage. La nuit tombait déjà. La journée avait passé sans qu'elle s'en rende compte, au rythme des découvertes qui s'accéléraient. Des pans entiers sortaient de l'ombre. Elle avait déjà connu ça sur certaines affaires. C'était le moment le plus excitant de l'enquête. La revanche de la vérité, quand, après avoir été trop longtemps refoulées, certaines évidences refaisaient surface avec une force dévastatrice. Dans son esprit, la brume commençait à se dissiper et ce qu'elle laissait deviner la sidérait.

Il est toujours difficile d'identifier les racines d'une tragédie, de détecter l'instant précis où une vie bascule. Depuis quelques heures, Madeline avait pourtant une certitude. Le drame s'était noué pendant l'été 1976, à Tibberton, un petit port de pêche du Massachusetts vers lequel ils roulaient à présent.

Cet été-là, une infirmière du dispensaire local, Bianca Sotomayor, apprend qu'elle porte un deuxième enfant. À l'instant où ses yeux se posent sur les résultats de sa prise de sang, elle prend une décision radicale. Lasse d'endurer quotidiennement les injures et les coups de son mari, Ernesto, elle rassemble ses économies et abandonne son foyer du jour au lendemain pour refaire sa vie au Canada.

À l'époque, Adriano, son fils aîné, n'a pas encore six ans. Resté seul avec son père, le garçon est le réceptacle de toute sa violence. Il endure raclée sur raclée, humiliation sur humiliation, administrées parfois avec une cruauté inimaginable. Il faut attendre encore deux longues années pour que son institutrice, Nella Boninsegna, dénonce les agissements du père et délivre l'enfant de son calvaire.

Alors, les choses semblent s'arranger dans la vie du jeune garçon. Éloigné de son père, Adriano a la chance d'être placé dans une famille d'accueil plutôt bienveillante, qui lui permet même de garder le contact avec sa cousine Isabella. À Harlem, il passe une adolescence banale et se lie d'amitié avec le jeune Sean Lorenz, un petit génie du graffiti, et la très tourmentée Beatriz Muñoz, une fille d'émigrés chiliens qui, à cause de son physique, a comme lui connu une enfance difficile marquée par le mépris et les humiliations.

À eux trois, ils forment *Les Artificiers*, un groupe de tagueurs qui recouvrent de leurs couleurs vives les rames de métro et les murs de Manhattan. Adriano n'est pas très assidu en cours. Il quitte l'école rapidement et, après une jeunesse un peu tumultueuse, finit par intégrer la police où il gravit les échelons sans faire de vagues. En apparence, il mène une vie rangée. Mais qui peut dire ce qui se passe vraiment dans sa tête ?

C'est là que les fragments du puzzle devenaient plus hypothétiques. Madeline savait bien qu'elle combinait désormais des impressions et des possibilités, étayées par leurs quelques solides mais rares découvertes new-yorkaises. Pourtant le tableau général qui se dessinait était d'une incroyable cohérence.

Une chose était certaine pour Madeline : les ténèbres de l'enfance de Sotomayor ne s'étaient pas dissipées. Elles refaisaient surface au début des années 2010. C'est là qu'Adriano a retrouvé la trace de son jeune frère, Reuben, enseignant à l'université de Gainesville. Les deux frères connaissaient-ils depuis longtemps leurs

existences respectives ? S'étaient-ils déjà parlé ?
À ce stade, Madeline l'ignorait. Toujours est-il
qu'à cette période une haine vengeresse consu-
mait Adriano et l'avait entraîné dans une folie
meurtrière. Il avait retrouvé sa mère en Floride.
Dans un premier temps, sans doute avait-il pensé
la tuer, mais il s'était ravisé : la mort était trop
douce pour ce qu'elle lui avait fait subir.

Madeline n'était pas psychiatre, mais elle
croyait avoir trouvé la clé du comportement
d'Adriano : ce n'était pas à son père qu'il en
voulait le plus, c'était à sa mère. Sa mère qui
l'avait abandonné. Sa mère, autrefois adorée, qui
avait déserté le champ de bataille sur lequel ils
combattaient ensemble. Sa mère qu'il vénérait et
qui avait préféré s'enfuir avec l'embryon qu'elle
portait dans son ventre.

C'est donc autour de cette mère que sa haine
s'était cristallisée. Madeline imaginait la stupeur
qu'avait dû ressentir le petit garçon. À côté de
cette sidération, même la violence de son père
ne faisait pas le poids. Du moins, c'est comme
cela que son cerveau avait dû réécrire l'histoire.
Les hommes sont violents par nature. Mais les
mères se doivent de protéger leur enfant. Sauf
que la sienne était partie. Pour en protéger un

autre. Une défection dont elle n'avait pas fini de payer le prix.

Le scénario paraissait dément, mais c'était le seul motif rationnel que Madeline avait trouvé pour relier la trajectoire d'Adriano à la signature des crimes du Roi des aulnes. Adriano avait donc enlevé Bianca, l'avait séquestrée et pendant plusieurs semaines lui avait sans doute longuement raconté comment il allait tuer Reuben, battre son fils préféré jusqu'à ce que mort s'ensuive. Il s'était un temps délecté de cette torture mentale, puis il était passé à l'acte. Reuben était mort.

Mais Bianca n'allait pas s'en tirer à si bon compte. Adriano allait perpétrer ce même crime jusqu'à la fin des temps. Lui infliger le meurtre de son frère cent fois répété. Lui faire endurer un calvaire, une punition sophistiquée qui avait dû lentement germer dans son esprit. En février 2012, dans le jardin d'enfants de Shelton, il avait enlevé le petit Mason Melvil et l'avait confié à sa mère. Dans son enfermement, Bianca n'avait eu d'autre choix que de s'occuper du mieux qu'elle pouvait du gamin. Elle avait même dû redoubler d'affection pour essayer d'atténuer le traumatisme que devait vivre un enfant de deux ans séparé brutalement de ses parents pour croupir dans une cave sombre en compagnie d'une inconnue. Forcément, Bianca n'avait pu faire autrement que de s'attacher à lui. Mais au milieu du printemps, sans crier gare, le Roi des aulnes avait repris l'enfant à sa mère et l'avait tué, vraisemblablement devant elle, avant d'aller déposer son cadavre près d'un étang. Une séquence que dans les deux ans qui suivirent, Adriano allait répéter à trois reprises avec Caleb Coffin, Thomas Sturm et Daniel Russell.

Madeline n'avait plus aucun doute sur l'identité du Roi des aulnes. Adriano était bien le tueur, mais contrairement à ce que tout le monde avait cru, ses véritables victimes n'étaient pas les enfants. C'était tragique à dire, mais ces malheureux gamins n'étaient que des dommages collatéraux. Des moyens pour atteindre à l'infini sa seule et unique victime. Sa mère.


## 2.

Au niveau de Mystic, la circulation se fluidifia enfin. Le pick-up continua à longer la côte vers l'est puis progressa dans les terres du Rhode Island en direction de Providence. À l'écoute des stations de radio, impossible d'ignorer qu'on était à quelques heures seulement du réveillon. De Dean Martin à Nat King Cole, tous les crooners semblaient s'être donné le mot pour animer la soirée. Louis Armstrong venait à peine de terminer *White Christmas* que déjà Sinatra entamait *Jingle Bells*.

Les pensées de Gaspard suivaient de près celles de Madeline. Il songeait à la mythologie grecque, au châtiment que Zeus avait infligé à Prométhée pour avoir dérobé aux dieux le feu sacré : être ligoté sur une montagne pour se faire dévorer chaque jour un morceau de foie par l'aigle des Carpates. Le foie possédant cette capacité à se régénérer dans la nuit, le calvaire pouvait recommencer dès le lendemain. Une souffrance à perpétuité. Une expiation pas si éloignée de celle qu'Adriano avait fait subir à sa mère. Le meurtre du fils préféré plusieurs fois répété.

Gaspard songea à la haine qu'avait dû accumuler Sotomayor pour se lancer dans une telle folie et à la malchance de tous ceux qui s'étaient trouvés sur sa route.

En décembre 2014, les hasards de la vie font que sa dérive meurtrière croise deux autres destins. Les trois *Artificiers* se retrouvent malgré eux sur le chemin de l'existence. Mais les couleurs vives des années 1990 ont laissé place à celles du sang et des ténèbres.

Beatriz Muñoz, avec qui Adriano est resté en contact irrégulier, s'est laissé entraîner par ses propres démons. Il y avait quelque chose de paradoxal et de frustrant à se dire que Beatriz représentait la petite sœur de souffrance d'Adriano. La souffrance qui engendre la souffrance. La même haine qui vous conduit à infliger le pire à ceux que vous avez profondément aimés. Mais une différence de taille sépare ces deux âmes tordues : Beatriz ne va pas jusqu'au bout de sa folie. Elle torture Pénélope Lorenz, physiquement et mentalement, mais n'ôte pas la vie à Julian.

Lorsqu'elle prend la décision de rendre l'enfant à ses parents, elle contacte Adriano, qu'elle pense être un flic intègre, pour jouer les intermédiaires. Elle lui donne rendez-vous à Newtown Creek, lui confie l'enfant pour qu'il le remette à son père et s'en va se jeter sous un train.

C'est donc dans ces circonstances improbables que le Roi des aulnes se retrouve avec le fils de Sean dans le coffre de sa voiture. Un héritage qui le dispense d'enlever un nouvel enfant. Il ramène Julian dans la planque où, selon un rituel maintenant bien établi, il le confie à Bianca.

Les semaines passent. Suivant le mode opératoire qu'il a toujours respecté, Sotomayor planifie d'ôter la vie à Julian entre la fin février et le début du mois de mars. Sauf que, le 14 février 2015, le Roi des aulnes est bêtement tué devant chez lui par un petit dealer.

Gaspard cligna des yeux. Retour à la réalité. Voilà l'histoire telle que Madeline et lui étaient parvenus à la reconstituer. En remplissant les blancs par beaucoup d'hypothèses. Peut-être qu'ils faisaient fausse route, mais, si ce n'était pas le cas, deux questions restaient en suspens. Où le Roi des aulnes séquestrait-il sa mère et ses victimes ? Et surtout y avait-il la moindre chance que Julian et Bianca soient encore en vie presque deux ans après la mort de leur geôlier ?

La réponse à la dernière question était : vraisemblablement non. Quant au lieu de détention, ils pensaient l'avoir localisé. À New York, quelques heures plus tôt, Gaspard avait suivi l'intuition de Madeline et appelé André, le mari d'Isabella. Celui-ci lui avait confirmé que la succession d'Adriano avait été longue et compliquée à cause des implications juridiques liées à la disparition de Bianca. Pour faire simple, la procédure ne s'était débloquée que lorsque le juge chargé de l'instruction avait signé l'acte de décès de sa tante.

— André, y avait-il un autre bien immobilier dans la succession ? Un terrain ? Un chalet ? Une cabane ?

— Il y avait la vieille maison de famille des Sotomayor à Tibberton.

— Vous y êtes allés récemment ?

— Jamais ! Isabella déteste ce bled. Et la piaule… elle craint ! J'ai vu des photos, on est plus proche d'Amityville que de Martha's Vineyard.

— Qui y habite en ce moment ?

— Personne. On essaie de la vendre depuis un an, mais les acheteurs ne se bousculent pas au portillon et l'agent immobilier n'a pas l'air d'être une flèche.

Gaspard avait noté l'adresse. Lorsqu'il en avait parlé à Madeline, elle avait remarqué qu'il n'était pas logique que le vieil Ernesto n'ait pas cherché à se débarrasser de cette baraque à l'époque où on lui avait diagnostiqué son cancer et où il était revenu vivre chez son fils à New York. L'hypothèse que la planque d'Adriano soit cette maison avait gagné en crédibilité. Ça impliquait une sacrée organisation pour assurer le ravitaillement de la captive pendant qu'il travaillait à New York, mais c'était possible.

Gaspard avait senti son cœur s'accélérer et le sang battre dans ses tempes.

— Ne vous emballez pas, Coutances. Tout ce que nous allons découvrir, ce sont deux cadavres, avait lâché Madeline avant de prendre la route.

**3.**

Après plus de quatre heures de route, ils filaient à présent sur la rocade qui contournait Boston. Un peu après Burlington, ils s'arrêtèrent dans une station-service pour faire le plein. Gaspard voulut s'atteler à la tâche, mais, avec ses mains blessées, il peinait à remplir le réservoir.

— Allez plutôt me chercher un café ! ordonna Madeline en lui prenant le pistolet de la pompe à essence.

Il capitula et partit s'abriter du froid à l'intérieur de la station. Quelques pièces dans le distributeur. Deux *lungo* sans sucre. Il était presque 8 heures du soir. Dans certaines familles, le réveillon devait commencer. Les haut-parleurs continuaient à égrener le *Great American Songbook* version Noël. Gaspard reconnut une version de *Old Toy Trains*, le classique de Roger Miller. Son père avait l'habitude de lui jouer à la guitare la version française, *Petit garçon*, popularisée par Graeme Allwright. Même adulte, les réminiscences de ses premiers Noëls étaient encore bien présentes. Les moments les plus joyeux étaient ceux passés dans le deux-pièces de son père. Trente-sept mètres carrés, square Paul-Lafargue à Évry. Il se revoyait, le 24 au soir, en train de déposer des biscuits et du thé brûlant près du sapin avant le passage du père Noël. Il se souvenait des cadeaux avec lesquels il jouait avec son père : Big Jim, Circuit TCR, Arbre Magique, Hippos Gloutons...

Généralement, le souvenir le faisait chialer et il le repoussait. Ce soir pourtant il put l'accepter sans animosité. Simplement comme un beau moment dont on se souvient avec gratitude. Et ça changeait tout.

— Ça caille, se plaignit Madeline en venant le rejoindre sur l'un des tabourets branlants qui entouraient une table de bar en plastique moulé.

Elle eut la velléité d'avaler son café d'un trait, mais, celui-ci étant trop chaud, elle ne put faire autrement que de le recracher.

— Putain, Coutances, mais vous voulez me tuer ou quoi ? Même un café, c'est trop compliqué pour vous ?

Madeline Greene dans toute sa splendeur. Placide, Gaspard se leva pour aller lui chercher un autre breuvage. Hors de question de se disputer avec elle et de briser le bel élan de leur enquête.

En l'attendant, Madeline consulta son téléphone. Un mail de Dominic Wu retint son attention : Cadeau, si tu es seule pour le réveillon. Joyeux Noël. Le message laconique était accompagné d'un document volumineux. Elle cliqua pour l'ouvrir. Wu était parvenu à se procurer par la bande un relevé des mouvements bancaires d'Adriano. Autant dire, une mine d'or.

— D'où vous vient cet air réjoui tout d'un coup ? demanda Gaspard en lui tendant le café qu'il rapportait.

— Jetez un coup d'œil à ça, lui rétorqua-t-elle en transférant le PDF sur son mail. Les dépenses de Sotomayor. On les épluche, et on en parle après. Cherchez les récurrences.

Madeline posa son nouveau gobelet sur la table à côté de son smartphone. Pendant une demi-heure, son regard ne quitta plus son téléphone. Tête baissée, elle se concentrait, faisant défiler devant ses yeux les dizaines de pages du listing, prenant des notes sur un set de table en papier. À ses côtés, Gaspard avait exactement la même attitude. On aurait dit deux accros aux machines à sous dans un casino de Las Vegas.

Les dépenses couraient sur les trois dernières années de la vie de Sotomayor. Ce type de document était comme une caméra braquée sur son existence. Il révélait ses habitudes, le restaurant dans lequel il aimait manger ses sushis au déjeuner, l'emplacement des parkings où il garait sa voiture, les péages des autoroutes qu'il empruntait, le nom des médecins qu'il fréquentait, même les petites folies qu'il lui arrivait de s'autoriser : une paire de bottines Edward Green à 1 400 dollars, une écharpe Burberry en cachemire à 600 dollars…

Gaspard finit par lever la tête, déçu.

— Je ne vois rien qui relie directement Adriano à Tibberton, ni trajet régulier, ni facture d'eau ou d'électricité, ni prélèvement en provenance de magasins de la région.

— Ça ne veut pas forcément dire grand-chose. Un flic comme Adriano est capable de masquer des mouvements financiers en instaurant une double comptabilité ou en réglant en liquide. Mais certaines dépenses régulières sont troublantes.

Quatre magasins revenaient en effet fréquemment. Home Depot et Lowe's Home Improvement d'abord. Les deux plus grandes enseignes de bricolage, de construction et d'outillage du pays.

Le montant des factures était élevé, laissant présager d'importants travaux. Le genre d'aménagements – insonorisation, renouvellement de l'air... – que vous pouviez être contraint de réaliser si vous vouliez séquestrer quelqu'un sur une longue période.

La troisième entreprise était moins connue, et ils durent la chercher sur Internet pour découvrir son secteur d'activité. LyoφFoods était une boîte spécialisée dans la vente en ligne de nourriture lyophilisée. Sur son site, on pouvait notamment trouver tout un tas de rations militaires ou de survie. Des packs constitués de boîtes de sardines, de barres énergétiques, de bœuf séché et de plats lyophilisés longue conservation. L'entreprise fournissait des randonneurs ou des marins, mais également tous les citoyens – de plus en plus nombreux – persuadés que la prochaine apocalypse rendait nécessaire un stockage massif de nourriture.

Enfin, les mouvements financiers montraient que Sotomayor était un client régulier du site walgreens.com, l'une des principales chaînes de pharmacie américaine. Certes, on trouvait de tout – ou presque – chez Walgreens, mais notamment tous les produits de toilette nécessaires aux bébés et aux jeunes enfants.

Madeline finit son café froid et se tourna vers Gaspard. Elle voyait bien qu'il pensait la même chose qu'elle. Dans leur cœur, un fol espoir. Et dans leur tête, des images auxquelles se raccrocher : celles de Bianca Sotomayor, une vieille dame fatiguée, prisonnière depuis des années d'une cave insonorisée. Une captive séquestrée par son propre fils dont elle soupçonnait sûrement la mort. Une femme qui, depuis plus de deux ans, veillait sur un enfant, se privant de tout, économisant la nourriture, l'eau, la lumière. En attendant qu'un jour, peut-être, quelqu'un vienne les délivrer.

— Dépêchez-vous Coutances, on lève l'ancre.

**4.**

Les derniers kilomètres furent les plus longs. La route vers Tibberton était tortueuse. Un peu avant Salem, il fallait parcourir une brève portion de l'US 1 avant de prendre une route en faux plat qui contournait une forêt – identifiée sur le GPS par le nom étrange de Blackseedy Woods –, puis de redescendre vers la côte.

Gaspard regardait Madeline à la dérobée. Elle avait complètement changé de physionomie. Son regard étincelait, ses cils papillonnaient, ses traits déterminés la faisaient ressembler à la photo que Gaspard avait vue dans l'article du *NYT Magazine*. Même son corps était tendu vers l'avant, comme pressé d'en découdre.

Ils arrivèrent à Tibberton après cinq heures de route. Visiblement, le comté avait voté des économies sur l'éclairage public et les décorations de Noël : les rues étaient plongées dans le noir, les bâtiments officiels n'étaient pas mis en valeur et même le port semblait éteint. L'endroit leur apparut encore plus austère que ce qu'ils avaient lu sur les guides touristiques en ligne. Tibberton était une bourgade de quelques milliers d'habitants, un ancien haut lieu de la pêche en mer qui au fil des décennies avait lentement périclité, pâtissant de la renommée de Gloucester, son célèbre voisin qui s'était imposé comme La Mecque du thon rouge. Depuis, la ville éprouvait des difficultés à trouver sa place entre la pêche et le tourisme.

Ils suivirent les indications du GPS et quittèrent la zone côtière pour rejoindre les lacets de bitume qui serpentaient dans les terres. Puis ils s'enfoncèrent dans un chemin étroit entouré de broussailles. Au bout d'un kilomètre, un panneau « *FOR SALE* » apparut dans la lumière des phares. « *Please contact Harbor South Real*

*Estate* » proposait l'affiche qui se terminait par un numéro de téléphone de la région.

Madeline et Gaspard sortirent de la voiture d'un même élan, laissant les feux allumés. Ils n'avaient pas d'armes, mais s'équipèrent dans le coffre de torches, de la barre de décoffrage et du pied-de-biche que Gaspard avait achetés à Manhattan.

Il faisait toujours aussi froid. Le vent puissant, en provenance de l'Atlantique, leur arrivait en pleine face. Mais à Tibberton, même l'air iodé avait des relents de merde.

Ils s'approchèrent de la bâtisse en avançant côte à côte. La maison familiale des Sotomayor était une petite demeure coloniale rustique à un seul étage, dominée par une cheminée centrale. Si elle avait dû être jolie, très longtemps auparavant, elle était désormais sinistre. Un cottage sombre, cerné par les ronces et les herbes hautes, avec une porte encadrée de deux colonnes qui tombaient en ruine. Ils se frayèrent difficilement un passage à travers les plantes épineuses. Dans la nuit noire, la façade en lambris de pin donnait l'impression d'avoir été repeinte avec du goudron.

Ils n'eurent pas à utiliser leur pied de-biche. La porte d'entrée était entrebâillée. Elle avait été fracturée, de longue date à en juger par l'humidité qui avait déformé le bois. Ils braquèrent le faisceau de leurs torches et progressèrent dans la maison. Le cottage était à moitié vide, macérant dans son jus depuis des années. Sans doute visité à de multiples reprises par les clodos du coin. La cuisine semi-ouverte avait été désossée. Son comptoir en bois avait disparu, les portes des placards étaient arrachées. Dans le salon ne restaient plus qu'un canapé éventré et une table au plateau fracassé. Sur le sol, des dizaines de cadavres de bouteilles de bière, des préservatifs, des seringues. On y trouvait même des pierres placées en cercle et des cendres froides indiquant qu'on avait allumé un feu au milieu du salon. Des squatteurs étaient venus ici pour baiser, boire et se défoncer à la lueur des flammes. Mais rien n'indiquait qu'on y avait détenu des prisonniers.

Dans les autres pièces du rez-de-chaussée, il ne restait que de la poussière, l'humidité et le plancher déformé qui prenait l'eau de toutes parts. À l'arrière de la maison, une véranda donnait sur une petite terrasse abritant deux fauteuils Adirondack moisis. Madeline laissa échapper un juron en apercevant un grand garage ou un hangar à bateau avec un toit arrière court et très pentu. Gaspard dans son sillage, elle traversa le jardin et se rua dans l'entrepôt. Lui aussi était vide.

Ils revinrent vers la maison. Sous l'escalier, une porte à demi dissimulée permettait d'accéder à un autre escalier qui descendait non pas vers une cave, mais plutôt vers un grand sous-sol où ne trônait qu'une table de ping-pong recouverte de toiles d'araignée. Au fond de la pièce, une nouvelle porte qui céda après deux coups d'épaule : le vide sanitaire de la baraque. Ça faisait visiblement des années que personne ne s'était aventuré ici.

Par acquit de conscience, ils montèrent ensuite à l'étage où se trouvaient autrefois les chambres et les salles de bains. Là encore, il ne restait plus grand-chose. À l'exception de la chambre qu'avait dû occuper Adriano jusqu'à ses huit ans.

La lumière de la torche de Gaspard balaya la pièce, où gisaient des souvenirs fantômes. Un matelas, des étagères renversées, des posters plastifiés qui pourrissaient sur le sol. Les mêmes que ceux qu'il avait autrefois punaisés lui-même dans sa chambre et qui avaient peuplé son imaginaire d'enfant : *Les Dents de la mer, Rocky, La Guerre des étoiles*... Seule différence entre leurs panthéons : le boxeur argentin

Carlos Monzon remplaçait le Michel Platini de l'AS Nancy-Lorraine.

Gaspard braqua sa lampe sur le côté intérieur de la porte et distingua d'anciennes marques au crayon dessinant la traditionnelle toise qui compte tant lorsque l'on est gamin. Un frisson l'électrisa. Quelque chose ne cadrait pas. Pourquoi, alors qu'on lui avait retiré la garde de son fils, Ernesto avait-il conservé et laissé en l'état la chambre du gamin ?

Gaspard s'accroupit. Des cadres photo gisant sur le sol y prenaient la poussière depuis une éternité. Il frotta les vitres pour enlever la crasse. Des tirages aux couleurs fanées des années 1980 que les gosses d'aujourd'hui cherchaient à reproduire à travers les filtres d'Instagram. Des clichés d'une famille américaine : le visage sec et fier d'Ernesto, les courbes latines de la belle Bianca, la Monica Bellucci de Tibberton. Le visage d'Adriano devant les cinq bougies de son gâteau d'anniversaire. Sourire pour faire plaisir au photographe, mais déjà ce regard un peu ailleurs qu'avait évoqué l'institutrice. Gaspard gratta la paroi de verre d'un autre cadre. Un quatrième instantané qui le laissa pantois : Ernesto et son fils à l'âge adulte. Sans doute une photo prise lors de la cérémonie marquant l'intégration d'Adriano au NYPD. Le père y entourait fièrement le cou de son fils, sa main redescendant sur son épaule.

Adriano avait donc revu son père dès l'âge de dix-huit ou de vingt ans, bien avant qu'il ne tombe malade. C'était incompréhensible. Ou plutôt, ça obéissait à une logique pervertie. Celle qui consistait à dire que, dès qu'il n'avait plus été capable de lui foutre une raclée, Ernesto avait cessé d'être une menace pour son fils et que celui-ci l'avait de nouveau accepté auprès de lui. Encore une fois, Gaspard et Madeline s'étonnèrent qu'Adriano ait uniquement catalysé sa haine sur sa mère. C'était injuste, choquant, vide de sens. Mais à partir d'un certain degré d'horreur et de barbarie, le sens et la rationalité n'étaient sans doute plus des outils performants pour décrypter les comportements humains.

# Bianca

Je m'appelle Bianca Sotomayor.

J'ai soixante-dix ans et, depuis cinq ans, je suis pensionnaire de l'enfer.

Croyez-en mon expérience : la véritable caractéristique de l'enfer, ce n'est pas les souffrances qu'on vous y fait subir. La souffrance est banale, inhérente à l'existence. Depuis sa naissance, l'être humain souffre partout, tout le temps, pour tout et pour rien. La véritable caractéristique de l'enfer, outre *l'intensité* de vos souffrances, c'est surtout que vous ne pouvez pas y mettre fin. Parce que vous n'avez même plus le pouvoir de vous ôter la vie.

Je ne vais pas vous retenir longtemps, je ne vais pas chercher à vous convaincre. D'abord parce que votre avis ne m'importe guère. Et puis parce que vous ne pouvez rien ni pour moi ni contre moi. Vous préférerez de toute façon écouter les souvenirs partiels et partiaux de ceux qui vous jureront le cœur sur la main qu'Adriano était un petit garçon calme et aimant et que nous, ses parents, étions des monstres.

Voici donc, pour moi, la seule vérité qui tienne : j'ai sincèrement essayé d'aimer mon fils, mais cela n'a jamais été une évidence. Même dans les premières années. La personnalité d'un enfant se discerne très vite. À quatre ou cinq ans, Adriano me faisait déjà peur. Ce n'est pas tant qu'il était turbulent, ingérable, colérique – il était tout cela –, c'était surtout qu'il était insaisissable et sournois. Personne n'avait de pouvoir sur lui. Ni moi, par mon amour, ni son père, par sa violence. Adriano ne voulait pas seulement de votre affection, il voulait vous soumettre sans rien vous donner. Il voulait vous asservir et rien ne pouvait le faire renoncer : ni mes sermons ni les coups de ceinture que nous donnait son père, à lui pour le mater, à moi pour me punir d'être la mère de ce rejeton raté. Même dans la souffrance, ses yeux me glaçaient : j'y voyais la cruauté et la rage d'un démon. Bien sûr, vous allez penser que tout cela n'existait que dans ma tête. Peut-être, mais cela m'était insupportable. Alors, dès que j'ai pu, je suis partie.

J'ai tourné la page. Vraiment. On n'a qu'une vie et je ne voulais pas passer la mienne en courbant constamment l'échine. Quel est le sens d'une existence réduite à un chapelet de tâches qui vous débectent ? Déambuler tous les jours dans une ville merdeuse qui empeste le poisson, avoir une vie conjugale qui se résume à prendre des roustes et à tailler des pipes pour assurer le repos du guerrier, être l'esclave d'un fils taré...

Je n'ai pas continué ma vie ailleurs, j'en ai véritablement recommencé une autre : un autre mari, un autre enfant – à qui je n'ai rien dit de son frère –, un autre pays, d'autres amis, un autre milieu professionnel. De ma première vie, j'ai tout brûlé, tout refoulé, sans aucun regret.

Je pourrais vous dire des choses qu'on lit dans les livres à propos de l'instinct maternel et des remords que j'aurais éprouvés. Je pourrais vous dire que mon cœur se serrait à chaque anniversaire de la naissance d'Adriano, mais ça ne serait pas la vérité.

Je n'ai jamais cherché à savoir ce qu'il était devenu. Je n'ai jamais tapé son nom sur Google et j'ai méthodiquement coupé tous les ponts avec ceux qui auraient pu me donner de ses nouvelles. J'étais sortie de sa vie et il était sorti de la mienne. Jusqu'à ce samedi de janvier où quelqu'un a sonné à ma porte. C'était la fin d'une belle journée. Le soleil déployait ses derniers rayons. À contre-jour, derrière la moustiquaire, j'ai distingué l'uniforme bleu marine d'un policier.

— Bonjour maman, m'a-t-il lancé dès que j'ai ouvert la porte.

Je ne l'avais pas vu depuis plus de trente ans, mais il n'avait pas changé. La même flamme malsaine brillait toujours au fond de ses yeux. Mais après toutes ces années, la flammèche était devenue brasier.

À cet instant-là, j'ai pensé qu'il était revenu pour me tuer.

J'étais loin d'imaginer que ce qui m'attendait était bien pire.

# 21

## Le kilomètre zéro

*Nul n'a jamais écrit ou peint,
sculpté, modelé, construit, inventé
que pour sortir en fait de l'enfer.*

Antonin Artaud

**1.**

Désemparée, Madeline luttait pour ne pas
s'affaisser.

Gaspard avait le regard dans le vide du boxeur
sonné.

Ils avaient quitté la masure après l'avoir fouil-
lée de fond en comble une nouvelle fois. En vain.
Déboussolés et fatigués, ils étaient revenus vers
Tibberton et s'étaient garés sur le port. À cause
du froid mordant qui les tétanisait, ils avaient
vite abandonné leurs velléités de se dégourdir
les jambes sur la jetée et avaient trouvé refuge

dans le seul restaurant encore ouvert à 23 heures un soir de réveillon de Noël. The Old Fisherman était un pub local qui servait à une dizaine de convives, manifestement des habitués, des *fish and chips* et de la soupe aux palourdes accompagnée de pintes d'une lourde bière brune.

— Qu'est-ce qu'on peut faire de plus ? s'interrogea Gaspard.

Madeline l'ignora. Assise devant une *clam chowder* qu'elle n'avait pas touchée, elle s'était replongée dans l'analyse des mouvements financiers de Sotomayor. Pendant un bon quart d'heure, elle resta prostrée, à s'user les yeux sur des lignes de chiffres, avant d'admettre qu'elle ne trouverait rien qu'elle ne savait déjà. Ce n'est pas que son cerveau refusait de mouliner, c'est tout simplement qu'il n'y avait plus de grain à moudre. Plus de piste à suivre, plus de sillon à creuser.

L'espoir n'avait même pas duré une heure, mais il avait existé. À présent, en refaisant le film de ses erreurs, Madeline se reprochait de n'avoir pas suffisamment cru à cette histoire.

— Si j'avais été là lorsque Sean est venu me voir à New York, les choses auraient été différentes. Nous aurions gagné un an. Un an, vous vous rendez compte !

Derrière son plateau d'huîtres, Gaspard se sentit soudain coupable et chercha à la réconforter :

— Ça n'aurait rien changé.

— Bien sûr que si !

Elle avait vraiment l'air anéantie. Gaspard laissa passer un silence, puis se décida, et avoua :

— Non, Madeline, ça n'aurait rien changé, parce que Sean Lorenz n'est jamais venu vous voir à New York.

La jeune femme le regarda sans comprendre.

— Lorenz ignorait tout de votre existence, précisa-t-il.

Madeline fronça les sourcils. Elle était perdue.

— Vous m'avez montré cet article sur moi qu'il avait dans ses tiroirs.

Gaspard croisa les bras et affirma calmement :

— C'est moi qui ai téléchargé cet article sur Internet avant-hier. Et c'est moi qui l'ai annoté.

Une pause. Madeline convoqua ses souvenirs et balbutia :

— Vous… vous m'avez dit que mon numéro revenait plusieurs fois sur ses relevés téléphoniques.

— Là encore, c'est moi qui ai trafiqué grossièrement ces documents avec Karen. D'ailleurs, je me suis donné du mal pour rien, car vous n'avez jamais cherché à les vérifier.

Abasourdie, Madeline refusait d'accepter ce qu'elle prenait pour une énième provocation de Coutances.

— Lorenz est mort sur la 103ᵉ Rue, à quelques pâtés de maisons de mon ancien bureau. C'est un fait acquis. Tous les médias du monde entier l'ont évoqué. Il était là parce qu'il voulait me rencontrer.

— Lorenz était là, c'est vrai, mais uniquement parce que le laboratoire Pelletier & Stockhausen se trouve à deux pas. Ce n'est pas vous qu'il venait voir, c'était Stockhausen.

Enfin convaincue, mais abasourdie par un tel culot, Madeline se leva de sa banquette.

— Vous n'êtes pas sérieux ?

— J'ai inventé cette histoire pour attirer votre attention. Parce que je voulais vous impliquer dans cette enquête.

— Mais… pourquoi ?

Gaspard haussa le ton et se leva à son tour de sa chaise :

— Parce que je voulais qu'on essaie de comprendre ce qui était vraiment arrivé à cet enfant, mais ça n'avait pas l'air de vous intéresser.

Autour d'eux les conversations s'étaient tues et un silence épais régnait dans la salle surchauffée.

— Je vous ai expliqué pourquoi.

Il pointa devant son visage un index menaçant et explosa :

— Ça ne me suffisait pas ! Et j'avais raison ! Vous avez toujours considéré que Julian était mort. Jamais vous n'avez accepté d'envisager la possibilité que nous puissions le sauver !

Soudain Madeline prit pleinement la mesure de la manipulation de Coutances et sentit le voile rouge de la colère tomber devant ses yeux.

— Vous êtes complètement malade… Vous êtes taré ! Vous êtes un déglingué du cerveau, vous…

Les oreilles bourdonnant de rage, elle se rua sur lui pour l'attraper à la gorge. Gaspard la repoussa, mais Madeline revint à la charge, lui assenant un coup de coude dans les côtes suivi de deux coups de poing. Puis d'un direct dans le nez qu'elle enchaîna avec un uppercut dans le foie.

Gaspard encaissa les coups sans pouvoir se défendre. Plié en deux, il crut que l'orage était passé, mais un violent coup de genou l'expédia à terre.

Madeline sortit du pub comme une tornade.

Un brouhaha agitait maintenant le restaurant. Mal en point, Gaspard se releva péniblement. Ses lèvres étaient tuméfiées, son œil droit l'élançait. L'attelle qui maintenait son doigt s'était déplacée. Son nez pissait le sang.

Il sortit du restaurant en boitant et essaya de rattraper Madeline sur le port. Mais lorsqu'il arriva au bout de la jetée, elle avait déjà démarré le pick-up. Le véhicule fonça droit sur lui. Il crut d'abord qu'elle cherchait seulement à lui faire peur, mais elle ne dévia pas de sa trajectoire. En catastrophe, il se jeta sur le côté et évita de peu d'être écrasé.

Dans un crissement de pneus, la voiture s'arrêta cinquante mètres plus loin. La portière s'ouvrit et il vit Madeline qui balançait toutes ses affaires sur la promenade en bois : son sac, son cahier à spirale et même le doudou de Julian.

— Allez crever ! hurla-t-elle.

Elle claqua la porte et accéléra brutalement. Les roues patinèrent sur le bois mouillé, puis le pick-up se stabilisa et quitta le port comme une diligence au galop.

### 2.

— Qu'est-ce qu'elle vous a foutu dans la gueule, la nénette !

Le nez en sang, Gaspard s'était assis sur un banc au pied du monument aux morts du port : un immense chalutier en bronze édifié pour rendre hommage aux pêcheurs du coin que, depuis près de trois siècles, la mer avait arrachés à la vie.

— Elle vous a bien défoncé le portrait, poursuivit le marin hilare et à moitié édenté en lui tendant une poignée de mouchoirs en papier.

Gaspard hocha la tête pour le remercier. C'était un pochard qu'il avait repéré un peu plus tôt au bar du restaurant. Un vieux barbu bourré de tics qui portait une casquette de capitaine et suçait un bâton de réglisse comme un bébé sa tétine.

— Elle vous a éclaté la face, insista l'ivrogne en poussant les affaires que Gaspard avait ramassées sur la route pour s'asseoir sur le banc à côté de lui.

— Bon ça va, n'en rajoutez pas !

— Nous, ça nous a fait un bon spectacle ! C'est rare une gonzesse qui tabasse un mec. Généralement, ça marche dans l'autre sens.

— Lâchez-moi la grappe avec ça !

— Je m'appelle Big Sam, se présenta l'autre, indifférent à sa mauvaise humeur.

Gaspard sortit son téléphone.

— Bon, Big Sam ou qui que vous soyez, vous savez où je pourrais appeler un taxi ?

L'autre se marra.

— À c't'heure-là, tu trouveras pas de taxi dans le coin, cow-boy. Et puis avant de te tirer, faudrait p'têt penser à régler ton addition !

Gaspard dut admettre qu'il disait vrai. Dans la confusion, Madeline et lui avaient quitté le restaurant sans payer leur dîner.

— D'accord, admit-il en relevant le col de sa veste.

— Je viens avec toi, déclara le pochard. Si tu veux payer un coup à boire au vieux Big Sam, c'est pas de refus, crois-moi.

**3.**

Madeline pleurait.

Et le petit garçon la regardait.

Elle versait tellement de larmes qu'elle ne voyait plus grand-chose de la route à travers le pare-brise. Elle avait quitté Gaspard depuis dix minutes lorsque, en plein milieu d'un virage, le pick-up se déporta, se retrouvant face à une voiture qui arrivait en sens inverse. Les phares l'éblouirent comme si on braquait un projecteur à quelques centimètres de son visage. Elle tourna le volant de toutes ses forces, entendit un coup de klaxon rageur et désespéré. Les deux rétroviseurs s'entrechoquèrent, et son pick-up mordit sur le bas-côté, dérapa, et enfin s'immobilisa, évitant de peu de tomber dans le fossé.

*Putain.*

L'autre voiture venait de disparaître dans la nuit sans demander son reste. De toutes ses forces, Madeline balança un grand coup de poing sur son volant et fondit en larmes. De nouveau son abdomen lui faisait mal. Elle avait passé la journée à nier la douleur, et la douleur prenait sa revanche. Son corps était secoué de frissons. Les mains sur son ventre, elle se recroquevilla sur son siège et resta plusieurs minutes, prostrée, enveloppée dans la nuit d'encre.

Le petit garçon la regardait toujours.

Et elle le regarda à son tour.

C'était la photo d'Adriano Sotomayor que Gaspard avait trouvée dans la maison. La fête pour son cinquième anniversaire quelque temps avant que sa mère fasse défection. C'est un soir d'été. Derrière les bougies, un petit garçon sourit à l'objectif. Il porte un débardeur jaune, un short à rayures, des sandales légères.

Madeline essuya ses larmes avec sa manche et alluma le plafonnier.

Cette photo la troublait. C'était difficile de la regarder en se disant que le monstre était déjà là, en germe, dans le cerveau et le corps de ce petit bonhomme. Elle connaissait la théorie de certains psys selon laquelle tout était déjà joué à trois ans. Une affirmation qui l'avait toujours révoltée.

Et si elle était vraie ? Peut-être que tout était déjà là, dans ce regard, les possibilités comme les limites. Elle balaya cette idée. On ne porte pas déjà en soi un démon à cinq ans. Elle avait voulu traquer un monstre, mais le monstre était mort depuis longtemps et il n'y avait plus personne à chasser. Ne restait que le fantôme d'un enfant.

Un enfant. Un petit garçon. Comme celui de Jonathan Lempereur qui jouait avec son avion dans la galerie marchande. Comme celui qu'elle voulait porter dans son ventre. Comme Julian Lorenz. Un enfant.

Elle soupira. Il y a longtemps, elle avait suivi des formations et lu des livres pour apprendre à se mettre « dans la tête du tueur ». Même s'il y avait beaucoup de fantasmes et de bla-bla là-dedans, pénétrer l'esprit des criminels restait l'un des grands kifs de flic. Mais se mettre dans la tête d'un enfant de cinq ans…

Les yeux fixés sur le cliché, elle essaya de l'interpeller mentalement.

*Tu t'appelles Adriano Sotomayor.*

*Tu as cinq ans et… je ne sais pas ce qu'il y a dans ta tête. Même si c'est normalement mon boulot de l'imaginer. Je ne sais pas ce que tu ressens au moment où tu souffles tes bougies. Je ne sais pas ce que tu ressens dans ta vie quotidienne.*

*Je ne sais pas quel sens tu donnes à tout ça. Je ne sais pas vraiment comment tu tiens le coup. Je ne sais pas quels sont tes espoirs. Je ne sais pas à quoi tu penses le soir en t'endormant. Je ne sais pas ce que tu as fait cet après-midi.*

*Je ne sais pas non plus ce qu'il y a dans la tête de ton père. Je ne connais pas son histoire. Je ne sais pas pourquoi il a commencé à te mettre des dérouillées. Je ne sais pas comment on en arrive là : un père, son fils, des séances de punition dans une cale. Des coups de ceinture, des brûlures de cigarette, la tête dans les chiottes.*

*Je ne sais pas s'il frappe quelqu'un d'autre à travers toi. Lui-même, peut-être ? Son propre père ? Le mec de la banque qui refuse de diminuer le montant de ses traites ? La société ? Sa femme ? Je ne sais pas pourquoi le diable a pris l'ascendant sur lui comme il le prendra plus tard sur toi.*

Madeline approcha encore la photo de son visage.

Et le petit garçon la regardait.

Les yeux dans les yeux.

On n'est pas un démon à cinq ou six ans, mais on peut avoir déjà tout perdu. Sa confiance, son estime, ses rêves.

— Où pars-tu, petit Adriano ? chuchota-t-elle. Où pars-tu lorsque ton regard s'éclipse ? Où pars-tu lorsque ton regard s'en va ailleurs ?

*Où est cet ailleurs ?*

De nouveau les larmes coulaient. Elle sentit qu'elle était sur le point de toucher la vérité du doigt. Mais déjà la vérité se dérobait. La vérité, c'était parfois l'histoire d'une demi-seconde, surtout quand vous allez la chercher si loin. Une inspiration. Le silence qui précède un déclic.

Depuis le début, elle avait toujours refusé de croire que cette histoire pourrait se terminer par une nouvelle lecture du passé. Aussi, elle ne s'attendait à rien de magique. Un rayon de lune n'allait pas se mettre à briller sur le tableau de bord. Adriano n'allait pas s'animer et lui chuchoter son secret à l'oreille.

Mais il restait la question que Gaspard lui avait posée. *Que peut-on faire de plus ?* C'était l'ultime question de toute enquête, et elle ne voulait pas rater la réponse de cet enfoiré de Coutances.

Elle mit le contact, actionna son clignotant et manœuvra pour rejoindre la route sans tomber dans le fossé. Au lieu de revenir vers New York, elle fit demi-tour en direction de Tibberton. Elle n'en avait pas encore fini avec Gaspard Coutances.

**4.**

Avec Big Sam collé à ses basques, Gaspard remonta la jetée jusqu'à l'Old Fisherman.

Là, il dut subir les quolibets des clients du pub, mais les poivrots n'étaient pas méchants. Une fois qu'ils eurent bien rigolé, ils lui payèrent même un verre. Son premier réflexe fut de refuser pour rester sobre, puis il baissa la garde. À quoi bon être vertueux à présent que l'enquête était terminée ?

Il prit le temps de déguster le premier verre de whisky puis paya sa propre tournée dans la foulée. Après deux autres verres avalés cul sec, il posa deux billets de cinquante dollars sur le comptoir et demanda qu'on lui laisse la bouteille.

*Je m'appelle Gaspard Coutances et je suis alcoolique.*

L'alcool faisait son effet. Et Gaspard se sentait mieux. C'était le meilleur moment : après deux ou trois verres, lorsque vous étiez déjà désinhibé, délesté de la laideur du monde, mais que vous n'étiez pas encore complètement torché. C'est d'ailleurs dans cet état qu'il avait écrit ses meilleures répliques. Les idées *presque* claires. Au bout d'un moment néanmoins, la compagnie des soûlards commença à l'indisposer. Trop d'éclats de voix, trop de machisme, d'homophobie, trop de conneries débitées à la minute. Et puis il avait toujours préféré se soûler en solo. Se biturer était un acte intime et tragique : quelque part entre la branlette et le *shoot* d'héro. Il attrapa la bouteille de rye et trouva refuge dans une pièce annexe. Une sorte de fumoir un peu glauque aux murs tendus de velours rouge et décorés de harpons, de gravures salaces et de photos en noir et blanc des pêcheurs du coin posant avec leurs plus belles prises devant leurs bateaux. L'ensemble donnait à la salle une drôle d'atmosphère : *Le Vieil Homme et la mer* revisité par Toulouse-Lautrec.

Il s'assit à une table, posa ses affaires sur la chaise devant lui. Il se servit un quatrième verre et se mit à feuilleter le gros cahier dans lequel il avait consigné toute l'enquête. Ce récit, c'était la chronique de son échec. Il portait peut-être sa veste et son parfum, mais il n'était pas Sean Lorenz. Il n'avait pas été à la hauteur pour reprendre le flambeau. Et Madeline avait raison : on ne s'improvise pas enquêteur. Pour une multitude de raisons, il s'était persuadé qu'il parviendrait à retrouver et à sauver Julian. Parce que, sauver cet enfant, c'était se sauver lui-même. Il s'était accroché à cette quête parce qu'il y avait vu un moyen commode de racheter à bon compte les ratés de son existence. Mais on ne rachète pas en quelques jours les erreurs de toute une vie.

Il prit une gorgée d'alcool et ferma les yeux. La vision de Julian croupissant dans une cave s'incrusta dans son esprit. Y avait-il une chance infime que le gosse soit encore en vie ? Il n'avait plus aucune certitude. D'ailleurs, même si par miracle ils l'avaient retrouvé vivant, dans quel état aurait été le gamin après deux ans de captivité ? Et quel aurait été son avenir ? Son père était mort en essayant de le sauver, sa mère s'était tiré une balle dans la tête dans un wagon désaffecté. Il existait de meilleurs départs dans la vie...

Tournant les pages de son cahier, Gaspard s'arrêta sur l'une des photos des *Artificiers* qu'il avait découpées dans la monographie écrite par Benedick. C'était son cliché préféré. D'abord parce qu'il portait en lui l'authenticité d'une époque : la New York rugueuse et *underground* de la fin des années 1980. Ensuite, parce que c'était la seule photo où les trois lascars avaient presque l'air heureux. Ils avaient vingt ans et des poussières, et ils adressaient à l'objectif un ultime pied de nez avant que leurs trois destins se brisent ou décollent. Beatriz Muñoz, d'abord, connue sous le pseudonyme de *LadyBird*, la « femme-oiseau » que ses cent vingt kilos et sa carrure d'haltérophile clouaient à la réalité et empêchaient de s'envoler. Sur la photo, elle dissimulait sa carcasse sous une cape militaire et souriait au garçon qui se trouvait à sa droite : *Lorz74*, qui n'était pas encore le génial Sean Lorenz. Celui qui peindrait des toiles qui rendraient les gens fous. Se doutait-il déjà du destin qui l'attendait ? Sans doute pas. Sur la photo, il pensait seulement à déconner avec son pote qu'il faisait mine d'asperger de peinture : *NightShift*, *alias* Adriano Sotomayor.

Gaspard regarda Adriano plus attentivement. À la lumière de ce qu'il savait à présent, il révisa son premier jugement. Trois jours auparavant, la première fois qu'il avait vu cette image, il avait pensé que le Latino jouait au cacou avec sa chemise ouverte et son air bravache, mais ce qu'il avait pris pour un sentiment de supériorité n'était en réalité qu'une sorte de détachement. Le même regard lointain qu'il avait depuis son enfance.

Gaspard resta bloqué sur le visage du futur Roi des aulnes. Il avait échoué à trouver le *rosebud* d'Adriano. La clé qui ouvre toutes les portes. Le petit détail biographique qui éclaire tous les paradoxes d'une vie, qui explique ce que l'on est vraiment, ce après quoi on court, ce que l'on passe sa vie à fuir. Pendant un bref instant, il eut l'impression que l'évidence était là, devant ses yeux, mais qu'il était incapable de la voir. Un souvenir d'adolescent vint le titiller, la lecture de *La Lettre volée* d'Edgar Allan Poe et son principal enseignement : la meilleure façon de cacher quelque chose, c'est de le laisser en évidence.

Sans qu'il en ait tout à fait conscience, il avait sorti son stylo machinalement et commencé à prendre des notes comme il en avait l'habitude lorsqu'il écrivait ses pièces. Il lut ce qu'il avait griffonné : deux ou trois dates, les noms des *Artificiers*, leurs « blazes ». Il corrigea une de ses erreurs : peut-être parce qu'il baignait dans l'ambiance maritime de la pièce, il avait écrit *NightShip*[1] à la place de *NightShift*[2].

Il ferma le cahier, vida son verre cul sec et récupéra ses affaires. La tête lourde, il se traîna jusqu'au comptoir. Il y avait moins de monde et le brouhaha s'était un peu dissipé. Il demanda au patron où il pourrait trouver une chambre pour la nuit. L'autre lui proposa de passer quelques coups de fil. Gaspard le remercia d'un hochement

---

1. Bateau de nuit.
2. Ronde de nuit.

du menton. À moitié écroulé sur un tabouret, Big Sam se cramponna à lui comme une sangsue.

— Tu m'offres un verre, cow-boy ?

Gaspard lui versa une rasade de son whisky.

Même s'il ne reprit pas d'alcool lui-même, le rye commençait à faire son effet. Son esprit se brouillait. Il sentait qu'il était passé très près de quelque chose, mais qu'il l'avait laissé filer.

— Vous avez connu la famille Sotomayor ?

— Bien sûr, répondit le pochetron, tout le monde les connaissait ici. T'aurais dû voir la femme du Capt'ain... Comment elle s'appelait déjà ?

— Bianca ?

— Ouais, c'est ça, une beauté comme c'est pas permis. Je lui aurais volontiers mis une cartouche à cette sal...

— C'est Ernesto qu'on appelait le Capitaine ? le coupa-t-il.

— Ouais.

— Pourquoi ?

— Ben, t'es con toi : parce qu'il était capt'ain, pardi ! C'tait même l'un des rares qu'avaient le permis pour la pêche en grands fonds.

— Qu'est-ce qu'il avait comme embarcation ? Un chalutier ?

— Pour sûr, pas une goélette !

— Comment s'appelait son bateau ?

— Ch'ais plus. Ça fait une paye. Tu me ressers une tournée ?

En guise de tournée et malgré ses mains douloureuses, Gaspard attrapa le pochard par le cou et colla son visage au sien.

— Comment s'appelait le bateau du père Sotomayor ? s'énerva-t-il.

Big Sam se dégagea.

— Faut te calmer mon gars ! C'pas des manières !

D'autorité, l'ivrogne empoigna la bouteille et la délesta de plusieurs gorgées qu'il but directement au goulot. Rasséréné, il essuya sa bouche édentée et sauta de son tabouret.

— Suis-moi.

Il entraîna Gaspard dans le fumoir et en moins d'une minute retrouva un cadre accroché au mur où Ernesto Sotomayor prenait la pose avec son équipage derrière un thon rouge qui dépassait le quintal. La photo était en noir et blanc. Elle devait dater du milieu des années 1980, mais la résolution était bonne. Gaspard s'approcha du cadre. Derrière les pêcheurs, on apercevait un gros chalutier. Il plissa les yeux pour lire le nom du bateau. Il s'appelait *Night Shift*.

Gaspard se mit à trembler. Il sentit ses yeux s'embuer sous le coup de l'émotion.

— Qu'est devenu le chalutier lorsque Sotomayor s'est retiré ? Il est toujours dans le port ?

— Tu rigoles, mon gars ! Tu sais le prix d'une place au port ?

— Où est-il ?

— Comme la plupart des bateaux de Tibberton qu'on envoie à la casse : l'a probablement été r'morqué jusqu'au Graveyard.

— Le Graveyard ? Qu'est-ce que c'est ?

— Le cimetière de bateaux de Staten Island.

— À New York ?

— Ouais, mon gars.

Déjà, Gaspard avait filé. Il attrapa son sac, quitta le pub et sortit sur le port. L'air glacé lui fit un bien fou, comme s'il avait le pouvoir de le dessoûler à une vitesse expresse. Alors qu'il prenait son téléphone, il aperçut dans la nuit deux gros phares qui approchaient dans sa direction.

C'était Madeline.

*Dimanche 25 décembre*

## 22

## Night Shift

*Ainsi, il y eut un soir, et il y eut un matin : ce fut le premier jour.*

GENÈSE, 1,5

**1.**

Des flocons argentés saturaient le ciel comme une nuée d'insectes métalliques.

Il était 7 heures du matin lorsque Gaspard et Madeline arrivèrent au cimetière marin de Staten Island. Ils avaient roulé toute la nuit et étaient au-delà de l'épuisement. Pour tenir le coup, Madeline avait fumé cigarette sur cigarette et Gaspard avait vidé une Thermos de café. La neige les avait surpris dans les derniers kilomètres, tapissant la route d'une couche de plusieurs centimètres qui avait encore ralenti leur progression. C'est donc en bravant la tempête qu'ils avaient pénétré dans l'enceinte du Boat Graveyard.

Le terrain était ceinturé de clôtures en fil de fer barbelé et de pancartes alertant sur les dangers qu'il pouvait y avoir à s'y aventurer, mais il était beaucoup trop vaste pour interdire l'entrée à qui voulait s'y engager.

L'argument le plus dissuasif était encore l'odeur qui régnait sur la zone. C'était elle qui vous frappait d'abord : des effluves écœurants de poisson pourri et d'algues en décomposition. Un fumet qui contaminait l'atmosphère, vous soulevait le cœur et vous donnait des vertiges. Ce n'est qu'une fois que vous étiez parvenu à surmonter votre répulsion première que vous preniez pleinement conscience du panorama et de son étrange et paradoxale beauté.

Dans un ciel délayé au carbonate de plomb s'étendait un paysage de fin du monde. Un *no man's land* sauvage, laissé en déshérence, envahi par des milliers d'épaves. Des barcasses qui pourrissaient dans la boue, des navires désossés, des péniches échouées dans la vase depuis des décennies, des cargos rouillés, des voiliers dont les mâts cliquetaient, jusqu'à la carcasse d'un bateau à aubes tout droit sortie du Mississippi.

L'horizon était vide. Il n'y avait pas âme qui vive, et pas un bruit à part les cris des mouettes qui tournoyaient au-dessus des épaves couvertes de rouille. On avait du mal à se croire à quelques encablures de Manhattan.

Depuis près d'une heure, Gaspard et Madeline cherchaient désespérément le *Night Shift*, mais l'étendue du cimetière compliquait leur tâche. Les flocons qui tombaient de plus en plus dru empêchaient de distinguer les bateaux dont les contours fantomatiques se perdaient entre ciel et mer.

Pour ne rien arranger, tout le cimetière n'était pas accessible en voiture. Il n'y avait pas de quais clairement identifiés, pas non plus d'accès bétonnés ou balisés. Selon les endroits, le pick-up roulait sur des chemins accidentés ou sur des avancées de terre en cul-de-sac qu'il valait mieux emprunter à pied sous peine de s'embourber.

C'est en parcourant l'une de ces traverses, après avoir dépassé une vaste lande sablonneuse dans laquelle était enlisé un remorqueur de l'armée, qu'un détail attira l'attention de Madeline. Des arbres de taille moyenne sortaient littéralement de l'eau. Une dizaine d'arbustes plantés des deux côtés d'un sentier de sable et de tourbe. Un agencement trop rectiligne pour être naturel.

Qui viendrait planter de la végétation ici et pour quelle raison ? Elle balança un coup de pied pour casser une petite branche. Gaspard la ramassa pour l'inspecter.

— On dirait que le bois saigne, fit-il remarquer en désignant la sève rouge du bois.

— Putain, lâcha-t-elle. Ces arbres…

— Quoi ?

— Ce sont des aulnes.

L'arbre qui pleure du sang. L'arbre de la résurrection après le carnage de l'hiver. Celui de la vie après la mort.


**2.**

Guidés par la haie d'aulnes, ils parcoururent une centaine de mètres sur un mauvais chemin en planches jusqu'à apercevoir la silhouette haute et compacte d'un bateau qui croupissait, amarré le long d'un ponton de fortune.

Le *Night Shift* était un chalutier de pêche arrière long de plus de vingt mètres. Une masse de ferraille encalminée, enkystée de rouille, d'algues et de limon.

Sans une seconde d'hésitation, Madeline s'aida d'une planche pour atteindre la rampe et sauter sur le bateau. Affrontant le vent de face, elle se faufila sous le portique, enjamba le treuil et rejoignit la passerelle. Gaspard la suivit. La neige était en train de geler, transformant le sol en patinoire. Le pont était envahi de gros cordages, de poulies, de câbles, de filets déchirés, de pneus éventrés.

Un escalier glissant permettait d'accéder à la timonerie. L'endroit commençait à prendre l'eau. Le plancher était défoncé et les murs suintaient d'une humidité malsaine. Recouvert d'une saleté poisseuse, le compartiment de pilotage était dévasté : la barre, les radars, les radios et autres appareils de navigation avaient tous disparu. Pendant au mur, à côté d'un extincteur qui avait rendu l'âme, Madeline avisa un document plastifié à moitié moisi : un plan du chalutier qui récapitulait les mesures de sécurité à suivre en cas d'incendie.

Ils quittèrent la timonerie et empruntèrent une sorte de pont portugais qui permettait d'accéder au poste d'équipage où la plupart des cloisons en bois avaient été abattues. D'abord, un couloir étroit encombré d'une vieille cuisinière et d'un congélateur, puis deux cabines délabrées qu'on avait transformées en salle de chantier. Dans un coin, des sacs de ciment, une pioche, une truelle et quantité d'autres outils avaient été entreposés sous une bâche en PVC. Sur une autre ancienne couchette, au milieu de tessons de bouteilles et des cadavres de rats, on trouvait des dizaines de cartons vides en train de pourrir dans des flaques d'eau croupie. Madeline déchira une des étiquettes scotchées sur les emballages et la montra à Gaspard : LyoφFoods, l'entreprise spécialisée dans la vente de rations de survie...

Jamais ils n'avaient été aussi près de la vérité.

En s'aidant du plan, ils descendirent dans ce qui avait dû être la salle des machines et qui était aujourd'hui le royaume des rats et de la corrosion. À leur arrivée, les bestioles décampèrent pour se réfugier derrière la tuyauterie qui courait au sol. Au fond de la pièce, une porte métallique bouffée par la rouille. Fermée. Madeline demanda à Coutances de l'éclairer pendant qu'elle essayait de la faire céder. Barre à mine, pied-de-biche : rien n'y fit.

Ils retournèrent sur le pont et, toujours grâce à leur carte, cherchèrent une autre entrée pour accéder à la cale. Sans succès. S'il y avait eu autrefois un accès, il avait dû être condamné.

Refusant d'abandonner, ils arpentèrent tous les recoins du pont. Le vent mugissait, les obligeant à hurler pour s'entendre. Des bourrasques furieuses déferlaient sur eux, les faisant chanceler.

Tant bien que mal, ils essayèrent de balayer la neige avec leurs pieds. Leurs mouvements se voulaient rapides, mais leurs membres congelés semblaient ne plus leur appartenir. Au bout d'un moment, ils renoncèrent à se parler, préférant communiquer par gestes.

De chaque côté des enrouleurs de chalut, ils remarquèrent deux larges bandes de verre dépoli. Deux courtes tranchées constituées de briques d'aspect givré qui couraient sur le sol. Gaspard pensa tout de suite au principe du saut-de-loup ou de la cour anglaise : permettre à la lumière naturelle d'éclairer un sous-sol. Plus loin, Madeline découvrit deux bandes grillagées fixées selon le même principe. *Des grilles d'aération.*

Elle courut jusqu'au poste d'équipage et revint avec une pioche. Elle crut d'abord qu'elle allait facilement réussir à faire voler en éclats le plafond de verre, mais la plaque était d'une épaisseur peu commune. Elle y mit toute sa force et s'y reprit à plusieurs fois. Il lui fallut un bon quart d'heure pour parvenir à percer la dalle vitrifiée, puis elle termina le travail à la barre à mine pour dessouder tous les carreaux. Immédiatement, la neige s'engouffra dans l'espace.

Craquant un des tubes fluo qu'elle portait à la ceinture, elle le balança dans le trou qu'elle avait ouvert. Trois mètres de vide s'ouvraient sous ses pieds.

— Il y a une échelle de corde dans la passerelle. Je vais la chercher ! cria-t-elle en faisant demi-tour.

Gaspard resta seul devant le gouffre. Halluciné, fou, hagard. Les effluves épouvantables qui s'en échappaient – poisson, merde, urine… – le firent sortir de son égarement. Quelqu'un avait été séquestré ici, c'était certain.

Il se persuada qu'il entendait une voix mêlée au bruit du vent. Une voix qui l'appelait. Alors, il n'eut pas la patience d'attendre le retour de Madeline.

Il enleva sa veste et sauta dans la cale.

**3.**

Gaspard se réceptionna lourdement en roulant sur lui-même dans la poussière. Alors qu'il se relevait, la puanteur abominable lui souleva le cœur. Cette odeur, il la connaissait : c'était celle de la mort. Il ramassa le bâton lumineux et avança dans la pénombre.

— Il y a quelqu'un ?

La seule réponse fut celle du blizzard qui faisait tanguer le navire.

Toutes les lucarnes et tous les hublots avaient été condamnés. Même si chaque goulée d'air vicié était un supplice, cette partie basse du bateau était moins humide que le reste de l'épave. L'atmosphère y était plus rêche, et plus on progressait vers l'arrière de la coque, plus on s'enfonçait dans le silence. La tempête paraissait d'un seul coup très lointaine, comme si on était projeté dans un univers parallèle.

À mesure que les yeux de Gaspard s'acclimataient à l'obscurité, il s'aperçut qu'il ne se trouvait pas dans la cale, mais à l'intérieur d'une sorte de salle de travail dans laquelle les pêcheurs devaient trier et éviscérer le poisson.

Il passa devant un tapis roulant, un gros bac en inox, une rangée de crochets de manutention et de goulottes en métal. C'est derrière un empilement de caillebotis qu'il trouva ce qu'il savait inéluctable depuis qu'il avait senti l'odeur de mort : le cadavre de Bianca Sotomayor. Le corps de la vieille femme était allongé au sol, couché en chien de fusil au milieu des parpaings.

Gaspard approcha sa lampe du cadavre. Les restes de Bianca ne ressemblaient plus à rien. Sa peau boursouflée, recouverte de cloques et luisante comme une éponge, était en train de se décoller. Ses ongles se détachaient, son corps, enfin, tantôt jaunâtre et tantôt noir, cristallisait un des derniers stades de l'horreur. Gaspard tenta de ne pas perdre pied devant cette vision insoutenable. Si, malgré le froid, l'odeur de putréfaction était si forte, cela signifiait que Bianca n'était pas morte depuis très longtemps. Il n'était pas médecin, mais il aurait parié sur trois semaines. Sans doute moins d'un mois en tout cas.

Gaspard s'enfonça plus en avant dans le corridor sombre, se laissant envelopper par la puissance de l'obscurité. À présent, la peur et le froid glissaient sur lui. Il était aux aguets, tendu, pleinement dans l'action. Il était prêt à tout. Ce moment était celui qu'il attendait depuis vingt ans. Le dénouement de quelque chose qui avait commencé bien avant qu'il entende parler de Sean Lorenz. L'issue d'un combat entre la part d'ombre et la part de lumière qui avaient toujours coexisté en lui.

Ces dernières journées avaient été inattendues, pleines de surprises. Lorsqu'il avait débarqué à Paris, il y a cinq jours, il ne se doutait pas un instant qu'au lieu d'écrire une pièce de théâtre, il allait endosser l'équipement de spéléologue de sa propre vie pour y combattre ses démons et se découvrir des traits de caractère qu'il pensait éteints à jamais.

Il avait canalisé tout ce qui lui restait de force, d'intelligence et de conviction. Plusieurs fois, il avait été tout près de sombrer, mais il était encore debout. Peut-être plus pour très longtemps, mais au moins était-il arrivé jusque-là. Au bord de l'abîme. Dans l'antre du monstre. Prêt pour l'ultime affrontement, car les monstres ne meurent jamais vraiment.

— Il y a quelqu'un ?

Il avançait toujours dans le noir. Le tube fluo devait être défectueux, car il n'éclairait presque plus. Tout à coup, la dénivelée s'accentua et le passage se resserra. Il n'y voyait plus grand-chose. Il devina plus qu'il ne les distinguait des piles de boîtes de conserve, deux paillasses, un tas de couvertures. Et encore des cartons, des cagettes recouvertes de toiles d'araignées.

Puis vint un moment où il ne put plus progresser. Il venait de se heurter à un mur de caillebotis empilés devant un nouvel entrelacs de tuyaux et de conduites en fonte.

C'est à ce moment que le bâton lumineux rendit l'âme. Gaspard revint quelques pas en arrière puis s'arrêta. À tâtons, il se dirigea vers le bruit léger d'une soufflerie qui provenait d'un gros tuyau d'évacuation. Il s'accroupit, se dit qu'il était peut-être trop gros pour pénétrer dans le boyau, mais y pénétra quand même.

Il se mit à ramper dans le noir. Depuis qu'il avait sauté dans la cale, il savait qu'il ne reviendrait pas en arrière sans *lui*. Il savait que la suite de sa vie se jouait donc précisément ici. Pour arriver jusque-là, il avait arrimé son existence à celle de Julian Lorenz. Un pacte implicite. Un pari fou de vieux joueur de poker qui pour sa dernière partie décide de mettre sur la table tous ses jetons et de jouer sa vie à mille contre un. Le pari qu'il existe une lumière qui vaincra vos ténèbres.

Dans le noir, Gaspard progressait, le ventre collé au sol. Un poids lui écrasait la poitrine. Ses oreilles bourdonnaient. Lentement, il avait l'impression de quitter le bateau. Il ne percevait plus le bercement du roulis, il n'entendait plus le chalutier grincer ni craquer de toutes parts. Il ne sentait plus les effluves d'essence, de peinture et de bois mouillé. Il n'y avait que l'obscurité qui le happait, noire comme du charbon. Et dans l'air, une odeur de terre calcinée. Et au bout du tunnel, l'escarbille qui se met parfois à briller lorsqu'on remue les cendres.

C'est alors qu'il le vit.

**4.**

Coutances courait sous la neige.

L'air glacé brûlait ses poumons et piquait ses yeux. Battus par le vent, les flocons lui cinglaient le visage. Comme il ne portait plus qu'une chemise, le froid le dévorait, le perforait, mais, à présent, il était immunisé contre la douleur.

Il avait entortillé Julian dans sa veste et le tenait serré contre lui.

Madeline était partie devant pour faire tourner le moteur de la voiture.

D'énormes mouettes grises tournoyaient toujours au-dessus de leurs têtes. Avec leur gueule de charognard, elles lançaient des cris fous et effrayants.

Coutances courait.

La tête baissée, presque collée au visage blanc de l'enfant, il essayait de lui transmettre tout ce qu'il pouvait. Sa chaleur, son souffle, sa vie.

Ses gestes n'étaient pas empruntés. Il savait exactement quoi faire. Il savait qu'il n'allait pas glisser sur le sol verglacé du ponton. Il savait que l'enfant n'allait pas lui claquer entre les doigts. Il l'avait examiné en sortant de la cale. Julian était choqué, incapable d'ouvrir les yeux après avoir vécu si longtemps dans la pénombre, mais

Bianca avait dû s'occuper de lui jusqu'à son dernier souffle, car il était loin d'être mourant.

— Ça va aller, Julian, lui assura-t-il.

Les yeux clos, le petit tremblait et claquait des dents.

De sa main libre, Gaspard attrapa le chien en peluche qui dépassait de la poche de sa veste et le posa au creux du cou de l'enfant.

— Ça va aller, mon grand. Regarde, je t'ai ramené ton pote. Il va te réchauffer.

Coutances courait.

Ses mains blessées avaient recommencé à saigner. La douleur était telle qu'il ne pouvait plus les bouger. Mais il les bougeait quand même.

Coutances courait.

Les pneus crissèrent dans la neige. À travers la tempête de flocons, il distingua la voiture que Madeline avait rapprochée le plus possible de la berge. Il arrivait au bout du ponton lorsque Julian lui murmura quelque chose. Il crut avoir mal entendu et lui fit répéter.

— C'est toi, papa ? demanda l'enfant.

Coutances comprit d'où venait la méprise : la désorientation, les vêtements, le pouvoir du parfum de Lorenz qui imprégnait encore sa veste et sa chemise, le doudou…

Il se pencha vers l'enfant et ouvrit la bouche pour dissiper le malentendu, mais à la place, il s'entendit répondre :

— Oui, c'est moi.

### 5.

Avec ses quatre roues motrices, le pick-up progressait sans trop de difficulté sur les routes enneigées. Le confort feutré de l'habitacle amortissait la rudesse du monde extérieur et contrastait avec le froid polaire qui régnait à l'extérieur. Le chauffage tournait à fond, le moteur ronronnait, la radio était branchée en sourdine sur 10-10 Wins, la station locale, qui tous les quarts d'heure faisait un point précis sur les conditions de circulation.

Gaspard et Madeline n'avaient pas prononcé la moindre parole depuis une demi-heure qu'ils avaient quitté le cimetière marin. Gaspard tenait toujours Julian qui semblait s'être endormi contre lui. Recroquevillé et emmitouflé dans la veste de son père, l'enfant n'offrait au regard qu'une touffe épaisse de cheveux blonds emmêlés. Les quatre doigts de sa main gauche avaient agrippé celle de Gaspard et ne la lâchaient plus.

Les yeux brûlants, Madeline venait d'entrer dans le GPS l'adresse du Bellevue Hospital de Manhattan. Ils se trouvaient sur l'Interstate 95, au niveau de Secaucus dans le New Jersey. En ce jour férié, il n'y avait pas grand monde sur les routes, même si les conditions météorologiques compliquaient considérablement la circulation.

À cent mètres de l'entrée du Lincoln Tunnel, la circulation ralentit encore pour ne plus se faire que sur une seule voie. Entre les va-et-vient des balais d'essuie-glace, Gaspard apercevait les véhicules des services de la mairie qui encadraient une épandeuse en train de saler l'autoroute. Sur la file de gauche, les voitures roulaient au pas, pare-chocs contre pare-chocs. Puis s'immobilisèrent complètement.

*Et maintenant ?*

Gaspard songea à la phrase d'Hemingway : « Aux plus importantes croisées des chemins de notre vie, il n'y a pas de signalisation. » En ce matin de Noël, il lui sembla au contraire qu'une balise lumineuse parfaitement lisible clignotait devant ses yeux. De nouveau, il songea au *kairos* : l'instant décisif, le moment où il fallait agir pour ne pas laisser filer sa chance. Le type même de moment qu'il n'avait jamais su négocier dans sa vie. C'était cocasse : il avait passé ces vingt dernières années à écrire des dialogues, alors qu'il n'avait jamais su communiquer. Conscient que c'était maintenant ou jamais, il se lança et interpella Madeline :

— Pendant cent mètres l'avenir est encore ouvert, après il sera trop tard.

Madeline coupa le son de la radio et l'interrogea du regard. Gaspard poursuivit :

— Si tu tournes à droite vers Manhattan, tu écris les lignes d'une première histoire. Si tu continues vers le nord, tu en inventes une autre.

Comme elle ne comprenait pas où il voulait en venir, elle demanda :

— C'est quoi la première histoire ?

Cette fois Gaspard trouva les mots. La première histoire racontait la trajectoire de trois personnes aux destins cabossés : un écrivain ivrogne, une flic suicidaire, un petit garçon orphelin.

Dans la première histoire, l'écrivain et la flic prenaient le Lincoln Tunnel pour conduire le petit garçon aux urgences du Bellevue Hospital. Du pain bénit pour les journaleux, pour les voyeurs, pour les chiens. Le drame intime d'une famille serait exposé sur la place publique et disséqué, analysé sans nuance aucune. On ferait de cette histoire des articles putaclic sur les réseaux sociaux, de la bouillie feuilletonante pour les chaînes d'infos.

Dans la première histoire, le dramaturge finit par retourner dans sa montagne pour se renfermer encore un peu plus sur lui-même. Il continue à boire, à détester l'humanité, à ne plus supporter grand-chose en ce monde. Chaque matin est plus difficile que le précédent. Alors, il boit un peu plus en espérant hâter la fin du jeu.

La flic retourne peut-être à Madrid dans cette clinique de fertilité. Ou peut-être pas. Elle a envie de devenir mère, c'est vrai, mais aussi d'avoir quelqu'un pour l'épauler dans cette nouvelle vie. Parce qu'elle se sait fragile. Parce qu'elle se coltine toujours ce même mal-être qu'elle porte en elle depuis l'adolescence. Alors, bien sûr, par périodes, elle parvient à maquiller sa vie, réussissant parfois à faire croire aux autres – et même à elle-même – qu'elle est une jeune femme optimiste, spirituelle et équilibrée, alors que son esprit n'est que chaos, confusion, poussées de fièvre et odeur du sang.

Quant au gamin, c'est la grande inconnue. Orphelin d'un « peintre fou » et d'une reine de tous les excès, élevé pendant deux ans dans la cale d'un bateau par la mère d'un tueur en série. Quelle est sa vie ? On peut parier qu'elle est jalonnée par les allers et retours habituels entre les foyers et les familles d'accueil. Les visites chez les psys. La fausse compassion, la curiosité malsaine, l'étiquette de victime qui vous colle à la peau. Un regard vacillant qui a tendance à fuir, à s'enfoncer dans les souvenirs sombres de la cale d'un bateau.

Tout à coup, une deuxième voie se dégagea. Un agent de la voirie en gilet jaune leur fit signe d'avancer et la circulation se débloqua.

Incapable de prononcer la moindre phrase, Madeline dévisageait Gaspard, l'air perdue, tentant d'interpréter ses propos. Un concert de klaxons s'éleva des véhicules qui les suivaient. Madeline engagea la marche avant et le pick-up reprit sa course vers le Lincoln Tunnel. Coutances regardait le couperet se rapprocher. Cinquante mètres. Trente mètres. Dix mètres. Il avait joué sa dernière carte. À présent, la balle n'était plus dans son camp.

Madeline s'engagea sur la rampe qui menait à Manhattan. S'il existait une autre histoire, elle était de toute façon trop folle, trop risquée. Pas le genre de choses que l'on organise dans l'urgence.

*Voilà, c'est terminé*, pensa-t-il.

— Et la seconde histoire ? demanda-t-elle néanmoins.

— La seconde histoire, répondit Gaspard, c'est l'histoire d'une famille.

Cette fois, elle comprit ce que disait son regard : *J'ai la certitude que personne ne pourra mieux que nous protéger cet enfant.*

Alors, Madeline cligna des yeux, se frotta les paupières avec sa manche et prit une longue inspiration. Puis elle braqua brutalement son volant pour changer de file. *In extremis*, le pick-up franchit plusieurs lignes blanches, écrasant une barrière en plastique moulé et un plot de chantier.

Laissant Manhattan derrière elle, Madeline réussit à s'extraire de la circulation et accéléra pour tracer son chemin vers le nord.

**6.**

C'est comme ça qu'a débuté la seconde histoire, Julian.

L'histoire de notre famille.

Cinq ans plus tard…

Voilà la vérité, Julian.

Voilà ton histoire. Voilà notre histoire.

Celle que je viens de coucher par écrit dans mon vieux cahier à spirale.

Ce matin-là, nous ne t'avons pas laissé aux urgences du Bellevue Hospital. Nous avons continué à rouler vers le nord, jusqu'au Children Center de Larchmont, le centre médical pour enfants fondé par Diane Raphaël grâce à la vente des toiles de Lorenz.

Tu y es resté hospitalisé un mois. Progressivement, tu as repris des forces et tu as recouvré la vue. Ce que tu avais vécu était très flou dans ton esprit. Tu n'avais aucune notion du temps, plus guère de souvenirs de ta vie d'avant et aucun de ton enlèvement. Et tu as continué à m'appeler papa.

Nous avons mis à profit cette période pour nous organiser. Ta mère a « régularisé » notre situation administrative. Ayant travaillé pour le programme fédéral de protection des témoins, elle savait à qui s'adresser pour obtenir un acte de naissance falsifié qui tienne la route. C'est comme ça que tu es devenu officiellement Julian Coutances, né le 12 octobre 2011 à Paris de M. Gaspard Coutances et de Mme Madeline Greene.

Avant de quitter les États-Unis, nous sommes retournés elle et moi sur le *Night Shift* avec des bidons d'essence, et nous y avons mis le feu.

Puis nous sommes partis nous installer en Grèce sur l'île de Sifnos où j'avais déjà mon voilier. Ton enfance a été illuminée par le soleil des Cyclades et bercée par les vagues argentées et les crissements de la garrigue.

Pour t'aider à oublier les ténèbres, je ne connaissais rien de mieux que le bleu vif du ciel, l'ombre des oliviers, la fraîcheur mentholée du tsatsiki, l'odeur du thym et du jasmin.

Je lève la tête de mon cahier et je te regarde marcher sur la plage en bas de la maison.

Visiblement, ça a été efficace, car tu es beau comme un astre et tu respires la santé, même si tu as toujours peur du noir.

— Maman regarde, je fais l'avion !

Tu écartes les bras et tu te mets à courir autour de ta mère qui part dans un grand rire.

Cinq années ont passé depuis ce matin de décembre 2016. Cinq années radieuses. Pour Madeline, pour moi, pour toi, le début d'une nouvelle existence. Une véritable renaissance. Tu as remis dans nos vies des choses qui les avaient depuis longtemps désertées : la légèreté, l'espoir, la confiance, un sens. Comme tu le découvriras lorsque tu seras en âge de lire ces lignes, ni ta mère ni moi n'avons toujours été les parents tranquilles que tu as connus.

Mais notre vie de famille m'a fait comprendre quelque chose. Avoir un enfant estompe toute la noirceur que tu as dû endurer auparavant. L'absurdité du monde, sa laideur, la bêtise abyssale d'une bonne moitié de l'humanité et la lâcheté de tous ceux qui chassent en meute. Lorsque tu as un enfant, d'un seul coup, tes étoiles s'alignent dans le ciel. Toutes tes erreurs, toutes tes errances, toutes tes fautes sont rachetées par la simple grâce de la lumière dans un regard.

Il ne se passe pas un jour sans que je repense à ce fameux matin de décembre. La première fois que je t'ai tenu dans mes bras. Ce matin-là, à New York, la tempête se déchaînait, le froid me transperçait, des oiseaux fous planaient sur nos têtes et un arbre saignait dans la neige. Ce matin-là, c'est peut-être moi qui t'ai libéré, mais c'est toi qui m'as sauvé.

*Sifnos,*
*archipel des Cyclades,*
*le 12 octobre 2021*

La 22ᵉ Pénélope

## Vente exceptionnelle d'une œuvre monumentale de Sean Lorenz à New York

9 OCTOBRE 2019 | AFP

Christie's New York mettra en vente ce soir au Rockefeller Plaza une œuvre monumentale du peintre américain Sean Lorenz, décédé en 2015. Rebaptisée *La 22ᵉ Pénélope*, la pièce est un ancien wagon de métro parisien entièrement recouvert d'une fresque sensuelle représentant Pénélope Kurkowski, l'épouse et la muse du peintre. Réalisée en 1992, à l'arrivée en France de l'artiste new-yorkais, l'œuvre a été peinte dans la plus totale illégalité et n'a été redécouverte que récemment lors de la disparition tragique de Mme Kurkowski, qui a choisi de mettre fin à ses jours dans ce wagon en décembre 2016.

S'est ensuivie une longue et âpre bataille judiciaire entre la Régie des transports parisiens et Bernard Benedick, l'exécuteur testamentaire et l'unique héritier de Sean Lorenz, pour déterminer à qui appartenait l'œuvre d'art. Ce n'est que récemment que les deux parties ont trouvé un accord permettant la vente d'aujourd'hui.

*Il ne serait pas étonnant que l'œuvre établisse un nouveau record*, affirme un représentant de la maison d'enchères. *Déjà de son vivant, la cote de Lorenz était élevée, mais elle s'est envolée depuis son décès.* De son côté, M. Benedick insiste sur le caractère exceptionnel de cette pièce jamais exposée : *les 21 tableaux représentant Pénélope Kurkowski ont tous été détruits dans un incendie en 2015. Ce wagon est, à ma connaissance, le seul témoignage pictural encore existant de la relation hors normes qui a uni Lorenz à son ex-épouse.*

Balayant les critiques concernant l'aspect un peu macabre de cette œuvre particulière, le galeriste juge qu'on lui fait un mauvais procès : *cette œuvre cristallise la quintessence de l'amour et de la beauté*, juge-t-il avant de conclure, philosophe : *pour échapper à la brutalité d'une époque gouvernée par la technologie, la bêtise et la rationalité économique, nous reste-t-il d'autres armes que l'art, la beauté et l'amour ?*

## Sources
## Le vrai du faux

Ne cherchez pas Sean Lorenz dans les musées et les galeries d'art contemporain, il est la cristallisation de plusieurs peintres dont j'apprécie le travail, et qui n'ont heureusement pas connu un destin aussi tragique.

Inutile aussi de vous rendre quai Voltaire pour explorer la boutique de Jean-Michel Fayol, son personnage, fictif, m'a été en partie inspiré par la lecture d'articles sur l'entreprise Kremer Pigmente, créée par Georg Kremer, ainsi que par celle de médias en ligne évoquant la collection de pigments du *Straus Center for Conservation and Technical Studies* à Cambridge, dont on dit qu'elle est unique au monde.

Enfin, certains d'entre vous auront remarqué dans ce roman le passage furtif de personnages ou l'évocation de lieux nés dans mes précédents livres. J'espère que ces quelques clins d'œil vous feront sourire. Ils sont en tout cas, chers lecteurs, le témoignage de ma reconnaissance pour votre présence fidèle.

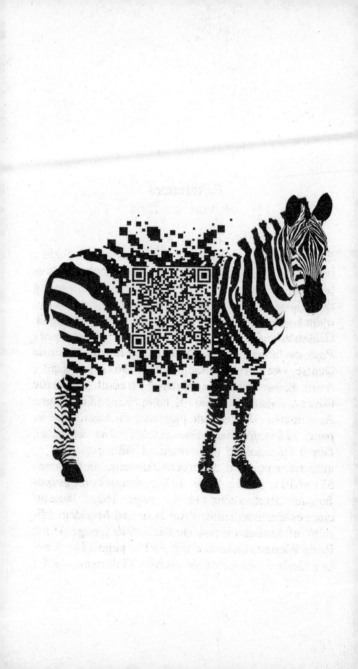

# Références

Page 9 : Albert Camus, *L'Été*, Gallimard, 1954 ; page 25 : Phrase dite par Audrey Hepburn dans *Sabrina* de Billy Wilder, 1954 ; page 42 : Fédor Dostoïevski, *Souvenirs de la maison des morts*, traduit par Louise Desormonts et Henri Mongault, Gallimard, 1936 ; page 55 : Ernest Hemingway, *Pour qui sonne le glas*, adaptée de la traduction de Denise van Moppès, Gallimard, 1961 ; page 59 : Jesse Kellerman, *Les Visages*, traduit par Julie Sibony, Sonatine, 2009 ; page 92 : Guillaume Apollinaire, *Les Mamelles de Tirésias*, 1917 ; page 125 : William Shakespeare, *The Life and Death of Richard the Third*, 1592 ; page 127 : auteur/compositeur Georges Brassens, *Le Pluriel*, 57 SARL, 1966 ; page 133 : auteur/compositeur Jacques Brel, *Orly*, 1977 ; page 162 : auteur/compositeur Léo Ferré, *Avec le temps*, Méridian éditions et Mathieu Ferré et Cie, 1970 ; page 165 : Pablo Picasso, *Cahiers d'art*, 1935 ; page 181 : Jean-Luc Godard, *Histoires du cinéma*, Gallimard, 1990 ;

page 211 : Charles Baudelaire, *Any Where Out of The World*, poème 48 dans *Le Spleen de* Paris, 1869 ; page 228 : Oscar Wilde, *Lady Windermere's Fan*, 1893 ; page 277 : Sigmund Freud, *Essais de psychanalyse appliquée*, « Une difficulté de la psychanalyse », traduit par Marie Bonaparte et E. Marty, Collection Idées, Gallimard, 1971 ; page 291 : Jean-Paul Sartre, *L'Être et le Néant*, collection Tel, Gallimard, 1976 ; page 295 : Arthur Schopenhauer, *Aphorismes sur la sagesse dans la vie*, 1851 ; page 353 : Pablo Picasso cité par Françoise Gilot dans *Vivre avec Picasso*, Calmann-Lévy, 1964 ; page 377 : Simone de Beauvoir, *L'Amérique au jour le jour*, Gallimard, 1957 ; page 395 : Johann Wolfgang von Goethe, *Le Roi des aulnes*, traduit par Jacques Porchat, 1861 ; page 402 : Johann Wolfgang von Goethe, *Le Roi des aulnes*, traduit par Charles Nodier (1780-1844) ; page 409 : Friedrich Nietzsche, *Par-delà le bien et le mal*, traduit par Cornélius Heim, Gallimard, 1971 ; page 423 : René Girard, *Mensonge romantique et vérité romanesque*, Grasset, 1977 ; page 485 : Antonin Artaud, *Van Gogh, le suicidé de la société*, Gallimard, 1990.

# Table

Composition et mise en pages
Nord Compo à Villeneuve-d'Ascq


Imprimé en Espagne par
Liberdúplex
à Sant Llorenç d'Hortons (Barcelone)
en février 2018


S28502/02